LE JOUR
DE VOTRE NOM

Du même auteur

Amapola
Seuil, 2008

OLIVIER SEBBAN

LE JOUR DE VOTRE NOM

roman

ÉDITIONS DU SEUIL
*27, rue Jacob, Paris VIe*

L'auteur a bénéficié, pour la rédaction de cet ouvrage,
du soutien du Centre national du livre

ISBN 978-2-02-099963-2

www.editionsduseuil.fr

Pour ma mère

On ne t'appellera plus du nom de Jacob, mais Israël, car tu as combattu avec Élohim comme avec des hommes, et tu as vaincu !

Genèse, XXXII

1

LABYRINTHE

17 avril 1944

Déportation

Ils atteignirent une petite gare désaffectée, située à douze kilomètres au nord de Montauban. Deux jours de marche forcée depuis Toulouse. Traversée exténuante des campagnes désertes sous la vigilance bornée de quelques soldats allemands. Álvaro Díaz attendait derrière une file de détenus aux visages fermés. Devant lui, un vieux juif religieux épuisé par le voyage ressassait les mêmes phrases incohérentes. Un officier de la Wehrmacht hurla un ordre et la file s'ébranla lentement. L'ordre cingla une seconde fois, en français. Des centaines de femmes, d'enfants et de vieillards s'entassèrent peu à peu dans les wagons, sous la poussée des crosses des fusils Mauser.

Le religieux s'avança. Ne le trouvant pas assez rapide, deux Allemands le rossèrent, le saisirent par l'entrejambe, le soulevèrent et le jetèrent dans le train. L'homme retomba au bord d'un des wagons de marchandises. Depuis l'intérieur du train, un adolescent robuste et un homme large d'épaules, âgé d'une trentaine d'années, empêchèrent le vieux de glisser et de heurter le quai. Ils le rattrapèrent par son châle de prière, mais le tallith se déchira. Álvaro se précipita vers le vieil homme. Un des deux soldats postés devant la porte lui balança un coup de crosse dans la clavicule. Le corps du vieux le frôla et s'affala sur le sol. Grimaçant, une main posée sur son articulation endolorie, Álvaro se pencha sur le religieux en essayant de le redresser de son bras valide. Le soldat le refrappa au même endroit. Álvaro se recroquevilla en hurlant, puis plaqua son front contre la poitrine du vieux qui gisait, secoué de tremblements imperceptibles. Odeur de craie, de pluie et de laine moisie. Álvaro l'implora doucement, le visage en sueur, les tempes douloureuses où le sang semblait s'être coagulé. Il ânonna quelques encouragements entre deux bouffées de poussière, bégaya une ultime supplique en tentant de le saisir par les aisselles, mais un troisième coup de crosse lui arracha un autre cri. Il se ramassa de nouveau contre le corps de l'homme, apercevant le dos des mains ouvertes, tavelées de taches brunes et parcourues de brèves secousses. Des larmes coulèrent sur ses pommettes et il demeura figé, la chair déchirée.

Il entendit l'Allemand le menacer. Quatrième coup. Un halo de lumière, solide et froide, l'éblouit, annihilant la douleur. Il se sentit léger, projeté hors de son corps recroquevillé au sol comme une mue d'insecte. Il aperçut le toit de tuiles rouges de la gare, les champs et les peupliers immobiles qui suivaient la ligne sombre du train. La peau transie de sueur, le souffle retrouvé, il éprouva une contraction désagréable dans la poitrine. Il se redressa un peu, balbutia une série de reproches en castillan, s'adressant moins au vieux qu'à lui-même, invectivant la partie moribonde de son être qu'il avait sentie se détacher de lui sous les coups, se glisser, s'incarner sous les vêtements fanés du vieil homme. Quelque chose était mort, sectionné et mort. Le souvenir de la voix de sa mère marmonnant une prière dans la cuisine, inclinée au-dessus de son évier rempli de vaisselle sale, s'imposa, fulgurant et absurde.

L'adolescent aux yeux gris sauta sur le quai. L'Allemand le mit immédiatement en joue. Le gamin se baissa sans prêter attention au fusil braqué, puis repoussa Álvaro en s'excusant. Il prit le vieil homme dans ses bras, le haussa un peu afin de le caler à l'entrée du wagon, avant de faire signe à son compagnon resté dans le train de venir l'aider. L'Allemand baissa son arme. Le trentenaire à la carrure de boxeur empoigna le religieux par les vêtements, le hissant sans peine à l'intérieur. Une plainte, un sanglot, le vieux se mit à vomir sur sa veste. L'homme se dégagea légèrement, le religieux oscilla du chef, les yeux mi-clos, la pommette droite tuméfiée, la barbe souillée. L'adolescent se pencha sur Álvaro, mais l'Allemand le repoussa d'un coup de pied sec. L'adolescent fit quelques pas de côté avant de s'effondrer. Une fois debout, Álvaro posa ses mains à plat sur le plancher du wagon et s'inclina afin de se glisser en rampant dans l'ouverture de la porte. L'adolescent se releva, épousseta sa veste sans regarder le soldat, puis remonta dans le train pour s'occuper d'Álvaro qui peinait encore devant la porte coulissante. L'Allemand sourit et interpella un sous-lieutenant assis derrière lui, en retrait sous l'auvent de la gare, à côté de quatre gendarmes français :

« Tant d'efforts pour pas grand-chose ! »

I

Jeudi 2 décembre 1939

Un col de montagne à l'horizon – Souvenirs d'Isaac, père de famille débarqué à Puerto de Santa María – Combats et rêves d'Isaac

Álvaro marcha le long d'une rivière jusqu'à la tombée du jour en évitant les habitations isolées. L'air lui brûlait les poumons. La luminosité décrut, la terre tapissée d'une herbe rase et grasse s'enfonça sous ses pas. Le ruissellement des eaux peu profondes le guiderait dans l'obscurité. Il n'avait pas cessé de neiger depuis la veille mais le ciel se dégagea dans la nuit. Les premières étoiles apparurent tandis qu'il progressait sur un terrain gorgé d'humidité, au fond d'une vallée étroite, parsemée d'arbres décharnés.

Quand vint l'aurore il poursuivit, ne sentant plus la fatigue, n'éprouvant plus cette sensation de perte et d'exaspération qui l'avait mis en route, l'avait incité à ne s'arrêter que quelques heures pour dormir dans une grange, s'asseoir contre un muret de ferme afin de manger le pain rassis et le fromage sec qu'il avait volés chez une vieille femme à Ochagavía. Il avait suivi les pentes recouvertes de forêts d'épineux, les dévers dont la broussaille s'étendait depuis la démarcation blanche des hauteurs, où la neige tenait jusqu'en bordure des prairies. Il ne s'arrêterait plus. Il fixa le goulet d'étranglement qui fermait la vallée encerclée de montagnes aux déclinaisons rousses et brunes. Il sentit une urgence, un élan de joie qu'il hésita à qualifier de mystique, de païen ou d'animal : une exaltation mêlée à la perception d'un danger indéfini dont le pouvoir faiblissait quand il détaillait la barre rocheuse dressée sur son chemin comme un obstacle, le mur de caillasse, parfois rongé de lichen, parfois délavé, presque blanc, qui affleurait entre les sapins. Un pan de ténèbres se désagrégea doucement sur les sommets, à la cime des grands résineux, et le froid devint plus vif. L'heure critique, songea-t-il. Il sentit quelque chose d'âpre lui enserrer le corps. Il allongea le pas, constatant que la colère qui ne l'avait quasiment pas quitté depuis son départ précipité de Laredo lui revenait après deux jours de répit, accompagnée d'une détermination oscillant entre peur et désespoir. L'écho d'un éboulement guida son regard vers un mur de pierres posé contre l'horizon : deux bouquetins escaladaient une veine couleur de cendre qui courait comme une balafre vers les hauteurs. Ils passèrent sur la crête et s'évanouirent derrière le versant. Álvaro regarda longtemps le point de leur disparition, à la jointure du ciel et des pierres. Il se savait lent, inadapté, invisible. Il s'acharnait à parcourir la prairie et son coma de givre. Cela faisait un an maintenant qu'il hésitait à franchir la frontière française. Il avait quitté sa maison non loin du Cabo de Ajo, était passé par les terres, au large de Bilbao, empruntant les chemins forestiers, les sentiers de montagne. Il avait travaillé dans des fermes, ramassant des fourrages pour l'hiver afin de payer sa nourriture et son gîte. Il avait volé : une couverture, un manteau neuf dans une chambre dont la fenêtre était ouverte. Depuis son départ, il avait couché avec trois filles – une femme de républicain, la veuve d'un fasciste et la fille un peu grasse d'un colonel phalangiste qu'il avait secouée sur la margelle d'un lavoir municipal. Cette dernière avait tellement gueulé lors de l'étreinte qu'il l'avait abandonnée, haletante, sa robe retroussée sur ses cuisses tièdes et molles, ses deux mamelles grises dans la pénombre enluminée de reflets.

Il observa le lointain, fouillant les bois de sapins en quête d'autres présences. L'éclat du premier soleil doubla les hauteurs, sa lumière rasante altéra brusquement la blancheur des forêts. Sa colère ne valait rien. Des infinités d'aubes l'avaient précédée, des milliards d'aurores s'annonçaient, aussi indifférentes et froides que celle qu'il traversait. Il ralentit le pas. Sa colère l'avait quitté.

Il avait réfléchi en chemin à son détachement, son inaptitude à croire qu'un lieu pût lui convenir au-delà de quelques années. La Cantabrie lui avait plu immédiatement. La mer frappait les côtes ou s'étendait en estuaires peuplés d'oiseaux migrateurs. Les monts arrondis étaient recouverts d'eucalyptus. Des rochers abrupts surplombaient les vagues ou perçaient, par temps calme, la surface étale de l'océan. Il avait aimé les ports de Santoña, Laredo, Santander, aimé cet aspect provisoire, presque accidentel, que leur conférait la pierre grise et usée.

Il pensa à son père. Le récit de son arrivée à Puerto de Santa María lui revint en mémoire. Fragments de soleil flottant à la surface des eaux. Poussière abrasive, corrompue de lumière jaune. Isaac était descendu du bateau les mains vides, quelques pesetas en poche.

On avait sans doute retrouvé sa valise abandonnée, telle une énigme, au pied du lit, dans la chambre d'hôtel qu'il avait réservée en arrivant à Cadix. Il n'était pas resté plus d'une heure dans la sombre pièce à la tapisserie de velours cramoisi. Álvaro l'imagina debout près de la fenêtre, observant derrière les rideaux ternes le square ombragé qui occupait le centre d'une place entourée d'immeubles bourgeois. Isaac avait sans doute fumé quelques cigarettes, incapable de se reposer après la traversée du détroit, réfléchissant sans enthousiasme à son installation en Espagne, vaguement inquiet pour sa femme affaiblie par le malheur qui s'était abattu sur son couple, comme disait son propre père avec des accents de superstition ridicule. Une catastrophe qu'Isaac était décidé à surmonter en stratège, en homme d'affaires avisé, prompt à dominer le réel.

On avait frappé à la porte. Isaac était allé ouvrir et un garçon d'étage lui avait tendu un télégramme en provenance de Tanger. Il l'avait remercié sans lui donner de pourboire. Álvaro entendait presque le son mat de la porte refermée derrière l'employé, pouvait sentir l'odeur de camphre dans la chambre – odeur de cadavre embaumé, lointaine, masquée sous les effluves de tabac froid.

Il s'était assis au bord du lit, avait lu le télégramme envoyé par ses parents, lui annonçant la mort de sa femme, Ruth. Il s'était levé, avait ramassé son veston sur une chaise avant de sortir. Il s'était foulé la cheville en dévalant l'escalier de l'hôtel. Il était passé dans le hall en boitant, avait déposé sa clef sur le comptoir sans saluer le réceptionniste. Dehors, il avait traversé la place d'un pas rapide, indifférent à la douleur. Il avait marché jusqu'au quai et s'était embarqué pour Puerto de Santa María.

Álvaro tenta de reconstituer, comme s'il s'agissait de ses propres souvenirs, le visage du couple de commerçants âgés, la femme d'origine suisse et l'homme, italien piémontais, qui avaient recueilli son père au bout de cinq jours passés à claudiquer de porche en porche, sans manger ni se laver, dans les rues de Santa María. Combien de brasses entre son père et quelques vêtements pliés dans son bagage abandonné ? Il avait vécu un an chez eux, simulant l'amnésie pour ne pas avoir de comptes à rendre, et s'était peu à peu laissé convaincre. Il fallait continuer à vivre malgré le désespoir. Il s'était discipliné. Il s'était inventé un nouveau nom de famille, avait obtenu une nouvelle carte d'identité. Il avait trouvé un travail et remonté une affaire – Díaz Import-Export –, chaque jour escorté par le remords, chaque soir rattrapé par le vide qui l'avait envahi à la lecture du télégramme.

Puis il avait rencontré Lisa Pérez, employée de librairie à Santa María. Il s'était marié avec Lisa, accolant son nom d'emprunt, Díaz, sa fausse identité, à celle de sa seconde femme. Au cours de leur première année de mariage, sa détresse avait paru s'estomper, laissant place à une routine apaisante. Plus tard, le mal était revenu.

Un mariage illicite. Lisa Pérez, devenue Lisa Pérez Díaz, mère d'Álvaro et d'Esther, native de Jerez de la Frontera, issue d'une vieille famille de juifs portugais.

Isaac avait tout écrit pendant les premiers jours du combat entre républicains et rebelles. Sa guerre, l'instant de désordre propice à l'engagement, le moment où il s'était enfin décidé à s'appuyer sur l'absence, à cautériser sa plaie en passant aux aveux. Il avait brièvement consigné les étapes de sa chute : l'agression que lui et Ruth avaient subie dans les rues de Tanger. L'embarquement pour Cadix. Ses projets, un nouveau départ – tandis que son épouse, convalescente et perturbée, était restée à l'attendre chez ses parents, de l'autre côté de la Méditerranée. Il avait confié les débris de son reflet à quelques feuilles volantes afin qu'elles lui restituent son visage, la cohérence de son être, puis il les avait cachées à la cave, au fond d'un cartable rempli de livres.

Un rayon de lumière s'épanouissait au-dessus des bois. Álvaro regarda un instant le ciel et son lavis de couleurs froides dont la beauté semblait dissimuler une menace. Contrairement à son père, exécuté aux premiers jours de la guerre civile espagnole sur la place des Arènes à

Puerto de Santa María, la France ne l'avait jamais attiré. Il se souvint des discours d'Isaac sur l'intelligence d'une nation capable de réhabiliter Dreyfus. Seul un grand pays pouvait réviser ses décisions les plus iniques, reconnaître ses erreurs à la face du monde.

« Mais cinq années de bagne à Cayenne pour un innocent, c'est quand même pas rien, bordel ! » avait objecté un soir l'un des camarades de comptoir d'Isaac, fatigué d'entendre ses éloges et ses accès d'enthousiasme : ruminations de migrant imaginaire, amoureux de Paris après quelques verres de bière, fasciné par un peuple qu'il ne connaissait pas. Celedonio Valdés, vieil anarchiste avec qui Isaac discutait parfois de politique dans un bar de la rue Ochoa, s'emporta, le traitant de juif masqué, toujours le cul entre deux chaises, pas vraiment pratiquant mais incapable de renoncer aux servitudes de la religion. « Cinq années de travaux forcés, putain de merde ! La moitié d'un pays et de ses journaux qui veulent ta peau parce que t'es juste un youpin en uniforme... Soit t'es coupable, soit les choses sentent mauvais et s'annoncent mal aux pays des Lumières ! » lui assena-t-il avant qu'Isaac se lance dans un plaidoyer absurde au cours duquel il convoqua la Révolution française, Condorcet et l'émancipation, le décret Crémieux, la création du Consistoire par Napoléon. Cette réplique ininterrompue imposa le silence à un auditoire d'ivrognes, poignée de pêcheurs syndiqués, assemblée de trafiquants désœuvrés. Ils l'observèrent sans rien dire, surpris de le voir quitter le comptoir pour haranguer la salle, agacés de devoir supporter les louanges adressées à Bonaparte par un étranger imbibé de boisson et dont la plupart des références leur échappaient.

Vacillant entre les tables, Isaac finit par s'effondrer sur une chaise en renversant une bouteille vide. Le patron du bar lui demanda de rembourser les dégâts et de payer les bières qu'il avait consommées avant de foutre le camp pour ne jamais revenir dans son établissement. Isaac sortit son portefeuille et s'exécuta en lui adressant de brèves excuses, sous la vigilance goguenarde de Valdés, amusé de l'entendre raconter qu'il n'était finalement qu'un simple amateur de corridas. Tout le reste était sans importance. Il se foutait pas mal des Français et ne connaissait rien à la politique.

Isaac quitta le bar en claquant la porte et déambula à travers la ville avant de s'immobiliser sous l'un des balcons qui bordaient la place de l'Église. Il posa son front contre un mur et dévida son repentir en une série de phrases incohérentes, lestées d'alcool, se reprochant de n'avoir pas maintenu l'équilibre de sainteté entre l'ici-bas et le monde d'en haut, se disant qu'il avait rompu par orgueil avec sa destinée. Un homme, réveillé par sa confession tardive, ouvrit la fenêtre d'un appartement situé au premier étage du bâtiment et l'insulta, menaçant d'appeler la garde civile s'il n'arrêtait pas de débiter ses histoires à la con de mémoire mensongère et d'officier bagnard. Isaac s'éloigna, incapable d'identifier le moindre immeuble ou de reconnaître la plupart des rues qu'il avait tant de fois empruntées. Il dériva entre les allées de platanes, s'adossant parfois à un arbre, quand l'asphalte désagrégé sous ses pas l'obligeait à faire halte. Ne pas sombrer, s'enfoncer dans la terre meuble et disparaître. Il se sentait aussi égaré que le premier jour de son arrivée à Puerto de Santa María. Il fallait poursuivre le monologue, l'alimenter sans cesse comme on entretient une infime parcelle de réalité cernée par les mensonges et les secrets. Il fallait rassembler les pièces d'un puzzle à jamais défait, garder en mémoire les miettes de sa propre image.

Il fit quelques pas et vacilla de nouveau. Il s'approcha d'un platane, appuya sa tête lourde et encombrée de souvenirs contre l'écorce. Il regarda la cime de l'arbre, l'entrelacs des branches imprimé sur la nuit, songeant aux jours passés à attendre la mort, couché sous les étoiles ou assis devant la baie. Il poursuivit sa marche. Foula la surface instable du monde, en silence cette fois. N'était-il pas revenu d'entre les morts ? Álvares le disparu, Díaz le ressuscité. Il avait vécu coincé entre deux mondes. Bâillonné par son propre secret. Il chercha à l'angle de chaque rue de Santa María les bribes d'une conversation qu'il avait eue avec Ruth. Un souvenir ancien, captif des impasses, des patios, des boulevards aux horizons clos. Une quête au cœur de la ville endormie.

Il se retrouva bientôt sur le port. Au fond de la baie, les lueurs de Cadix flottaient au-dessus de l'océan. Une houle noire soulevait la mer, estompant par instants la rive enluminée par les becs de gaz. Il resta longtemps face aux ténèbres bercées contre l'horizon, frontière invisible au-delà de laquelle il se sentait bercé lui aussi. Il rentra chez lui très tard dans la nuit, monologuant de nouveau, se blessant en s'effondrant deux fois dans la cage d'escalier, réveillant plusieurs voisins, les traitant d'attardés, de rétrogrades, d'obscurantistes à la solde de Celedonio Valdés. Il éclata de rire devant le visage gras, les yeux gonflés de sommeil d'un homme venu l'aider à regagner l'étage où il vivait. Lisa sortit sur le palier, alertée par les chocs et les cris, terrifiée de découvrir son mari, le cuir chevelu ouvert, le visage en sang, soutenu par le douanier corpulent, âgé d'une cinquantaine d'années, qui habitait l'appartement du dessous. « Je crois que votre mari est saoul. » Elle remercia le fonctionnaire et referma la porte. Elle renvoya Esther et Álvaro : debout au fond du couloir, figés au seuil de leur chambre, ils attendaient, blêmes, désespérés de voir leur père blessé, leur père se traîner à quatre pattes sur le parquet en marmonnant des insanités à l'adresse du douanier. Elle leur ordonna de retourner se coucher sans leur fournir d'explications. Elle n'en avait aucune à offrir. Elle emmena Isaac dans la salle de bains, lui lava le visage, lui pansa le crâne avec du coton qu'elle entoura d'une gaze propre. Elle l'accompagna ensuite au lit où Isaac continua à l'entretenir de son désaccord avec Celedonio, souhaitant sans doute trouver un argument irréfutable afin de recouvrer son calme. Puis il se mit subitement à parler de départ, de voyage en Australie, Argentine ou Chili, submergeant la voix aigre de l'anarchiste, dont l'écho résonnait encore en lui, sous une déferlante de rêves nouveaux. Il s'endormit à l'aube, se plaignant de maux de tête et de bouffées de chaleur, épuisé après plusieurs crises de larmes. Lisa se releva pour nettoyer le sang dans l'entrée.

À présent, Álvaro revoyait sa mère acquiescer aux élans d'enthousiasme de son mari, trop rares pour qu'elle refuse de leur accorder son assentiment. Cette approbation ne devait rien aux thèmes ressassés par son père lorsque celui-ci décidait de quitter les longs mois de silence et de prostration qu'il traversait régulièrement. Elle connaissait l'aspect trompeur de cette exubérance. Elle savait le mal trop puissant pour se résorber seul.

Isaac sombrait dans de profondes périodes d'abattement durant lesquelles il lui arrivait de prendre sa voiture, disparaître, rouler vers Séville, Cordoue, Malaga, pour passer plusieurs jours seul dans un hôtel bon marché ou une pension de famille. Il partait souvent pendant la saison des corridas, afin de dénicher, prétendait-il, de nouveaux clients, développer son négoce de café et de fruits secs, établi entre l'Espagne et la Tunisie – commerce dont il avait laissé depuis longtemps la charge à Mario Méndez, l'un de ses quatre employés. Si Lisa ne connaissait pas la raison de ses escapades, elle en concevait néanmoins l'urgence. Elle lui faisait confiance : il ne fréquentait pas les bordels, mangeait seul dans de petits restaurants où le mari d'une de ses amies libraires, Martha Cruz, vivant à Séville, l'avait croisé plus d'une fois, regard perdu dans le vague, peut-être fixé sur des formes absconses, une foule de visages anciens dont les traits harcelaient sa mémoire, ou bien plongé dans un recueil de poésie ou un des nombreux romans français qu'il lisait dans la langue originale. L'unique crainte de Lisa était que l'on retrouve le corps sans vie de son mari au fond d'un fossé, ou dans la baignoire d'une de ces minables pensions de famille où il avait ses habitudes. Elle savait qu'il s'enfuyait pour épuiser sa peine au fil des routes, pour opposer ses déambulations, sur les berges du Guadalquivir, ou le long d'autres rivières, dans d'autres villes, à l'inertie de sa souffrance. Il lui arrivait de gagner la sierra Madrona, de marcher quelques jours dans les montagnes sans jamais s'éloigner de sa Ford, qu'il garait aux limites du village de Fuencaliente. Il franchissait les massifs en conduisant sur les chemins défoncés et dormait sur la banquette arrière de sa voiture pour se réveiller à l'aube, contemplant les blocs de pierre blanche, les cassures et les reliefs, la pente adoucie des hauteurs couvertes de pinèdes, de frênes et de vignes sylvestres. La clarté des premières heures atténuait son angoisse. Las de ses errances, il finissait par regagner Santa María, tôt le matin et sans prévenir. Il s'asseyait dans la cuisine, un peu moins taciturne, vêtements froissés, imprégnés de poussière et d'odeur de tabac froid, devant un déjeuner préparé par Lisa.

Elle avait toujours éprouvé une profonde compassion pour son mari, acceptant ce qu'elle ne comprenait pas comme on se soumet au mystère, tolérant l'existence de cette mélancolie comme on admet la présence d'une étrangère en sa demeure. Il fallait supporter ce ciel perpétuellement bas, ce mutisme oppressant, et se réjouir de l'éclaircie, de la lumière blanche projetée pour quelques heures sur l'humeur contaminée, la vie terne et confinée de ses enfants, avec la rustique gratitude du domestique pour son maître.

II

Jeudi 2 décembre 1939

Drôle de guerre – La veuve du fasciste – Le mémorial – Une poursuite dans les montagnes – La guerre de mon père n'est pas la mienne – Nel mezzo del cammin – Pérégrinations et réminiscences du journal d'Esther – Retour chez la veuve Rébecca – Álvaro choisit la France

Laissant le fond de la vallée dans l'ombre, le soleil inonda le flanc des montagnes entre lesquelles il progressait. Des nappes de brume montaient des berges de la rivière. Álvaro s'écarta un peu de son cours afin de distinguer la limite d'un bois vers lequel il marchait et avança sans faiblir entre des arbres épars, aux troncs noirs et fins comme les pattes plantées en terre de grands échassiers. Il eut soif et s'approcha de la rive, évitant d'épaisses touffes d'herbes poussées comme des verrues sur le sol spongieux. Il s'agenouilla, sentant l'humidité détremper le tissu usé de son pantalon et constata que la largeur et la profondeur du lit avaient diminué depuis l'aval. Il pencha son visage au-dessus des eaux glacées, observant son reflet déformé dans le courant. Il regarda son image flotter au-dessus du gravier, posa ses lèvres à la surface. Il but plusieurs gorgées, éprouvant la saveur minérale des galets, le goût amer des herbes ondoyantes, puis il releva la tête et sentit le froid descendre en lui et l'engourdir. Il se demanda combien de temps il serait encore capable d'endurer la fatigue. Il faudrait pourtant tenir, passer la frontière française.

Il se remit en route, songeant qu'il avait rencontré des colonnes de réfugiés se dirigeant vers le nord, des files de républicains dépenaillés fuyant vers Saint-Sébastien, Bayonne ou Tarbes. Il s'était toujours refusé à les suivre. Comment demander l'asile politique à un pays qui à aucun moment n'avait soutenu la République espagnole ? Mais la guerre d'Espagne n'avait jamais été la sienne. La *guerra* n'avait jamais été plus qu'une opportunité de rachat pour son père. Il avait souvent pensé à l'invasion de la Pologne. Tout cela se déroulait derrière les montagnes, comme une répétition de ce qu'il avait connu. Il n'y avait rien à faire. Il ne comprenait pas cette obstination des Français à vouloir la paix avec une bande de fanatiques. La France avait fini par déclarer la guerre à l'Allemagne quelques heures après l'Angleterre. La plus puissante armée d'Europe saurait-elle nous protéger ? s'était-il demandé, observant ses compatriotes pressés de quitter la République défaite pour trouver refuge au-delà des Pyrénées, au sein d'un pays estropié par le conflit précédent, peuplé de vieillards et d'infirmes, jeté dans la bataille par obligation quasi contractuelle. Le mythe entretenu par son père, intoxiqué de littérature française comme l'hidalgo de la Manche l'était de romans de chevalerie, la légende d'une grandeur indéfectible de la Raison dont il avait nourri sa démence, lui semblait suspect quand il pensait à la mobilisation résignée d'une armée équipée de bandes molletières, convergeant en désordre à l'appel, obéissant aux hurlements de sous-officiers à gueule de bois sortis casqués de la naphtaline.

Quelque chose s'était réveillé en Europe. Quelque chose était à l'œuvre qui le menaçait, lui et sa manière d'arpenter le monde. Étrange, pensa-t-il, cette guerre suspendue : fruits blets accrochés aux branches d'une paix depuis longtemps caduque. Insolites, cette Pologne offerte, ces Français réfugiés dans leurs casemates, aux frontières de l'Est, vêtus de leurs antiques uniformes, obligés d'attendre le sifflement d'un premier obus pour renouer avec les hostilités. *La drôle de guerre*, avaient titré certains journaux fascistes espagnols, reprenant de façon ironique l'expression consacrée par les journalistes français. Il avait connu la même attente dans le nord de la Cantabrie.

Un matin, alors qu'il vivait depuis sept mois avec la veuve d'un fasciste tué au cours d'une partie de chasse en août 1938, Álvaro repoussa avec précaution les couvertures du lit et se leva. Il resta un long moment, debout, nu dans la pénombre, contemplant la silhouette de la femme ramassée sous les draps. La chambre, haute et glaciale, n'avait pas été chauffée depuis la veille. Il se dirigea vers le poêle, s'accroupit et ouvrit la trappe encrassée de suie. Il se concentra sur chacun de ses gestes pour ne pas penser à la nuit où sa maison du Cabo s'était embrasée. Il trouva une boîte d'allumettes sur une pile de journaux remisés sous un secrétaire. Il arracha quelques pages d'un vieux numéro du *Nacional*, avant de les enfourner dans le foyer. Certains souvenirs ne le quitteraient jamais, certaines images le poursuivraient jusqu'à la fin de son existence. Il était semblable à son père. Possédé. Il gratta la tête de l'allumette contre le sol.

L'écorce des pins renvoyait la lumière pourpre de l'incendie. Il s'en souvenait parfaitement. Sa maison dévorée. Les plus hautes branches s'étaient racornies dans la nuit. Il se demanda si l'on pouvait se consumer avec sa mémoire. Il s'était enfui, le dos offert à la morsure des flammes, moins douloureuse à mesure qu'il s'éloignait, presque tiède quand la distance lui avait paru suffisante pour se retourner. Plus loin, alors qu'il ne distinguait plus la bâtisse, il avait repéré une colonne de fumée grise s'élevant puis se couchant au-dessus des arbres. Un parfum de désastre et de brique chaude dispersé par le vent avait empli l'air.

Il ferma la trappe du poêle et se détourna de la lueur rousse qui perçait son vitrail opaque. Des éclats de voix retentirent au-dehors puis se turent. Il resta immobile, attentif, inquiet, percevant la respiration tranquille de la femme, le faible grincement des lattes du plancher sous ses pieds. Le hurlement d'un chien, suivi d'un coup de fusil, lui parvint et il se dirigea vers un prie-Dieu où gisaient ses vêtements. Il s'habilla le plus rapidement possible. Un deuxième coup de fusil tonna dans le bois de chênes, au-delà de la ceinture d'herbes hautes qui cernait la maison. La femme, réveillée brusquement, rejeta les couvertures et se redressa. « Ils sont là », dit-elle en écartant les mèches de cheveux bruns et gras qui lui masquaient le visage. Elle quitta le lit et vacilla, paupières lourdes. Álvaro finit de lacer ses chaussures en la regardant, nue et blanche, debout devant lui telle une apparition. Il la détailla pendant quelques secondes, découvrant son corps comme il ne l'avait jamais vu. Troublée, elle s'accroupit afin de ramasser sa robe de chambre jetée au sol. Ils entendirent distinctement des voix et des rires d'hommes qui s'approchaient. Elle lui demanda de se presser. Elle les connaissait. Il s'agissait d'anciens amis de son mari. Il pourrait revenir ce soir, mais il fallait qu'il parte ou bien ils le tueraient. « Dépêche-toi, je sais qui sont ces salauds. » Il acquiesça, presque enthousiaste à l'idée de quitter cet endroit humide, aux pièces perpétuellement plongées dans la pénombre. Il s'imagina doubler la ceinture de friches qui ourlait la propriété à l'abandon, gagner la forêt au pas de charge, mais le souvenir d'un départ précédent lui revint. Vision de flammes au-dessus des arbres. Il se retourna vers la femme qui fouillait les tiroirs d'une commode. Il l'observa et pensa qu'il s'agissait d'une malédiction. Il bafouilla une excuse : « Pardonne-moi, Rébecca. » Elle haussa les épaules. Elle lui tendit deux paquets de cigarettes allemandes R6 ainsi qu'un rouleau de billets de cinq cents pesetas et lui demanda de filer sans bruit par la cave, d'attendre que les hommes aient tous pénétré dans le hall de la maison pour s'enfuir par-derrière. Il passa devant elle, saisit les cigarettes et l'argent, poussa la porte. « Je suis vraiment désolé, Rébecca. » Elle lui adressa un sourire crispé. « Il faut que tu partes vite maintenant. » Il marcha sans bruit le long d'un couloir avant d'atteindre un escalier menant au rez-de-chaussée, se promettant qu'il reviendrait le lendemain matin et resterait suffisamment longtemps pour remettre le terrain en état, restaurer le toit délabré de la maison. Tout serait achevé vers la fin de l'été. Rébecca pourrait revendre son patrimoine. Ils iraient s'installer ailleurs, plus à l'est, pourquoi pas du côté de Barcelone ? Il repensa à l'argent que lui avait offert Rébecca, à l'ambiguïté de sa promesse de retour, puis cessa d'imaginer l'avenir.

Dans l'entrée, il passa rapidement devant un râtelier contenant une collection de fusils. Sept mois qu'il vivait ici, et il ne s'était jamais attardé devant ce meuble audessus duquel son ancien propriétaire avait fixé un crucifix. L'homme s'était tiré une cartouche de chevrotines dans la jambe en tombant au fond d'une ravine, alors qu'il courait après l'un de ses chiens de chasse. La balle avait arraché un morceau de muscle et sectionné une artère. Le chasseur était mort d'une hémorragie. Ses collègues l'avaient retrouvé, face contre terre, le chien qu'il poursuivait revenu près de lui pour dévorer le fragment de chair emporté par la chevrotine. Álvaro s'était souvent demandé quelle idée de la faute et de la prédestination avait préoccupé cet homme capable d'associer le symbole de sa foi au présage de sa mort. Rébecca lui avait raconté les rondes que son mari organisait avec ses amis carlistes. Il quittait de plus en plus souvent la maison depuis que son médecin de famille lui avait appris la stérilité de son couple. « Un cas de divorce valable », lui avait dit le docteur. Répudier sa femme était possible.

Restait à savoir lequel des deux était incapable d'engendrer. Il avait préféré prendre ses distances avec son épouse, la désignant implicitement comme responsable. Oisive, cloîtrée, Rébecca ne descendait plus en ville pour rendre visite à ses amies. « Une santé fragile », répétait son mari à son entourage, tandis que lui, actif, dévoué à la victoire d'une Espagne moderne, sœur de l'Italie et de l'Allemagne alliées à l'avant-garde d'une Europe nouvelle, avait toujours été doté d'un grand appétit, d'une nature optimiste, d'un corps vigoureux, insensible au froid et au manque de sommeil. Il n'y avait qu'à voir ses trois sœurs : femmes charpentées, fécondes, entourées d'enfants. Il fallait en juger d'après ses sœurs aînées, qui avaient accompli leur devoir de mères en offrant à la nation une descendance digne du futur qu'elle allait se réinventer. Le mari ne s'était jamais véritablement battu contre les républicains. Il avait passé son temps à bivouaquer dans les bois, à la recherche de réfugiés, délaissant même la scierie dont il était propriétaire au profit de chasses à l'homme qui tournaient en battues inefficaces, braconnage, virées au bordel de Villanueva.

Les chasseurs tambourinèrent à la porte. Rébecca leur ouvrit. Ils s'engouffrèrent dans le hall en silence, fusil cassé à l'épaule, se découvrant comme à l'église, se tassant les uns contre les autres devant la volée de marches en chêne qui montait vers la chambre adultère. Rébecca les compta : cinq abrutis, déférents, presque obséquieux, précipités au seuil d'un mausolée, baissant les yeux sur leurs bottes couvertes de boue, cinq hommes imbibés d'alcool, venus inspecter la maison de leur camarade défunt après une nuit de course dans les bois, une nuit passée à ressasser des considérations obscènes sur la solitude d'une veuve. Cinq brutes au visage flasque, à l'haleine lourde et condensée, aux mâchoires engourdies, escortés de deux chiens sans laisse, plaqués contre leurs jambes. Elle leur sourit, prétendant que le désordre et la poussière étaient dus à la fièvre qui l'obligeait à garder le lit une partie de la journée. Elle ne descendait au salon que le soir. Le mal avait duré une semaine, mais cela allait mieux. Ils ne répondirent pas et elle comprit, percevant leur regard glisser sur sa poitrine et ses cuisses, qu'il ne s'agissait pas d'une visite de courtoisie. On les avait prévenus. Ils étaient venus, aussi bruyants et conquérants qu'une bande d'ivrognes se préparant à lyncher l'idiot du village. Certains du résultat de leur traque. Convaincus de leur supériorité de pisteurs et de redresseurs de torts. Ils étaient entrés chez elle, avaient recouvré ce calme, cette timidité enfantine et inquiétante qui précèdent toute profanation. Elle les invita à s'asseoir dans le salon pour se reposer et boire quelque chose, mais ils refusèrent. Elle sentit une violence dans leur refus, une animosité que le souvenir de son mari leur interdisait encore d'exprimer. L'un des hommes, au visage gras et couperosé par le froid, lui demanda où se cachait le type avec qui elle s'était compromise.

Álvaro patienta quelques minutes au sous-sol avant de se retrouver dans l'aube glacée. Il resta immobile contre un mur de la maison, laissant l'air humide le laver des odeurs de sexe qui imprégnaient sa peau et ses vêtements. Les chasseurs n'étaient pas venus pour lui puisque aucun homme n'avait été posté dans le jardin. Il éprouva presque de la joie. Une jubilation de couard. L'amertume du départ redevenait un plaisir, comme s'il avait été dans sa nature de goûter l'adversité. Il pensa à sa maison incendiée, son précédent départ, ses deux fils abandonnés. Une coïncidence monstrueuse. Il ne voulait pas comparer. Pas au moment de prendre la fuite. Il y avait quelque chose d'indélébile inscrit au fond de chaque homme, une peur plutôt qu'une lâcheté qui les rendait calamiteux. Son père, avant lui, s'était débattu par inquiétude. Crainte de devoir endurer la contrariété du changement. Il fixa la lisière des fougères sous les arbres. Il plongea sa main droite dans la poche de son pantalon et rencontra la présence familière d'un carnet, le journal de sa sœur qu'il transportait avec lui depuis le Cabo de Ajo. Main droite, main de l'amour.

Les muscles de ses jambes se contractèrent en une série

de spasmes rapides. Il se mit à courir pour rejoindre le bois, les épaules et les cuisses engourdies. Son odeur et celle de Rébecca dominaient les parfums de la terre humide. Il ne s'évadait pas, ne fuyait pas. Il surveilla la lumière oblique qui bleuissait le corps des grands arbres. Ce n'est qu'après vingt minutes de marche qu'il entendit l'aboiement des chiens derrière lui. Les hommes l'avaient pris en chasse. Il recommença à courir. L'écho de plusieurs coups de fusil lui parvint. Cinq minutes plus tard, le jappement continu des chiens se rapprocha. Il avait progressé une demi-heure vers l'est, se faufilant dans le sous-bois, mais ne s'éloignant jamais de plus d'une dizaine de mètres d'une route de terre qui sinuait vers un alpage, quand il rencontra un ruisseau. Il décida de le remonter afin de semer les chiens. Il tomba sur un chemin plus étroit en sortant de l'eau glacée. Reprit sa course sur plusieurs centaines de mètres. Épuisé, il finit par s'arrêter et se recroqueviller au pied d'un pin couché en travers du sentier. Il essaya de maîtriser sa respiration saccadée et bruyante, puis il évalua la distance qui le séparait des chiens, écoutant leurs appels désemparés s'effacer dans le lointain. Il patienta, le front appuyé contre l'écorce de l'arbre, observant la flaque d'eau qui s'était formée sous ses chaussures. Bientôt il n'y eut plus que le vent dans les arbres et le chant de quelques oiseaux.

Il se leva, frissonna et sentit sa chemise imbibée de sueur froide plaquée contre sa poitrine. Il enjamba le tronc renversé qui lui barrait la route et pensa qu'il valait peut-être mieux vivre traqué dans un pays vaincu, mais familier, que de passer la frontière et se retrouver parmi des étrangers en guerre, avec l'épouvantable conviction d'aller vers une seconde défaite. *Le pays de mon père n'existe pas derrière les Pyrénées.* Il parcourut encore quelques mètres et s'arrêta, stupéfait, devant une stèle plantée au bord d'une fosse. Il lut l'épitaphe gravée dans la pierre :

À mon époux, Ernesto Gonzálvez Castillo
SA FEMME INCONSOLABLE

À notre regretté compagnon d'armes :
grand chasseur et combattant d'une noble cause
SES CAMARADES

Le fasciste était tombé non loin. La vie de cet homme ne recelait pas la moindre énigme. « Grand chasseur, combattant d'une noble cause, femme inconsolable », énuméra Álvaro à voix haute. Une trinité valable pour la pléthore de ceux qui l'avaient précédé dans l'oubli. Le vent souleva une poignée de feuilles mortes, attirant son attention sur une parcelle de terrain plus humide, dont la pente s'accentuait brutalement. Il détourna le regard de la broussaille où le fasciste s'était empêtré avant de chuter et se concentra de nouveau sur le mémorial. La vie d'un homme, gravée sur deux lignes puis oubliée. Un hommage sans consistance, perdu non loin d'un sentier de montagne.

Il escalada quelques mètres au-dessus du chemin,

puis retira ses chaussures et ses chaussettes trempées afin de les laisser sécher au sommet d'une roche plate. Il finit par s'asseoir au pied d'un arbre. Il sortit le paquet de R6 d'une des poches de son pantalon, alluma une cigarette puis contempla l'emballage rouge : le mari de Rébecca avait sans doute obtenu le tabac en l'achetant à un groupe de contrebandiers en affaires avec les nazis de la légion Condor. Il en fuma la moitié avant de l'éteindre. Il rangea soigneusement le mégot dans le paquet. Il s'allongea sur le flanc, la tête posée sur un avant-bras. Il était préférable d'attendre ici avant de rejoindre Rébecca, de patienter le temps que les chasseurs s'éloignent et s'égarent dans la montagne, se perdent en conjectures, essoufflés derrière leurs chiens. Jamais ils ne songeraient à venir le débusquer aux alentours du mémorial, symbole de leur maladresse et de leur incompétence. Il s'endormit.

Il se réveilla tard dans la journée. Le ciel était bas au-dessus des arbres. Le relief indistinct des nuages se disloqua en un camaïeu de gris pâles sous l'effet d'un vent glacial. Il frissonna et observa le cercle austère des bois autour de lui. Il se leva en titubant, l'avant-bras engourdi, les os endoloris. Il était seul. Il récupéra ses chaussures et ses chaussettes encore humides, tombées de la pierre où il les avait laissées.

Il se remit en route, déterminé à retrouver Rébecca. Il regarda les montagnes en pensant à son père. Sion n'était pas derrière la frontière. Le pays de son père n'existait pas. Il n'y avait que des cendres : restes d'une maison calcinée sur la côte cantabrique. Il n'y avait que le monde gris et froid qu'il arpentait depuis l'âge de seize ans. Il n'y avait que le journal de sa sœur Esther, récit fragmentaire et sans date qu'Álvaro gardait dans la poche de son pantalon depuis qu'il avait quitté Laredo.

Il regagna le chemin principal en longeant le ruisseau dont la traversée lui avait permis de semer les chiens. La pluie commença à tomber, fine, pénétrante, presque un brouillard qui l'obligeait à marcher tête basse. Il avança dans l'obscurité, distinguant à peine le sol, butant contre des obstacles invisibles. Une odeur de bois brûlé envahissait les ténèbres. Il arriva tard dans la nuit, devant la maison aux volets clos. Il attendit, à l'affût de la moindre présence, imaginant le corps de Rébecca couché sous les couvertures, à l'étage, dans cette chambre haute de plafond qu'elle ne chauffait presque jamais, devinant le rythme lourd de sa respiration, l'auréole invisible et tiède de son haleine au bord du drap. Il resta longtemps hésitant. Vivre avec elle. Se noyer avec elle au fond d'un silence ponctué d'aboiements fantômes, de spectres plus pâles et plus froids mais moins distants à chaque apparition, surgissant comme l'écho d'une vie qu'il avait désertée, le souvenir d'une première chute que l'interminable ressac des côtes cantabriques lui ramenait sans cesse en rêve. Il enjamba les marches du perron. Il poussa la porte restée entrouverte et sursauta en apercevant le corps de Rébecca sans vie, dénudé, couvert de bleus, étendu sur le marbre du hall. Il recula, sortit et s'effondra. Il finit par se relever et retourna se cacher sous les arbres. Il patienta quelques minutes, n'entendant que son cœur battre dans sa carotide. Il comprit que les chasseurs avaient quitté la maison depuis longtemps. Ils ne l'avaient pas débusqué dans la montagne mais étaient revenus tuer Rébecca. Il retraversa le bois et se dirigea vers le nord-est, vers la frontière française.

III

18 octobre 1938

Le journal d'Esther – Le nom révélé – La mort du père – Díaz est-il une partie d'Álvares ? – Où l'on apprend pourquoi le père d'Álvaro et d'Esther a quitté Tanger

Un an auparavant, Álvaro s'attablait dans un café dont la devanture donnait sur le port de Santander. Il déposa le colis contenant le carnet en cuir souple expédié par sa sœur. Il ne l'ouvrit pas tout de suite. Il contempla l'enveloppe déchirée qui le protégeait, le papier estampillé des divers emblèmes des villes qu'il avait traversées avant de lui parvenir. Témoignage d'une Espagne morcelée, aussi secrète, rétive et fragmentée que l'était sa propre histoire.

Il commanda une bière Mahou et deux parts de tortilla sur une tranche de pain huilée. Une fois servi, il se versa un verre et laissa l'omelette refroidir, repoussant l'assiette hérissée de *palios* contre la vitre qui donnait sur le quai encombré de camions, de caisses en bois et de tonneaux. Il observa encore le journal ficelé dans son emballage, but deux longues gorgées de bière et reposa le verre sur le marbre, puis saisit le paquet. Il ôta la cordelette en la faisant glisser sur la tranche du carnet. L'ouvrit au hasard.

> *… Álvares est notre véritable nom de famille. Díaz n'existe que depuis 1910, année au cours de laquelle notre père débarqua à Puerto de Santa María et s'y installa sous une identité fictive, pour rompre avec la faute qui le hanterait le restant de sa vie. Nous ne l'aurions jamais imaginé capable d'une telle initiative – je parle de cette rédemption militaire et républicaine que je t'ai déjà relatée en t'annonçant sa mort. J'ai cru au départ que cette disparition ne serait qu'un silence de plus. Je me trompais. Nous ne soupçonnions pas à quel point certaines épreuves ont conditionné son mutisme. La mort facilitait sans doute pour lui la levée d'un secret. Son engagement républicain constitua une opportunité : rompre avec l'ancienne loi du qui-vive et de la méfiance issue du traumatisme qu'il avait vécu à Tanger.*
> *Nous avons supporté, sans jamais la connaître, une faute imaginaire dont notre père avait augmenté le pouvoir à force de la nier.*

Álvaro leva les yeux sur les montagnes affaissées sous le ciel bleu et dur. La rive opposée courait au-dessus des vagues et sous la roche. Son père était mort. Il observa le relief des monts s'enfoncer dans la baie comme s'il descendait lui aussi par degrés, sous l'étendue calme et grise des eaux. Un camion de bière Mahou San Miguel, garé en aval du café, ses pneus pleins, collés contre un trottoir défoncé, démarra en laissant une traînée de gasoil sur les pavés du quai. Le bruit du diesel le tira un instant du cauchemar où il s'enlisait. La réclame peinte à l'arrière du véhicule lui rappela son verre posé sur la table. Il laissa le carnet ouvert devant lui et saisit la chope. Saveur d'encre. Il reposa la bière en grimaçant.

Díaz ou Álvares ? Pas de différence, décida-t-il. Álvares : bégaiement de l'énigme qu'il était pour lui-même. Álvaro : Álvares par omission. Isaac Álvares : son père. Isaac Díaz : le père qu'il ne connaissait pas mieux. Il lissa une des pages du carnet. L'essence de son être se trouvait au cœur de ce récit. Il n'était qu'un tas de secrets redécouverts au chevet d'un mort, dont l'identité avait failli se dissiper dans le mystère.

> *Notre père est né à Tanger, non à Jerez de la Frontera, comme il le prétendait. Il y vécut la première partie de sa vie, y travailla et se maria dans cette ville marocaine. Son métier, peut-être la façon dont il l'exerça, explique son exil.*
>
> *Il ne souhaitait pas prolonger le silence après sa mort. C'est dans ses papiers, après sa disparition, que j'ai rassemblé certaines indications prouvant ce que j'avance dans ce journal. Il avait rédigé ses dernières volontés sur une dizaine de feuilles pliées entre les pages de* La Divine Comédie, *puis les avait rangées dans un cartable rempli de livres.*

Isaac Álvares : progéniture dénaturée, fruit d'une gestation trop longue, pensa Álvaro. Son destin exhumé dans une simple lettre. Une éclaircie au forceps. Qui pouvait célébrer la bonne nouvelle sans un haussement d'estomac, une contraction des viscères ? Il voulut se lever, quitter le restaurant, suivre les quais, avancer entre les auréoles de gasoil aux couleurs venimeuses, arpenter les larges dalles en pierre gris-bleu des docks, marcher entre les caisses vides, les carrioles attelées à des chevaux dociles.

Il pouvait encore partir, abandonner le journal à un inconnu, qui le trouverait et ne lui accorderait qu'une signification anecdotique. Un récit de plus dans la trame des milliards de vies passées, présentes et à venir.

Notre père se maria au début de l'année 1909, à Tanger, avec une jeune fille, Ruth, âgée de dix-neuf ans, employée à l'hôtel Continental comme femme de chambre. Il tint une boutique de fruits secs et d'épices rue Tapiro, commerce hérité de son père, qu'il avait développé en travaillant avec l'Espagne et en livrant d'importantes commandes au Continental. Les affaires prirent un essor favorable, suffisant pour que la boutique devienne une activité secondaire. Papa conclut plusieurs contrats avec trois autres hôtels de la région et certains restaurants qui attiraient une clientèle internationale, bouleversant, voire annulant, les accords tacites passés entre quelques boutiquiers chrétiens ou musulmans et ses nouveaux clients. Il s'attira l'inimitié de nombreux collègues. Il créa un rapport de concurrence déplacé pour le fils d'un nouvel arrivant, le rejeton d'un juif algérien, Elias, originaire de Constantine, devenu français par décret. Bien qu'il soit né à Tanger, au deuxième étage d'une maison située 8, rue des Postes, Isaac n'en restait pas moins un étranger.

Notre père et Ruth se rencontrèrent au cours de cette période d'expansion frénétique. Ils ne se connurent pas à la terrasse du Continental, où ils avaient dû se croiser sans jamais se parler, mais à la boutique, à présent tenue par le fils d'un ami arabe, pêcheur à la retraite. Ruth passait souvent le soir ravitailler ses parents en fruits secs, œufs et pois chiches. Elle y aperçut Isaac à plusieurs reprises, venu lui aussi s'approvisionner, discuter et parfois jouer aux échecs avec Mustapha, son employé.

Isaac engagea la discussion avec Ruth et la retrouva un soir pendant un bal organisé par la synagogue, un lendemain de Pourim.

Notre père et Ruth se marièrent. Ruth travailla un temps à la boutique, remplaçant Mustapha, dont le renvoi ne pouvait susciter que l'incompréhension. Une incompréhension qui dégénéra en haine. Notre père et Ruth reçurent diverses menaces de mort. Elias et sa femme Miriam, notre grand-mère, en eurent leur part. Elias, perturbé par le souvenir de sa mère assassinée au cours des émeutes antisémites qui avaient éclaté à Constantine en 1898, conseilla sans relâche à son fils de quitter Tanger. Il tenta de le convaincre en lui détaillant les épreuves subies par de lointains membres de la famille exilés trop tard après de multiples deuils et renoncements, dont le récit se transmettait de génération en génération. Des émeutes étaient encore possibles. Il y en avait eu en 1907 à Casablanca. Un lieu tranquille comme Tanger était susceptible de basculer. Elias lui parla de la mort prématurée de son père, accablé de remords.

Un soir de septembre, empruntant l'escalier du rempart des Portugais, alors qu'il allait chercher sa femme à la boutique pour lui annoncer qu'il avait recruté une nouvelle employée – une jeune Kabyle dont les parents, anciens paysans, indifférents à l'esprit d'ostracisme qui assiégeait le nom d'Álvares, Álvares le Français, Álvares le juif de Crémieux, venaient d'arriver à Tanger –, Isaac rencontra une bande de types masqués qui le tabassèrent et le laissèrent pour mort au pied de la muraille. Les mêmes hommes gagnèrent la boutique, entrèrent en renversant les marchandises, bousculèrent Ruth sur des sacs de café avant de la pousser dans la rue où elle assista au saccage de l'épicerie depuis le trottoir d'en face, maintenue de force par un des complices de l'agression de son mari. Quelques passants tentèrent de protester mais renoncèrent après avoir été victimes de jets de pierres. L'homme qui immobilisait Ruth la gifla et la jeta à terre avant que ses acolytes ne s'égaillent dans les rues adjacentes. Ils avaient essayé, sans succès, de mettre le feu aux sacs de riz. Ils échappèrent à la police, sans doute soudoyée, qui n'arriva que tardivement.

Debout derrière son comptoir en acajou sombre, le patron du bar servit un verre de vin blanc à un client avant d'interpeller Álvaro : les tortillas n'étaient pas bonnes ? Peut-être trop froides ? Fallait-il lui en servir d'autres ? Voulait-il une deuxième bière ?

Álvaro leva les yeux du journal de sa sœur pour rencontrer le visage adipeux et souriant du propriétaire. Il observa la silhouette de l'homme dont la calvitie naissante et les épaules se reflétaient dans un long miroir rectangulaire, au fond duquel apparaissait la ligne sobre de la mer. Le client et son verre de vin l'observaient également. Cheveux frisés, scindés par une raie tirée au cordeau.

Il remercia le patron et commanda une autre bière, éprouvant de nouveau la même sensation de soif. Il saisit une part d'omelette, la porta à sa bouche, mastiqua lentement et sans plaisir. Il était Díaz, l'époux de Graciela, père de deux jeunes garçons, Victor et Santiago. Il était étranger aux Álvares, indifférent à l'histoire d'Isaac et d'Elias, indifférent aux émeutes du siècle dernier, aux massacres perpétrés sur un autre continent. Le patron appela la serveuse. Elle entra dans le bar par une porte de service découpée dans les lambris qui couraient à gauche du comptoir. Álvaro demanda qu'on lui apporte une serviette. Une serveuse revint avec une autre bière. Elle le débarrassa de la chope vide, déposa une troisième part de tortilla chaude sur la table, déclarant que c'était un cadeau du patron. Agacé, Álvaro remercia l'homme d'un signe de tête.

Elias soigna son fils pendant un mois. À peine rétabli, Isaac décida de s'exiler en Espagne, où il pourrait poursuivre et développer ses affaires. Il prit le bateau, seul, pour Cadix, afin de prospecter dans la région, ouvrir de nouveaux bureaux et trouver un logement. Ruth, affaiblie par l'agression, s'installa chez sa belle-famille. Deux jours après le départ d'Isaac, elle fut renversée place de France par un camion dont le propriétaire, un limonadier grec, étranger au lynchage, faisait l'aller-retour une fois par semaine entre Casablanca et Tanger. Ruth fut transportée à l'hôpital et trépanée, mais décéda le surlendemain. On annonça la nouvelle à notre père par télégramme. Ruth fut enterrée rapidement. Isaac ne revint jamais à Tanger. Il disparut et changea de nom. Vas Dias était le nom de jeune fille de notre arrière-grand-mère tuée durant les émeutes de Constantine. Díaz en est certainement la réminiscence.

Álvaro referma le journal et le repoussa à l'extrémité de la table. Il but plusieurs longues gorgées, déposa la chope devant lui et suivit le tracé d'une goutte dans la buée. Deux ouvriers entrèrent dans le bar, saluèrent le patron d'une poignée de main puis s'installèrent en face de lui. La serveuse vint prendre leur commande. Álvaro détailla ses tempes filetées de gris, ses cheveux bruns et ternes ramassés en chignon. Quelques mèches chevauchaient le col froissé de son chemisier. Il se demanda si Esther avait changé. Ressemblait-elle à cette femme au visage ramolli ? Était-elle encore en vie ? Le regard de la serveuse s'attarda un instant au-delà du quai, à la surface insipide des eaux. Álvaro mangea un peu afin d'atténuer l'effet des deux bières. Il s'agissait de reprendre sa voiture et conduire jusqu'au Cabo sans rater un virage. Il regarda la serveuse s'éloigner.

Esther : sage-femme accouchant son propre frère sur une centaine de feuillets. Il finit sa portion de tortilla. Son père les avait entraînés dans sa chute, pensa-t-il. La serveuse revint vers ses clients avec un plateau sur lequel étaient posés une bouteille de vin de Rioja, un plat de boulettes de viande et des beignets de pommes de terre. Álvaro esquissa un sourire en distinguant les pages jaunies du carnet de commandes qui dépassait d'une des poches de son tablier. L'ouvrier assis en face de lui remarqua qu'il observait la femme et lui retourna son sourire. Álvaro baissa les yeux. Il leva la tête de nouveau : l'ouvrier chuchotait quelque chose à son collègue en regardant la serveuse. Il eut envie de l'insulter, mais il rassembla ses affaires, se leva, enfila sa veste en cuir.

Il marcha le long des quais afin de regagner sa voiture, observant la surface des eaux brisées, noire, verte et grise. Une flottille de pêche tanguait bôme contre bôme, misaines obliques dans le roulis. Il croisa des trams bondés : hommes engoncés dans des costumes sombres et des gabardines beiges. Il remonta les façades, tantôt blanches et baroques, tantôt bleu délavé ou ocre, de bâtiments alignés devant le port. Il songea plusieurs fois à se débarrasser du carnet en le jetant à la mer. Mais il en lut encore quelques extraits dans sa voiture, découvrant le récit de la mort de son père.

IV

18 octobre 1938

Un accident en rentrant de Santander – Récit de la rencontre d'Álvaro avec Paco et Carlos – Le journalisme – Le casse raté – Le chemin de croix de Paco

Álvaro était un peu ivre à cause de la bière. « Tu sais peut-être à quoi je pense ? » prononça-t-il avec une nuance de scepticisme, de respect et de crainte, répétant sa question à voix haute pour l'entendre dans l'habitacle de la Lancia Dilambda qu'il conduisait à toute vitesse sur l'ultime portion de route qui menait chez lui. Le carnet noir de sa sœur était posé sur le siège passager de la voiture. Les pages se soulevaient au gré des courants d'air qui s'engouffraient par la vitre à moitié baissée. Ils avaient tué son père. Sa sœur et sa mère n'avaient pas su quoi faire de lui quand les voisins étaient venus chez eux pour les avertir. Il l'avait souvent aperçu par la fenêtre, remontant le quai de Santa María vers la capitainerie, longeant les reflets des maisons, des platanes et des palmiers dans l'eau verte du port pour disparaître à l'angle d'une ruelle. C'était toujours par accident qu'on se tenait près de lui, pensa-t-il. Il ne prévenait jamais

Lisa de la durée de ses déplacements. Il pouvait quitter la maison une semaine, deux jours, voire une heure. Son bagage était le seul indice annonçant qu'il allait découcher – un sac en cuir avachi dont le contenu en vêtements et en livres variait selon la durée du séjour. Álvaro ignorait si son père s'était volontairement astreint au secret, s'il avait appris à assouplir les contingences que sa souffrance lui imposait, au point d'évacuer la notion d'horaire, de quitter le foyer sans marquer de rupture entre sa présence et son absence, ou si le secret l'avait transformé, prenant possession de lui et le manipulant.

Le récit d'Esther l'obsédait à tel point qu'il ne remarqua pas la limite de la route goudronnée. La voiture lancée à vive allure fit un bond en quittant le ruban d'asphalte pour retomber brutalement sur la piste défoncée qui poursuivait à travers la pinède. Álvaro lâcha l'accélérateur, redonna un coup de gaz et contre-braqua pour remettre la Lancia sur sa trajectoire initiale. Mais le train avant plongea dans une ornière. Le capot parut s'enfoncer dans le sol. Un écran d'eau s'éleva au-dessus du radiateur et des phares. Gerbes saumâtres sur le pare-brise et la capote. La voiture bondit en sortant du trou puis retomba, le pare-chocs butant contre les caillasses bleues qui parsemaient la piste. Gerbe d'étincelles. Álvaro contracta ses mains sur le volant et freina brutalement. Les roues arrière décrochèrent, propulsant la Lancia à peine ralentie en dérapage. La voiture fit presque un tour complet sur elle-même en soulevant un nuage de poussière qui entra par la fenêtre, lui giflant le côté gauche du visage et l'aveuglant, puis elle passa au-dessus d'un des fossés qui bordaient la piste – froissements de branchages et de tôle, chocs répétés sur la carrosserie, fragments d'écorce projetés sur les vitres – avant de percuter par l'arrière le tronc d'un pin calciné. En ouvrant les yeux, Álvaro entendit un bruit d'essence agitée dans le réservoir. Il distingua, derrière le voile de particules blanchâtres lacéré de boue qui recouvrait le pare-brise intact, le capot froissé et l'aile gauche soulevée, à moitié arrachée. Il sursauta sur son siège et vérifia qu'il n'était pas blessé. Il n'avait rien à part des courbatures dans tout le corps. Sa première impression fut qu'on l'avait battu pour une faute impardonnable. Il essaya de sortir et s'aperçut que la portière était coincée. Il se coucha sur le dos, une moitié du buste appuyé sur le siège de droite, et balança de grands coups de pied qui firent céder un des gonds endommagés. La porte s'entrouvrit dans un grincement. Il garda la même posture, pivotant juste sur son bassin pour récupérer le carnet qui avait glissé au pied du tableau de bord, sous la terre et les bris de verre de la lunette arrière qui parsemaient le plancher. Il tenta de se faufiler, embarrassé par la position du volant. L'arbre de direction tordu l'empêchait de se redresser et de s'extraire de l'habitacle sans se contorsionner sur le siège. Une fois sorti, il resta un instant adossé au châssis, jambes étendues dans l'herbe, maintenant la portière ouverte de sa main droite pour ne pas la laisser se refermer contre sa poitrine. Il respira profondément et donna un coup de poing dans l'habillage en cuir de la porte qui lui interdisait de voir le fossé courant le long de la route. Il se demanda si quelque chose en lui n'avait pas cédé sous la violence du choc, ne s'était pas opportunément scindé, libérant sa conscience d'une charge très ancienne. Une amnésie bienveillante, pensa-t-il. Il repoussa la porte plusieurs fois, suivant du regard le défilé du fossé, éprouvant un léger vertige quand elle se rabattait sur lui.

Il souleva le bassin. Il ne souffrait d'aucune contusion mais sentait que les courbatures l'empêchaient de maintenir la portière entrouverte et de changer de position en même temps. Il parvint à se mettre à genoux et repoussa la porte avec sa tête, la laissa glisser sur son épaule droite et s'éloigna, mains à plat sur le tapis de verre souillé d'huile. Il entendit le claquement de la ferraille contre le chambranle. Il remonta lentement, à quatre pattes, hors du fossé en travers duquel gisait la voiture.

Debout sur la piste, il éprouvait de nouveau le sentiment d'angoisse et de tristesse qu'il avait vécu à chaque relecture des dernières pages du carnet. De minces coulées chaudes sillonnaient sa nuque. Il leva sa main pour s'essuyer. Du sang. De minuscules morceaux de verre provenant de la lunette arrière constellaient son cuir chevelu. Il sentit un picotement puis une douleur aiguë et retira sa main.

Il regarda la Lancia. Ce qu'il avait appris sur son père l'obsédait plus que le désastre des tôles froissées. Isaac s'était battu avec une ferveur patriotique que contredisait cet état de flottement identitaire auquel il avait essayé de mettre fin en fuyant Puerto de Santa María. Il se demanda si Carlos, chez qui il cachait la voiture avant de lui trouver un nouvel acquéreur, lui en voudrait de nuire à la cause républicaine en gaspillant l'argent qui aurait pu servir à lutter contre les franquistes. Peut-être le féliciterait-il d'être sorti indemne de l'accident : maintenant que les fascistes menaçaient la ligne des montagnes cantabriques, la Lancia, même maquillée de fausses plaques d'immatriculation et repeinte en noir, devenait un bien compromettant dont il fallait se débarrasser.

La voiture avait appartenu à un homme d'affaires phalangiste que Francisco, surnommé Paco, avait tué, une nuit, lors d'un cambriolage raté dans une propriété bourgeoise de Las Arenas, banlieue résidentielle de Bilbao. Au début de la guerre, Carlos et Paco s'étaient engagés à fournir des fusils à la République en les achetant dans des armureries de la côte basque française.

Álvaro avait rencontré Carlos en arrivant à Laredo. Il s'était adressé au propriétaire de l'unique bar situé sur le port, lui demandant où l'on pouvait trouver du travail. Carlos, assis à l'extrémité du comptoir, lui avait suggéré d'aller voir un type nommé Pepe Castillo, contremaître de la petite imprimerie du journal local de tendance républicaine, *El Liberal*, rattaché à un quotidien plus important de Santander, *Amanecer*. Ce n'était pas la bonne saison pour être embauché dans la pêche et Pepe cherchait d'urgence un remplaçant à la maintenance.

Castillo avait engagé Álvaro et lui avait enseigné les rudiments du métier en quelques jours. Álvaro était retourné un matin, à l'aube, demander au propriétaire du bar où il pouvait revoir Carlos afin de le remercier. Le type lui avait indiqué un hangar situé deux rues derrière son bar, à côté d'un vieux tunnel percé dans la montagne de l'Atalaya.

Álvaro avait trouvé Paco en train de badigeonner la bordure verte du mur de l'atelier avec une peinture destinée à l'entretien des bateaux. Carlos s'était absenté pour la journée afin d'aider un type de Santoña à réparer le moteur de son camion. Ils avaient discuté et sympathisé. Paco l'avait invité à revenir le soir même, vers neuf heures. Ils avaient dîné, s'étaient saoulés ensemble, s'étaient revus plusieurs fois, avant de devenir amis.

Au bout d'un mois, Álvaro, lassé par son travail, avait proposé quelques articles au *Liberal*. Une série de récits sur le séjour d'Isabelle et des Rois Catholiques à Laredo. Les articles avaient été acceptés et Álvaro avait fini par obtenir une rubrique d'histoire dans le journal.

Ses écrits avaient remporté l'adhésion des lecteurs républicains. La publication d'un papier sur Charles Quint, qu'Álvaro avait présenté comme l'empereur du Saint Empire germanique servant les intérêts de la cour flamande au détriment de la Péninsule, avait provoqué un petit scandale. La rédaction de cet article n'était pas née d'intentions politiques précises et Álvaro s'était alors étonné, puis amusé de ce que certains traditionalistes aient cru y déceler la dénonciation de leurs sympathies nazies. Ils l'avaient accusé de supposer des liens idéologiques fallacieux entre l'Espagne et l'Allemagne, de faire un portrait d'une nation toujours divisée, en proie aux *Comunidades* de l'année 1520 et autres révoltes, lui reprochant d'assimiler une partie de la population à des pantins sous influence, incapables de vivre leur patriotisme sans une caution étrangère. Cette publication lui avait apporté une petite notoriété dans le pays et le tirage du quotidien avait augmenté. Le rédacteur en chef l'avait poussé à écrire sur les activités de la commune en plus de sa rubrique. Il avait accepté et abandonné son poste à la maintenance, pour s'intéresser peu à peu à la politique.

En 1936, Paco avait proposé à Carlos et à Álvaro de cambrioler quelques baraques bourgeoises afin de payer les fusils qu'ils offriraient à la République. Leurs deux premières tentatives ayant échoué, Álvaro, à présent rallié sans conviction aux loyalistes, leur avait donné l'adresse d'un riche notaire résidant dans la banlieue de Bilbao : Ernesto Martínez Vargas. L'homme travaillait en secret à l'exécution de projets véreux de manufactures et d'armement de guerre. Juan Hernández, le beau-père d'Álvaro, *alcade* de Laredo, était son complice. Álvaro leur avait offert de les accompagner, leur garantissant que le type, immensément riche, possédait un coffre dans son bureau, une sorte de caisse noire destinée à acheter le savoir-faire allemand et à financer des contacts en vue d'une sous-traitance occulte avec des industriels comme Krup ou Daimler. Álvaro cherchait des preuves compromettantes afin d'écrire un article dénonçant le marché entre son beau-père, qu'il haïssait, le notaire, et les Allemands. Si Hernández voulait le faire arrêter, il enverrait cet article à Santander et il serait publié dans l'*Amanecer*. Álvaro ne nourrissait aucune ambition professionnelle et redoutait juste la nocivité de son beau-père. Il s'agissait d'un recours ultime et dissuasif et il mesurait combien l'impact de cette action, si elle s'avérait nécessaire, aurait pu porter préjudice à ses enfants.

Au cours du cambriolage, le type, alerté par un bruit de porte, était descendu au premier étage de sa maison. Il avait brutalement fait irruption dans son cabinet pour tirer un coup de chevrotine à hauteur d'homme. Le plomb avait criblé les lambris, brisé les vitrines, déchiré le dos des dossiers alignés sur les étagères sans blesser personne. Paco avait riposté par réflexe et sans viser, car il ne savait pas se servir d'une arme. Il avait tué Ernesto Vargas d'un coup de fusil à pompe. L'homme s'était affalé sur le dos, dans son pyjama bleu et son peignoir en velours. De la fumée et une odeur de poudre s'étaient aussitôt répandues dans la pièce. « Putain de merde ! avait lâché Paco. Le con ! » Álvaro avait examiné le corps obèse du notaire insomniaque, puis les murs criblés, passant de la face incrédule, hébétée et terrifiée de Paco au fusil à pompe encore fumant, serré dans la main du mort. Alarmée par les coups de feu, une femme était entrée dans le cabinet en hurlant. Elle s'était jetée sur le cadavre de son mari, étendu, bouche ouverte, au front un point rouge du diamètre d'une cerise dont s'échappait un filet de sang. Carlos et Álvaro avaient fui en enjambant les deux époux. Paco était resté seul un instant devant le type abattu, balbutiant des excuses à la bonne femme qui avait enlacé la tête de son mari.

Elle avait dévisagé Paco, déglutissant sa morve et ses sanglots, puis embrassé avidement le front bombé de son mari. Elle avait hurlé qu'il ferait bien de la tuer elle aussi car elle le reconnaîtrait, elle les reconnaîtrait tous, la garde civile avait été prévenue par téléphone, ils seraient arrêtés et fusillés. Puis elle avait supplié qu'il la tue, prétextant que c'était mieux pour eux s'ils ne voulaient pas avoir de témoin. S'il la tuait, elle pourrait mieux les maudire et les poursuivre de cette malédiction qu'elle proférerait de toute sa foi en le Seigneur tout-puissant qui les maudissait Lui aussi depuis toutes les croix du haut desquelles Sa face pouvait les voir et leur faire honte !

Paco avait hésité, contractant sa main sur son fusil, déconcerté par l'envie d'accomplir un geste qui l'aurait accablé un peu plus.

Carlos avait sifflé dans le couloir et Paco s'était décidé à bouger. Il avait enjambé les époux à son tour, mais la vieille avait attrapé la crosse de son fusil en hurlant « Fils de pute ! », puis elle l'avait lâchée et s'était effondrée en larmes sur le visage de son mari badigeonné de sang. La dernière vision de Paco avait été celle du notaire, sa tête ronde, une résille sur ses cheveux plaqués en arrière, ses joues pleines, ses yeux ouverts et cet étrange strabisme qui se perdait au plafond. Sa culpabilité s'était presque offusquée du manque de solennité de Vargas.

Carlos avait trouvé les clefs de la Lancia dans un vide-poches posé sur le meuble du couloir. Paco avait refusé de monter dans la voiture du type qu'il venait de tuer, ramenant seul, sur les routes sinueuses de montagne, la 201 que le père de Carlos leur avait prêtée. En plus de la voiture, ils avaient emporté un livre d'ornithologie qu'Álvaro avait ramassé sur le bureau de Vargas.

En sortant des artères rectilignes du quartier résidentiel, les deux voitures s'étaient engouffrées sur une route secondaire, traversant une lande recouverte de roseaux qui montait vers une corniche. Les phares de la 201 étaient passés sur les hautes herbes, dévoilant les épis marron et veloutés, immobiles au-dessus de leurs tiges vertes. Paco avait tenté de les fixer un instant puis les avait vus disparaître après s'être manifestés dans la lumière blanche des faisceaux. Ombres creusées dans les interstices de végétation, fragments longilignes de pénombre, distendus comme des silhouettes croissant et se multipliant avant de se dissoudre dans la nuit. La voiture avait semblé se frayer un chemin entre des bataillons de corps filiformes et fluides, dissimulés et chassés derrière l'écran hypnotique des feuilles en ogive. Parfois, Paco fermait les yeux une seconde, ne distinguant rien d'autre que les taches pâles – négatifs de la lumière réfractée sur le végétal. Chaque plissement de ses paupières avait frôlé le bord tranchant des lances oblongues. Chaque battement l'avait désolidarisé de sa pensée focalisée sur le claquement sec du fusil.

La 201 avait sinué plusieurs fois. Appels de phares de la Lancia lancée à sa poursuite. Le rétroviseur l'avait ébloui. La lueur blafarde des feux s'était rétractée : une tache rose, un halo aux bords irréguliers estompé dans la pénombre. Il s'était ressaisi, avait redressé la trajectoire de la voiture.

Ils avaient quitté les marais. Forêt d'eucalyptus illuminée dans les virages. Paco avait accéléré. Il n'y avait eu que le défilé de la route, bande étroite de bitume et de gravillons, le bruit du moteur fatigué pour couvrir le retour incessant du claquement sec de la balle. Il avait passé le revers de sa manche sur ses yeux afin d'éponger la transpiration qui lui brûlait les paupières. Il s'était concentré sur la conduite.

Ils avaient roulé le long d'un plateau herbeux, au croisement de la route principale qui menait à Castro Urdiales, Laredo et enfin au Cabo. Une lande sauvage semée de fougères défilait sur sa gauche. À droite, il avait suivi un parapet retenant un pan de nuit abrupt et sans profondeur où la mer s'était retirée. Ses pensées s'étaient amalgamées comme un écheveau de crin. Ses pensées s'étaient imprégnées de cette suie derrière laquelle la mer avait disparu. 80 km/h maximum. Il avait dépassé les 70 en descente, sur un faux plat, aiguille bloquée au compteur, observant dans le rétroviseur la Lancia accrochée à son pare-chocs. Il avait jeté un coup d'œil sur le siège passager. La crosse de son fusil reposait en appui sur le plancher, tandis qu'une partie du canon était coincée entre l'assise du siège et la portière. Il avait baissé la vitre. Un vent iodé et doux lui avait fouetté le visage. Odeur de pin et d'humus familière. Il s'était dit que ça ne servait à rien de refouler les images qui lui revenaient avec précision, car elles revenaient d'autant plus puissantes, martelant sa conscience abrutie par le manque de sommeil, lui annonçant avec un surgissement d'angoisse l'aspect irrémédiable de sa faute. Il avait pensé à ses parents, éprouvant un déchirement plus que de la honte, partagé entre le besoin de confession qu'il oserait adresser à son père, et le silence où sa mère, lésée du fils d'autrefois, l'enfermerait pour le restant de ses jours.

Il savait que son père recevrait sa parole sans l'absoudre ni le condamner, le laissant simplement tirer les conséquences de son acte, assumer son geste et l'isoler dans le temps.

Distinguant le calvaire, la forme pâle et fantomatique du christ en plâtre avant le virage de Saltacaballo, il avait ralenti et s'était engagé très lentement à l'orée de la courbe pour se garer sur le terre-plein extérieur du virage. Il avait ouvert la portière et s'était précipité devant un muret qui dominait l'océan invisible. Il avait laissé la marée vaciller en lui – expiration humide charriant des odeurs de charbon, de bois flotté et de tourbe. Carlos et Álvaro s'étaient arrêtés derrière lui. Ils étaient descendus de voiture et Álvaro avait remarqué la respiration saccadée de Paco. En bas de la falaise, au pied des éboulements, une ligne d'écume se détachait à l'entrée des excavations rocheuses. Paco s'était approché du bord. Álvaro l'avait suivi.

« Putain de merde ! avait bafouillé Paco, entrevoyant l'impact rouge sur le front du gros Vargas.

– Y va bientôt faire jour, avait lâché Carlos, impatient.

– On sait l'heure qu'il est, avait répondu Álvaro.

– T'es pas d'ici, Díaz, moi je sais, je connais le coin par cœur. Tu peux partir quand tu veux, mais moi je connais le coin et c'est pour ça qu'il faut pas traîner. »

La réflexion avait désappointé Álvaro. Il avait un peu reculé afin de marquer sa désapprobation.

« Faut qu'on se tire, avait répété Carlos.

– C'est vrai, quand on voit l'écume au bas des falaises, c'est qu'il va faire jour, avait concédé Paco. Si on tient pas à se faire repérer, si on veut encore passer du temps dans le coin... »

Il s'était mis à trembler. Son visage blafard peu à peu dévoilé dans l'obscurité qui commençait à faiblir.

« Je vais conduire, t'es pas en état », avait proposé Álvaro en retournant à la Lancia pour récupérer son livre d'ornithologie.

Une bande de lumière crue avait frangé le sommet des monts. Ils avaient longé la mer. La route s'était déroulée : longs segments gris-bleu au fil des plages et des falaises, lacets et courbes serpentines dans les montées. Paco avait regardé l'ombre chinée, encore épaisse, les restes de la nuit se dissoudre au flanc des collines. Il avait observé les bois se déployer sur les pentes froncées de plis larges et profonds. Une aube pâle s'était élevée au-dessus des montagnes, aussi pâle que le christ en plâtre portant les vitupérations de la vieille penchée sur son notaire : pietà courbée sur la faute humaine rachetée par une mort violente. Elle avait gémi en fixant le strabisme de Vargas. Il l'entendait encore. Elle avait gémi dans le virage de Saltacaballo quand ils s'étaient arrêtés sous l'effigie du crucifié. Le plâtre blanc avait absorbé sa plainte.

C'en était fini de cette croyance simple qui n'avait pas besoin de l'assiduité de sa pensée pour se maintenir solidement en lui. Sa foi, le flux monotone et rassurant de sa croyance, ne se manifesterait plus jamais en sourdine, avec la constance tranquille d'un décor familier. Elle serait boursouflée par la crainte, le strabisme du notaire, la détonation du fusil à pompe, les tentatives de justification qui ne l'apaiseraient jamais. Le dieu des tribus avait pris corps dans celui de la croix. La sévérité du père avait réinvesti le calvaire dans les menaces de la pietà pleurnichant sur la face de blague de l'époux. Ironie du sort, avait-il songé en se rappelant la grosse tête au cuir chevelu défendu par une résille.

La mer avait disparu. Ils avaient roulé entre des collines, des parois de roche. Il avait éprouvé une montée de dégoût à mesure que la voiture gravissait la dernière côte avant la baie de Laredo ouverte sur l'océan, la vieille ville bâtie contre l'Atalaya et la plage en prolongement. Un mulet, s'était-il dit, comme les gamins du port en pêchent sans les remettre à l'eau ni les rapporter chez eux. Un poisson à la bouche sanguinolente ; à peine une traînée rouge comme celle qui s'échappait de l'impact au centre du front. Ils avaient passé le sommet d'une butte.

V

25 octobre 1938

Une semaine après l'accident de voiture en rentrant chez lui – Les souvenirs assaillent Álvaro – Nom du pays : le père – Étranger à lui-même – Promenade matinale sur la grève – Hernández, le père de Graciela – L'Ancien Testament – La maison

Carlos ralentit à l'intersection de la route de Bilbao et du demi-kilomètre de voie carrossable qui menait au Cabo de Ajo. Il freina et gara sa 201 sur le bas-côté sans couper le contact.

« T'es sûr que tu veux pas que je te dépose devant chez toi ?

– Pas la peine, ça me fera du bien de marcher. Et puis tu vas bousiller la caisse de ton père, dit Álvaro.

– Si on avait encore la Lancia, tu serais pas obligé de crapahuter comme ça tout le temps. On devrait acheter au moins une fourgonnette…

– C'est pas le moment, avec les Navarrais qui nous arrivent des montagnes… Et puis j'ai presque fini de réparer l'Opel, il me manque seulement une pièce.

– Si Paco n'avait pas complètement déraillé, on n'en serait pas là… »

Álvaro sortit de la voiture et claqua la portière.

« Paco a fait ce qu'il pouvait. Ça fait un peu trop longtemps que je l'ai pas vu pour parler de lui.

– Paco nous a lâchés.

– Je ne crois pas.

– Bien sûr que si !

– Non, Paco ne nous a pas lâchés.

– Bien sûr que si ! Il nous en veut pour ce qui est arrivé au bourgeois de Las Arenas. S'il avait pu nous le faire payer, il l'aurait fait. Paco, c'était pas un ami et j'ai jamais compris pourquoi tu le soutenais. Ça m'a toujours déçu. »

Carlos enclencha la première et accéléra. La 201 quitta lentement le terre-plein. Álvaro aperçut les traits tendus du visage de Carlos dans le rétroviseur rond de la Peugeot. Le feu arrière s'alluma et la voiture s'immobilisa au milieu de la route. Carlos passa la tête par la vitre et invita Álvaro d'un signe du menton à venir le rejoindre. Álvaro fit quelques pas en courant et s'arrêta à sa hauteur.

« D'accord, j'aurais dû rien dire sur Paco, reconnut Carlos.

– Bon, c'est pas grave, le principal c'est de ne pas se renier les uns les autres.

– Pourquoi tu dis ça ?

– Pour rien, juste parce que je pense que la division ne nous servirait à rien. »

Carlos regarda longuement Álvaro et sourit.

« Bon, je prends ça pour une absolution ? »

La voiture s'éloigna sur la voie rectiligne, entre les talus d'herbe et les champs de maïs fauchés. Álvaro chercha dans les poches de sa veste en cuir et trouva un paquet neuf de Fortunas dont il déchira l'emballage souple. Il s'arrêta et inspecta le fossé souillé d'huile de vidange. Une bande de soleil rasant jaunissait l'asphalte. L'accident remontait à une semaine. Il porta une cigarette à ses lèvres sans l'allumer et recommença à marcher dans la direction du Cabo, dépassant la portion de route goudronnée avant d'atteindre la piste sablonneuse qui menait chez lui. Il coupa à travers la pinède. Il pensa à sa sœur. Le carnet avait traversé l'Espagne pour lui parvenir chargé des restes de son père confiné entre les pages noircies. Il leva les yeux, aperçut la mer agitée le long d'une dépression creusée dans la côte, la surface lisse, concave et marbrée des rouleaux avant de se rompre. Une petite grève jouxtait la plage d'Ajo, séparée par un court plateau de granit aux flancs évasés.

Depuis leur enfance à Cadix, ils étaient passés d'appartement en appartement, ne cessant de déménager comme si quelque chose était à leur poursuite, se souvint-il. Ils avaient stupidement tourné autour des eaux vertes du bassin de Puerto de Santa María. Ils avaient vécu *avenida de la Bajamar, calle Aurora, calle Río Guadarranque, calle Iro*.

Et les pièces qu'ils avaient habitées, les lieux où ils avaient retrouvé leurs anciennes habitudes, les murs imprégnés de leur nouvelle vie s'étaient peu à peu défiés de leurs présences.

… Notre père n'a jamais cessé de vouloir échapper à sa première identité en se repliant sur le palier d'en face, dans un immeuble mitoyen, ou de l'autre côté des quais. Notre père n'a jamais cessé d'avancer des prétextes confus à nos inutiles et nombreux déménagements, n'opposant qu'une somme de raisons pratiques à nos protestations, se justifiant sans doute d'une peur inavouable et ne cherchant au fond qu'à semer le cadavre de sa propre vie,

avait consigné Esther dans son journal.

Santander : une ville sûre, située au cœur d'une région dotée d'un député socialiste. Une ville non loin de laquelle il était possible de vivre en paix, se dit-il. Il quitta le bois de pins pour suivre un chemin étroit qui descendait jusqu'à la grève où ses fils et lui se baignaient en été. Il ne partirait pas malgré la guerre. La guerre de son père. Il s'était ancré dans la région, s'était lié avec des collègues journalistes de l'*Amanecer* dont il avait fait la connaissance en accompagnant parfois son rédacteur en chef, Roberto Cruz García. Cruz appréciait ses articles. Il l'avait souvent convié à des repas organisés entre anciens du *Liberal*. Le sentier longeait la mince bande de sable clair, s'étirait sur une dizaine de mètres puis remontait derrière la propriété de Graciela, sa femme. Il ne partirait pas, se répéta-t-il. Les vagues se fracassaient sur les rochers, se chevauchaient dans l'embouchure acérée de la grève, perdaient de leur puissance et finissaient sur l'estran en strates étales, transparentes, résorbées par le reflux. Il tourna le dos au large et progressa plus rapidement en direction de chez lui. Il ne quitterait pas la région. Il avait des chances d'être bientôt recruté à l'*Amanecer* et passait de plus en plus de temps à Santander. Il avait d'ailleurs reçu le carnet à la poste restante dans cette ville. Il avait lu tant de fois les dernières pages qu'il les connaissait par cœur. Des pans entiers lui en étaient revenus dans la Lancia. La graphie de sa sœur. L'agencement des phrases. C'est sans doute pour ça qu'il s'était foutu en l'air.

Ses deux fils, Santiago et Victor, avaient constaté un changement dans son attitude. Leur père n'était pas comme d'habitude. Leur père semblait forcer son affection un instant puis se déconcentrer, revenir à une préoccupation qui le possédait en permanence. Leur père se tenait à l'écart, et le chien, pourtant plus proche des enfants, ne l'avait plus lâché, s'était mis à le suivre dès qu'il sortait d'une pièce, à attendre sur le palier s'il partait en voiture avec Carlos pour travailler au journal.

Il écouta le bruit de la mer monter derrière lui. Il laissa le bégaiement des vagues l'envahir et s'adresser à lui comme un reproche. Il n'avait pas été présent à la mort de son père. Ruminations du ressac et de sa honte.

Il s'était levé chaque jour avant l'aube depuis plus d'une semaine pour aller fumer devant les pins. Il se souvint d'avoir marché chaque matin jusqu'à la plage pour s'asseoir dans le sable et attendre le jour avant de lire des pans du carnet qu'il avait pourtant déjà parcourus de nombreuses fois.

Isaac lui en avait certainement voulu d'être parti à dix-sept ans, se dit-il, constatant que le son des vagues commençait à s'estomper. Mais le vieux ne lui avait rien reproché : pas une lettre, pas un mot de réprobation. Il ne s'était jamais manifesté.

Mort à présent… L'absence exacerberait toujours la crainte et l'éventualité d'un jugement. La distance infranchissable et définitive le condamnerait désormais à vivre dans cette espérance frelatée qui consistait à attendre une condamnation ferme plutôt que de subir un désaveu implicite et constant.

Chaque matin sur la grève, le chien l'avait accompagné. Quelques goélands bruns perchés sur une roche plate, enfoncée dans le sable, dont la surface affleurait à marée basse, s'élevaient, déployant leurs ailes face au vent, au-dessus d'un bois d'eucalyptus planté derrière une étendue d'herbe. Le chien restait couché près de lui, indifférent aux oiseaux. Les goélands se maintenaient en lisière du pré et des arbres, battant légèrement de l'aile pour venir se positionner à la verticale des vagues, puis se laissaient déporter jusqu'aux bois et plus loin encore, dans le courant ascendant qui passait à flanc de colline. Vers huit heures, Santiago ou Victor lui apportait un sandwich préparé par sa femme.

Il emprunta une allée de hêtres et s'éloigna un peu plus de la grève. Sa femme se moquait depuis longtemps de ce qu'il pouvait décider ou penser, et il ne lui avait rien dit au sujet de son père. Cela faisait une semaine qu'il savait et se promenait dans cet état d'hébétude que le chien interrogeait, assis sur le perron, sans lui faire la fête. Il ne dirait rien. Depuis le début de la guerre, depuis qu'il avait ramené la Lancia et que les journaux fascistes, auquel son beau-père était abonné, s'étaient emparés de l'affaire du notaire assassiné par les rouges, Graciela et lui ne s'étaient presque plus adressé la parole.

Elle l'avait épousé contre la volonté de son père. La haine était venue peu à peu. « Díaz d'on-ne-sait-pas-où, peut-être communiste, pourquoi pas youpin, qui mettra la réputation de sa famille en danger et bientôt la sécurité de ses enfants », avait répété Hernández à sa fille. Une véritable propagande, avant, pendant et après le mariage. Elle avait cédé et s'était rendue peu à peu à l'opinion de son père. Les disputes constantes à propos de son refus de devenir raisonnable, de se soumettre à l'autorité patriarcale, de travailler pour son beau-père, pour le bien des enfants et non pour un journal subversif, vendu à une Internationale avide de répandre son idéologie, avaient délabré leurs rapports.

Il marcha plus vite. Graciela lui reprochait de mettre les enfants en danger, de les exposer par caprice, en écrivant contre les intérêts de leur grand-père. Il entendait les arguments d'Hernández dont Graciela s'était faite le réceptacle, comme elle s'était faite au début de leur relation le relais de sa colère et de ses hésitations, de son refus d'appartenir à un quelconque cénacle, une nation, une autorité. La propagande du beau-père avait fini par les fragiliser et leur mariage s'était détraqué. Ne subsistait plus qu'une carcasse contractuelle qui les obligeait à liquider les affaires courantes en de brefs bavardages que sa femme conduisait de leur principe à leur terme après en avoir défini l'objet.

Il se retrouva au sommet du chemin. La mer apparaissait encore derrière les hêtres. Il perçut un instant la fréquence altérée des vagues brisées sur le sable. La journée avait été tiède. Montait cette fraîcheur, l'annonce du crépuscule, ce halo d'embruns qui patine la lumière déclinante et précède l'apaisement des eaux. La transparence de l'air au-dessus des falaises, des collines étirées d'est en ouest, illuminait le bois en haut duquel avait été bâtie la maison de sa femme, l'ancienne propriété d'Hernández. Il se demanda si ses enfants avaient déjà mangé. L'itinéraire qu'il avait emprunté conduisait derrière la maison, du côté de la réserve à bois et d'un grand cellier dont Hernández avait fait une annexe de sa cave à vins. Sa femme évitait de l'attendre. Elle soupait toujours trop tôt avec ses fils. Il l'avait aimée : ses yeux verts, ses cheveux blonds, ce dévouement, cette dépendance qui l'embarrassait presque, cette manière d'acquiescer à tout ce qu'il pensait et exprimait, ce fanatisme qu'il avait soupçonné n'être qu'une manifestation versatile de sa jeunesse, qui s'était effectivement désagrégé, retourné contre lui à mesure qu'elle croyait prendre de l'assurance en renouant avec le conformisme familial. Graciela redevenue ce qu'elle avait toujours appris à devenir.

Il n'avait jamais suivi sa belle-famille à l'église, le dimanche matin. Graciela l'avait approuvé, imité même, avalisant la moindre de ses opinions comme s'il s'agissait de convictions intimes, de certitudes anciennes que leur amour avait affermies. Il avait accepté de se marier à l'église. C'était l'une des seules conditions qu'elle avait opposées à leur union et il l'avait admise à cause de son dévouement, de cette façon tellement exclusive qu'elle avait d'être sa femme. Il avait acquiescé, comprenant que cette volonté ne provenait pas du désir de satisfaire un plaisir égoïste, mais d'une obligation morale, d'un reliquat d'enfance. Elle avait vécu leur union dans l'oubli de soi, se dédiant aux rites, aux étapes de la cérémonie. Elle avait accompli la liturgie du mariage comme on réalise le rêve d'une autre. Un rêve attendu et répété dans la ferveur depuis bien avant elle, depuis bien avant celui de sa propre mère.

La naissance de ses fils avait poussé Álvaro à relire l'Ancien Testament et il l'avait relu chaque soir avant de dormir, y retrouvant le récit d'hommes qui se déplaçaient sans trêve. Des hommes comme lui et son père. Il avait même, quelques années plus tard, essayé de se remettre à prier : Cha'harit le matin, Min'ha l'après-midi, Ma'ariv le soir. Au bout du deuxième jour, Santiago, âgé de six ans, était entré dans la chambre et l'avait surpris ânonnant un reste d'hébreu que lui avait appris sa mère. Son fils lui avait demandé ce qu'il faisait debout, au milieu de la pièce, un chapeau sur la tête, en train de parler tout seul, et Álvaro n'avait pas su quoi lui répondre. Il s'était assis sur le lit, s'était résigné à lui avouer qu'il récitait une prière dont les paroles avaient pour lui perdu leur sens, mais dont le rythme l'aidait à se souvenir des gens qu'il aimait ou avait aimés. Il avait failli ajouter qu'il le faisait parce que son père semblait ne se l'être jamais autorisé, mais il n'avait pas insisté, percevant un surcroît d'inquiétude et d'incompréhension dans le regard de son fils. Santiago l'avait interrogé de nouveau : était-il difficile de penser à ceux qu'il aimait ? Était-il possible qu'il les oublie et les quitte ? Álvaro l'avait pris dans ses bras. On n'oublie pas ses enfants. Non, il ne s'agissait pas d'oubli, mais de retour ou de dévoilement. La signification perdue de ce qu'il récitait constituait une partie de l'énigme léguée par son père. Il tendait vers quelque chose, s'était-il dit, une destination et non sa destinée. Du fils vers le père. Álvaro en quête d'Álvares : un nom étranger, abandonné en terre étrangère. Álvaro n'avait plus jamais prié de cette façon.

Un peu plus tard, il avait insisté auprès de sa femme pour que ses deux fils apprennent à lire dans la Bible. Graciela avait accepté, déclarant que les maîtres de l'école publique étaient un peu trop extrémistes et qu'il fallait un équilibre entre sensibilité sociale et spirituelle. Elle leur avait fait la lecture de la vie d'Abraham, d'Isaac et de Jacob, avant qu'Hernández ne préconise celle des

Évangiles. Álvaro n'avait rien objecté à cette ingérence déguisée en initiative.

Il aperçut la maison. Il avisa le rempart des cèdres baignés de crépuscule et sentit quelque chose s'éteindre en lui avec la fin du jour.

VI

25 octobre 1938

Le chien recroquevillé devant les rosiers – Voix hostiles sous les cèdres – L'embuscade d'Hernández – Une pensée pour Santiago et Victor avant de disparaître – L'impatience d'Hernández – Piège à insectes – Un exil inévitable – Vision d'Isaac fusillé

Lorsqu'il s'écarta du chemin pour entrer dans l'enceinte de la propriété, il crut d'abord que son chien dormait, recroquevillé devant les rosiers bordant le mur blanc dans la lumière déclinante du soir. Le chien ne bougeait pas. Il l'appela doucement en marchant vers lui. Il arriva presque à sa hauteur – masse brune, inerte, écrasée sous son propre poids. Il comprit, distinguant l'œil fixe, les babines retroussées, la langue sèche entre les crocs saillants. Quelques mouches s'envolèrent et revinrent aussitôt se poser sur le cadavre. Écran uniformément gris du mur derrière l'ombre sans relief des rosiers. Il rebroussa chemin, surveillant autour de lui pour regagner les limites de la propriété. Une dizaine de mètres sans se précipiter, avec la crainte d'être aperçu par un ennemi encore invisible. Il s'enfonça entre les peupliers. Le ressac des vagues pénétrait le sous-bois, plus grave que celui du vent dans les feuilles. Le pelage du chien était poisseux de sang à l'encolure. Cela lui revint, s'imposa à lui avec plus d'exactitude, comme si son regard s'attardait une seconde fois sur le corps de l'animal ramassé dans les herbes.

Il avança sur une sente en essayant de faire le moins de bruit possible. Le vent dans les branches couvrait ses pas. Il s'arrêta et sentit une contracture derrière ses poumons, comme si un organe dont il ignorait la fonction et l'emplacement exact s'était subitement desséché. Son cœur continuait à battre rapidement. Il se courba, bras en avant, appuyés contre le tronc d'un arbre. Il se redressa presque aussitôt, submergé par une bouffée de colère. Il louvoya d'un pas rapide entre les arbres afin de contourner la maison. Passé le bois de peupliers situé sur le flanc droit du bâtiment, une courte haie d'arbustes ajourée délimitait le terrain. Il la longea à couvert, presque en rampant, cavalant à quatre pattes dès qu'il accélérait.

Ses deux fils. Il n'y avait plus qu'eux. Sa femme aussi, même si leur intimité était morte depuis longtemps. Il n'aurait pas permis qu'on leur fasse le moindre mal. Il éprouva un malaise étrange, reflux de sentiments aussitôt défaits par la froideur qui s'était établie au sein de leur couple. Chacun de ses mouvements s'accomplissait dans l'urgence, sans confusion, leste, précis, comme si son corps se mouvait indépendamment de la rage et de la précipitation qui mobilisait son attention. Il ne trébucha pas, ne glissa pas dans l'herbe humide. Il n'avait jamais été aussi adroit. Il entendit les chevaux hennir dans leurs box et se coucha le long d'un muret d'où il pouvait voir la petite baraque qui leur servait d'écurie et l'allée de terre qui menait chez lui. Il modula son souffle afin d'être le plus silencieux possible.

Les lumières étaient éteintes. La porte d'entrée ouverte. La maison semblait vide. Une rafale de vent secoua la ramure des grands cèdres plantés à une centaine de mètres devant la façade. Une bourrasque venue de la mer lui parvint avec des fragments de voix provenant de l'ombre, plus intense sous les cèdres.

Il se concentra sur les voix dont les intonations gagnaient en précision quand le vent retombait. Il en discerna une, plus grave, péremptoire et familière. Un grand type portant un uniforme de la garde civile avança sur le chemin. Dès qu'il identifia l'uniforme, Álvaro s'apaisa. Sa femme et ses enfants n'étaient pas menacés. Un second garde civil, de même taille, plus corpulent, se dirigea vers la maison. Toujours cette voix depuis la pénombre qui semblait leur donner des ordres. Le premier garde pénétra chez lui, une lampe torche à la main. La lumière balaya l'entrée, faiblissant à mesure qu'il avançait dans les pièces. Il monta au deuxième étage et alluma une lampe à huile posée sur un secrétaire. Álvaro distingua des bruits de tiroir et la voix gueula l'ordre de ne rien bousiller. Un faisceau de lumière s'échappa de biais par les carreaux. Le garde civil qui fouillait les meubles ouvrit une fenêtre puis éteignit sa torche.

« Il ne viendra pas, señor Hernández ! On dirait que quelqu'un l'a prévenu, ce petit enculé ! »

Hernández sortit de la pénombre et s'avança dans l'herbe, à quelques pas de la porte d'entrée. « Ce serait quand même pas ma fille ! prononça-t-il, sans s'adresser au garde. On va l'attendre encore parce que je veux le choper avant que tout le mérite n'en revienne aux Navarrais. »

Son beau-père, trapu, costume trois pièces blanchi par la lune, s'immobilisa, les mains dans les poches, regardant autour de lui comme s'il estimait la valeur immobilière de l'endroit.

Álvaro respira profondément, discernant l'odeur des pins, le goût acide de la tourbe mélangée au sel, au sable soulevé depuis la grève. Cela lui appartenait, ce parfum portait un peu de Santa María dans sa trame : une résurgence lointaine tissée avec un passé plus proche que sa femme avait occupé, qu'elle occupait encore malgré le délitement de leur union, malgré le type en costume étriqué, accompagné de ses porte-flingues.

Rien de tout ce qui se produisait ne l'étonnait. Il avait toujours prévu cet épisode, le devançant en de vagues certitudes où son quotidien basculait. Il s'y était toujours attendu, comme son père avant lui – son père qui l'avait préparé, conditionné sans jamais définir la nature des risques qui les obligeaient à apprendre à se départir de n'importe quelle attache ou de n'importe quelle habitude.

Álvaro avait délibérément tranché une partie du lien qui l'unissait à ses fils, afin qu'ils ne souffrent pas de ce qui l'avait poursuivi depuis l'enfance. Il les avait accoutumés à son absence, s'efforçant de ne pas les effrayer à chaque départ, même quand il quittait la maison pour deux jours, roulant jusqu'aux Picos de Europa pour s'éloigner un peu de chez lui. Ses fils pourraient rester, ses fils ne seraient pas soumis à la malédiction qui l'avait sans cesse poussé à fuir.

Il les emmenait souvent avec lui dans la vieille Opel qu'il avait achetée au père de Carlos, jamais dans la Lancia dont il s'était très peu servi. Ils roulaient parfois jusqu'à Santoña, s'arrêtaient pour pêcher sur un pont en métal jeté au-dessus d'une lagune, le long de la route de Colindres. Il leur avait monté deux petites cannes en bambou. Ils s'installaient pendant des heures devant ce paysage de rias peuplées d'oiseaux migrateurs. Ses enfants, pourtant si jeunes, restaient calmes et concentrés. Il avait l'impression de les laisser libres de s'attacher, prendre possession de cet endroit qu'il aimait, de les laisser s'y établir pour toujours. Ils embarquaient le chien avec eux. L'animal passait son temps à trotter sur des bancs de sable, à renifler entre les ajoncs, levant quelquefois une foulque, un râle d'eau, un martin-pêcheur. Álvaro apprenait à ses fils le nom des échassiers, grues, hérons, qu'ils observaient à la jumelle. Victor consultait souvent les gravures dans le livre d'ornithologie volé lors du casse raté, cherchant à reconnaître, en se référant aux lithographies, les espèces nommées par son père. Comme il n'y parvenait presque jamais, Álvaro lui indiquait la reproduction exacte et comparait avec celle que l'enfant avait sélectionnée par erreur.

Il nommait et son fils répétait, n'oubliant jamais un nom, identifiant immédiatement l'oiseau quand il le voyait pour la seconde fois. Santiago n'avait pas besoin du livre, il lui suffisait d'être attentif à ce que disait son père.

Hernández s'impatientait. Il piétina une plate-bande en friche où sa fille cultivait des fleurs au printemps et s'écarta en jurant :

« Putain de merde, mais y va pas venir ce fils de pute, je vous dis que c'est ma demeurée de fille qui l'aura prévenu au dernier moment ! »

Le garde civil aux épaules étroites sortit de la maison.

« De toute façon, patron, maintenant il est baisé, avec ce qui s'amène des montagnes... C'est vrai, y va pas courir longtemps. »

Il adressa un sourire à Hernández et rajusta son ceinturon trop lâche.

« Y serait capable de se tirer en France, trouver asile chez les cocos si on ne l'arrête pas. Je connais mon gendre, c'est pas le sens des responsabilités qui l'étouffe et c'est pas sa famille qui l'empêchera de foutre le camp », reprit Hernández en s'approchant lentement du perron, presque avec réticence, alors que l'autre garde civil continuait à fouiller dans les affaires de son beau-fils.

Il resta devant l'entrée, une moitié de son visage brossée par le faisceau de la torche que le garde venait de rallumer. Il ne pouvait pas aller plus loin. Il trépigna lourdement et croisa les bras. C'est pas mes affaires, se dit-il, mais quel fils de pute ! Il se racla la gorge et décroisa les bras, percevant un filet de sueur coulant entre ses omoplates. Il n'avait jamais voulu que Graciela se marie, il ne l'aurait même pas donnée à cet enculé de Don Ansaldo, propriétaire des conserveries d'anchois de Santoña, il aurait fait un effort pour le fils de García Vargas, mais finalement, c'était mieux qu'elle soit bientôt veuve. C'était pas une si mauvaise chose qu'elle ait épousé celui-là et qu'ils se soient fréquentés en cachette, parce qu'il l'aurait étripé avant que l'irréparable soit commis, avant qu'il soit obligé de sauver la réputation de sa fille, sa propre réputation, en acceptant le mariage. C'était pas un si mauvais calcul parce que ça lui avait rapporté de beaux héritiers mâles, parce qu'il n'avait eu que des filles. Trois filles. La dernière était encore jeune. L'aînée était morte sans avoir mis d'enfants au monde.

Il recula, en proie à un malaise diffus, hésitant un instant, se demandant s'il n'aurait pas mieux fait de l'exiler. Non. Le tuer. C'était mieux. Mieux pour Graciela. Et puis il fallait reprendre l'éducation des deux garçons. Le beau-fils ne servait plus à rien. Éliminer ce qui n'était pas à ses ordres. Évincer tout sujet de rébellion. Pas question de leur laisser des prérogatives sur sa bite. Il recula encore d'un pas, presque craintif, effarouché, sentant sa haine croître en proportion de son inquiétude. Plus il s'écartait de la maison, plus sa rage augmentait.

« Tu trouveras rien, et puis c'est les affaires de ma fille, ma maison et la maison de mes petits-fils où tu fouines. Sors ! » hurla-t-il au garde civil.

Celui-ci apparut dans l'encadrement de la porte.

« Il vous payait un loyer, y devait se croire un peu chez lui, on pourrait trouver des indices pour le coincer. »

Hernández lui fit signe d'avancer vers lui. Le militaire s'exécuta. Hernández le gifla.

« Tu discutes, bourricot ! Bientôt nous aurons un vrai chef et fini le bordel, fini les anarchistes et puis quand je serai député tu discuteras encore ? J'ai pas besoin de preuves ou d'indices, on n'a pas besoin de preuves pour chasser un lapin, bordel de Dieu ! »

Le militaire baissa la tête. Il fit un pas en arrière en se frottant la joue.

« Fous le camp ! » ordonna Hernández d'une voix sourde, étouffée, un peu diluée par la honte : une pudeur inhabituelle qui n'était pas digne d'un homme de sa rectitude, mais qu'il avait finalement écrasée contre la joue de cet abruti de garde.

Le militaire s'éloigna dans la direction des cèdres. « De toute façon il est déjà mort, cet imbécile, marmonna Hernández pour lui seul, il est mort parce que m'obliger à faire ça, m'obliger à remettre de l'ordre dans les affaires de la famille… »

« On va l'attendre encore un peu. De toute façon, on l'aura ! »

Álvaro sentait l'humidité de la terre sous son blouson. Il s'était réjoui lorsque Hernández avait frappé le garde civil. La gifle n'avait fait que confirmer ce qu'il avait soupçonné pendant tant d'années, à chaque repas de famille. Cette connivence étrange, cette possession qu'Hernández exerçait sur sa fille, bridant chacune de ses pensées, chacun de ses actes depuis l'enfance, Álvaro en connaissait les conséquences. Graciela s'était échappée quelques années, pour se livrer à lui corps et âme, avec la même intensité que celle qui la liait à son père. Puis elle était revenue sous le joug de son propriétaire, l'*alcade*, le patron de la conserverie d'anchois qui empuantissait le dédale de ruelles derrière le port de Laredo.

Il fallait qu'il s'en aille à présent. Il ne reviendrait pas. Il ressentit une immense tristesse à l'idée de ne plus revoir ses fils. Il ne voulait pas aller en France, il n'avait aucune attirance pour ce pays.

Il entendit un rire lointain se propager sous les cèdres, le rire grave et agréable d'Hernández. Un charisme de placier. Le rire de celui qui s'était mis dans la poche tous les notables de la ville avant d'être élu. Les deux gardes civils se mirent à rire eux aussi.

Álvaro regarda en direction de la maison. La lampe à huile brûlait encore. Un piège à insectes, se dit-il en scrutant la lueur vacillante. L'absence d'alternative l'obligeait à rester couché sur la terre froide, rabotée par le vent. Il avait toujours voulu foutre le camp, ressenti cette impatience, même après la naissance de ses fils. Il n'avait fait que tracer des cercles concentriques autour de chez lui, prétextant la nécessité d'une enquête pour rédiger ses articles, utilisant son engagement en faveur des loyalistes pour s'absenter, voyager, trafiquer un peu avec Paco et Carlos. Avait-il servi la République avec sérieux ? Il n'avait pas supporté l'immobilisme des fascistes et leurs théories sur la pureté du sang, mais son père avait donné sa vie pour la République. Il le savait depuis la réception du carnet d'Esther et la description d'un tel geste, l'acte d'un homme qui n'avait fait que privilégier le départ, de peur que le bannissement ne lui soit imposé, l'avait bouleversé.

Il éprouva l'espoir que quelque chose de la rudesse et de la froideur qui le projetaient en avant finirait par fléchir. Il ne souffrait que de l'humidité du sol, du contact glacé de la terre sablonneuse et nervurée de racines. Il lui sembla que celles-ci convergeaient vers la maison saturée de mots, remplie des phrases du journal d'Esther rangé avec ses papiers d'identité, au fond d'un secrétaire, en haut de l'escalier, à côté de la chambre de Victor et de Santiago.

VII

25 octobre 1938

Combat contre l'ange – Un geste d'affection dénué de logique – L'incendie

Álvaro se recroquevilla contre le muret et attendit encore longtemps, engourdi et frissonnant, plongé dans un demi-sommeil. Il entendit un moteur et vit des phares s'allumer derrière les cèdres. Deux portes claquèrent. Hernández et l'un des gardes civils montèrent dans une voiture. Il distingua le bruit des pneus roulant dans la boue de l'allée principale dont un segment de terre se gorgeait d'eau les jours de pluie. Graciela lui avait demandé plusieurs fois de l'assainir à cause du bourbier que les gens devaient traverser quand ils leur rendaient visite. Il savait que la requête provenait d'Hernández, qui s'invitait rarement, mais s'y salissait presque à chaque fois. Il se réjouit de n'avoir rien entrepris pour remédier au problème. Il fallait que ce vieux con passe le gué et enjambe sa propre conscience s'il voulait entrer chez lui. Il se souvenait de l'avoir vu se déchausser dans l'entrée, après un orage, au mois d'août, ou en plein hiver, sous la bruine, rougi par l'effort et la colère, debout mais courbé, encombré par sa panse, en équilibre sur une jambe, une main appuyée au chambranle de la porte, menaçant d'envoyer des ouvriers poser des traverses de bois sur le chemin puis de présenter la facture à Álvaro s'il ne savait pas prendre soin de la dot dont il jouissait sans rien foutre.

La voiture fit marche arrière pour entamer un demi-tour. La lumière blanche des phares balaya les bois du côté de la mer. Il écouta le bruit du moteur augmenter puis décroître jusqu'à ce que le silence retombe ou que le vent, la permanence du flux et du reflux de la marée envahissent de nouveau l'espace. Il attendit encore, pensant qu'il s'agissait peut-être d'un stratagème. Au bout d'une dizaine de minutes, il se leva doucement et aperçut une ombre appuyée contre un cèdre planté devant la maison. Il marcha à couvert, le long du muret et des arbustes, puis gagna les grands conifères pour prendre cette silhouette à revers, ignorant ce qu'il ferait ensuite.

La silhouette oscillait sur la droite, disparaissait à moitié derrière le cèdre, regagnait sa position initiale, épaule gauche découpée dans la faible lumière que la lampe à pétrole diffusait à travers la futaie. Elle semblait mue par une lente pulsation, une impatience résignée à n'occuper qu'un espace clos et répétitif. Álvaro évalua la distance qui le séparait de ce corps, plus dense et plus solide à mesure qu'il s'en approchait. Il avançait sans détacher son attention de la silhouette qui gagnait en gravité et en inertie lorsqu'elle ralentissait son mouvement métronomique. La lumière ténue de la lampe à pétrole semblait converger vers elle, se dissoudre à son contact, opacifier la masse et le pourtour de ses traits. Álvaro progressa sous les cèdres, se concentrant sur la faible clarté qui fuyait depuis la maison pour venir s'éteindre et s'agglomérer en une aura bitumineuse autour du corps indéfiniment bercé.

Il foula un bout de bois cassant et l'homme se retourna, surpris, effrayé, cherchant à dégainer son arme de service. Álvaro s'élança en courant pour le prendre de vitesse. Il bondit et lui donna un coup d'épaule. L'homme l'empoigna et chancela. Álvaro sentit que son adversaire, plus grand et plus fort que lui, l'entraînait dans sa chute. Il se laissa tomber sans résistance, l'accompagna de tout son poids, bascula de façon à le maintenir face à lui, afin qu'il heurte le sol en premier. Il tenta de garder les bras souples pour amortir l'impact et se propulser en roulade. Mais il retomba lourdement, son menton frappa la poitrine de son adversaire. Il entendit le claquement de sa mâchoire et sentit sa conscience chanceler. L'homme émit un gémissement rauque. Álvaro lutta un instant contre son étourdissement. L'imminence d'une riposte le poussa à se redresser en lui balançant un coup de poing au visage. Le type gémit une nouvelle fois et jeta une main en avant pour l'agripper par les cheveux. Les deux lutteurs laissèrent échapper quelques grognements en roulant au sol, rejoignant peu à peu la partie boueuse du chemin. Le type lui secoua la tête. Álvaro sentit son cou craquer. Il essaya de résister, mais renonça, poussa un hurlement d'impuissance. Son adversaire, après lui avoir collé le visage contre son uniforme, l'en chassa brusquement et le lui frotta par terre.

Álvaro éprouva, avec un léger décalage, l'odeur de sueur rance, de vin et de tabac froid qui imprégnait l'uniforme. Il souffla par les narines afin d'en chasser les relents, tandis que quelque chose d'acide et de minéral détournait la douleur irradiant de sa pommette droite écorchée. Il balança un coup de coude en arrière, au hasard et sans résultat, avala et recracha de la terre, tenta de reprendre sa respiration, résista à la somnolence qu'il sentait monter en lui. Il lui sembla distinguer l'éclat métallique de la mer mouvante sous les étoiles. Les mains calleuses de l'homme lui enserrèrent la nuque. Rugueuses et froides comme un étau de givre. Il allait crever ! Blanc et raide comme une pelouse un matin d'hiver ! Il batailla, mû par un brusque accès de rage qui lui permit de rouler légèrement sur le flanc. Mais le type le maintenait si bien qu'il ne bougea pas suffisamment pour se libérer. Il le sentit se ramasser derrière son dos et commencer à l'étrangler. Plus Álvaro luttait et se fatiguait, plus l'autre paraissait gagner en force. Il relâcha brusquement son effort et balança un ultime coup de coude en arrière. Il sentit sa frappe heurter un morceau de cartilage. Il entendit un craquement d'os et l'étreinte cessa. Le type poussa un hurlement et plaqua ses mains contre son visage.

Álvaro se dégagea, exténué, la figure couverte de sang et de boue. Il distingua le type à genoux, courbé sur sa douleur, ses mains rouges et ruisselantes. Une image se détachait devant l'écran des cèdres et il fut incapable de savoir s'il l'avait vue avant de frapper ou si elle s'imposait seulement maintenant. Son chien. Il se rapprocha de son adversaire, lui envoya une droite dans le menton qui le fit basculer contre un tronc d'arbre. Álvaro se leva lentement et se pencha vers l'homme, lui déroba son pistolet, puis contourna la maison. Une fois qu'il fut devant le cadavre du chien, un trou béant dans l'herbe, il arma le pistolet et vida le chargeur. Il jeta l'arme au loin.

Il entra chez lui, monta à l'étage et récupéra le carnet encore emballé dans son enveloppe en lambeaux. Il tremblait. Il enfonça le journal dans la poche de son pantalon et referma violemment le tiroir. La lampe Pigeon se fracassa sur le parquet. L'essence contenue dans le petit réservoir cylindrique se répandit entre les lattes et s'enflamma. Il quitta la chambre à l'instant où les rideaux s'embrasaient.

Il regagna les cèdres. Le type gisait toujours au pied de l'arbre. Il traversa le bois en petites foulées, le visage congestionné sous les croûtes de sang. Il étouffa une irrépressible envie de sangloter. Il sortit le carnet et le soupesa dans sa main. Une impression de chaleur l'envahit. Il sentit sa paume durcir, brûler au contact de la couverture en cuir, calcinée comme la *plaza de Toros*, l'après-midi du meurtre de son père. Il cessa de courir et se retourna pour regarder en direction de sa maison, dont le premier étage et une partie du toit se consumaient déjà. Une fumée grise, épaisse et âcre, rabattue par le vent en direction du sol, franchit la barrière des arbres qui le séparaient du désastre.

Il continua. Droit devant, un chemin muletier longeait la côte. Il lui faudrait marcher jusqu'à Santoña puis prendre le bac pour passer la ria et se retrouver au Puntal, sur la plage de La Salvé. Il poursuivrait le long du rivage jusqu'à Laredo. Quelques heures en maintenant une cadence soutenue. La mer rôdait au pied des falaises. Il décida de ranger le carnet dans la poche intérieure de son blouson lorsqu'il atteignit le sentier escarpé. La nuit était claire.

VIII

26 octobre 1938

Laredo au petit matin – Les retrouvailles d'Álvaro avec Paco – La souffrance de Paco – Errance d'Álvaro : souvenirs d'un égaré – Une journée de repos – Marche vers l'est

De longs nuages s'étiraient au-dessus de l'Atalaya. À l'ouest, sur le contrefort gris d'une colline, l'aube montait lentement devant lui. Quelques pêcheurs s'activaient sur de petites embarcations qui mouillaient dans le port de Laredo. Les chalutiers étaient encore en mer. Les lueurs de leurs lampes dérivaient dans la baie. Álvaro quitta la plage et marcha un instant sur le môle, en direction du centre-ville, puis il bifurqua dans un escalier étroit qui sinuait vers la citadelle, afin d'éviter la place de la Mairie où se trouvait la maison d'Hernández. Il aperçut une poignée de gardes civils en conversation devant l'*ayuntamiento*, rassemblés autour d'un gros médecin moustachu, connu pour ses sympathies fascistes. Il s'empressa de rejoindre une venelle située de l'autre côté de la rue, dont l'extrémité ouvrait sur une cour rectangulaire, aux pavés à demi enfoncés dans la terre. Ce patio étroit, entouré d'immeubles vétustes, donnait sur un sentier. Il le suivit. Le boyau d'argile sèche s'éleva au-dessus d'un dédale de ruelles, toits de tuiles rouges dominés par le clocher de l'église Santa María. Il fit une halte et se tourna vers la baie et ses eaux grises. Il contempla la montagne de Santoña encore voilée de brume. Il ne restait rien des expéditions royales, des adieux d'Isabelle la Catholique à sa fille, Jeanne la Folle, débarquée dans la cité sur ordre de sa mère, aucun souvenir de l'Armada du Nord rassemblée en 1481 devant l'immense croissant de plage crénelé de dunes, rien de la flotte des caravelles se ravitaillant avant de mettre le cap sur Otrante occupée par les Turcs, pour revenir chercher *la Loca* vingt-trois ans plus tard, à présent mère de Charles Quint. Ville de province amnésique, pensa-t-il. Il avait aimé vivre et dépérir à force d'omissions, au sein d'une léthargie plus vaste que sa propre histoire, une mémoire ensevelie.

Il se remit en route. À trois cents mètres environ, il aperçut une maison trapue, bâtie en longueur, tournée vers la ville et l'océan, abritée derrière un paravent de végétation profuse – figuiers, platanes, eucalyptus et ronces. Plus loin, un atelier de mécanique en tôles et planches. Une route en terre redescendait vers Laredo. Álvaro passa devant la maison et marcha vers l'atelier. Quelques poules détalèrent en caquetant sous un auvent adossé aux planches pourries du garage.

Une vieille Fiat était garée devant des cages à lapin vides. Cela faisait plus de deux ans qu'il n'était pas venu.

La porte coulissante de la façade était ouverte. Il reconnut Paco, en bleu de travail, penché sur un établi couvert d'outils. Álvaro se racla la gorge. Paco, pensant qu'il s'agissait de son père, lui demanda s'il avait bien dormi.

« C'est moi », dit Álvaro.

Paco resta un instant silencieux, puis se retourna lentement.

« Faut que tu m'aides. Je suis dans la merde. »

Un courant d'air souleva une odeur de graisse. Paco s'appuya contre son établi et fixa Álvaro. Il distingua sa silhouette découpée en contre-jour devant la mer. Un soleil doux éclairait la baie et les monts alentour, la lumière venait mourir aux pieds de Paco, étirant l'ombre des herbes hautes poussées de l'autre côté du chemin. Le hangar était encombré de pneus, caisses à outils, crics de tailles différentes, bidons cabossés et pièces de rechange accumulés autour de deux rectangles vides où l'on garait habituellement les voitures.

« Comme tu vois, c'est pas le travail qui dérange ! »

Álvaro acquiesça, comprenant que Paco l'engageait à résumer brièvement la nature de ses problèmes.

« J'ai plus beaucoup de temps. Je dois dégager. Hernández et deux gardes civils se sont ramenés chez moi pour me cueillir. »

Il pensa à l'article jamais publié, aux preuves inutiles qu'il avait voulu trouver chez le gros Vargas.

« Sûr qu't'as pas choisi la plus moche du coin pour t'installer, mais t'as pas non plus choisi la plus fiable », répondit Paco.

Álvaro s'approcha de la porte coulissante, posa un pied sur un rail vissé dans la terre battue. La pénombre qui stagnait dans la partie droite du hangar, éclairée par une seule fenêtre, trop sale pour laisser pénétrer une lumière franche, révéla son visage boursouflé et couvert de boue. Paco baissa la tête. La face de tomate du notaire lui semblait loin, à présent. Le remords l'avait finalement écarté du souvenir de sa faute, emporté à des distances colossales du coup de fusil. Álvaro était là, amoché, crasseux, émergeant au milieu des idées noires qui l'empêchaient de vivre depuis deux ans. Il releva la tête et le détailla. Grand, visage fin, même enflé et sale, yeux verts, parfois bleus, cheveux courts et bruns. Un air de perpétuellement s'excuser.

« Tu vas te tirer en France ?

– Je sais pas au juste. Je crois que ça me dit pas trop.

– T'as p't-être pas l'choix.

– Faudra que j'y pense. »

Une boucle, un putain de détour pour revenir ici, pensa Paco sans quitter Álvaro du regard. C'est comme si j'étais resté à traîner dans le coin sans rien faire d'autre que de tenir compagnie à toute cette merde qui me poursuit, se dit-il. La vieille chienne avec ses yeux blancs, son odorat tellement défraîchi qu'elle mordrait n'importe quoi. Il était resté là, à réparer les rares voitures, les tracteurs, les machines agricoles, le bus municipal, mais depuis quelques semaines, plus rien, depuis que les gens savaient pour les Navarrais, on ne lui avait plus rien donné à bricoler. C'est comme si j'avais jeté de la bouffe à cette vieille carne et qu'elle l'avait laissée pourrir devant ses pattes en continuant d'aboyer, pensa-t-il.

Il ne dormait pratiquement plus. Il l'entendait. Elle avait pris le relais du claquement de fusil. Elle l'avait remplacé par ses glapissements éraillés.

« Faudrait que je me tire cette nuit, dit Álvaro, faudrait que je reste caché d'ici là.

– Ouais. »

Álvaro tituba légèrement contre la porte et se ressaisit.

« On croirait qu'tu t'es battu toute la nuit mon vieux, t'as la tête bien amochée, dit Paco en s'avançant vers lui pour sortir du hangar.

– J'ai dû forcer le passage pour rentrer chez moi et prendre ce que je voulais avant de me tirer.

– Tu pouvais pas partir sans ?

– Je crois pas. »

Paco se dirigea vers la maison. Álvaro le suivit en boitant légèrement. Il regarda le sommet de l'Atalaya, le muret de granit qui montait au-dessus du cimetière se perdait entre les ronces avant d'atteindre les ruines d'une baraque en pierre qu'il avait pensé restaurer et habiter en débarquant pour la première fois dans le port. Il était arrivé à Santander deux mois plus tôt, après avoir traversé l'Espagne.

En janvier 1929, les jours suivant son départ précipité de Puerto de Santa María, il avait acheté un billet de train pour Cordoue où il était resté un an, travaillant comme veilleur de nuit dans un petit hôtel du quartier de la Judería. Il s'était installé dans une chambre, square de Tibériade. Il avait déménagé pour Séville, avait été employé durant deux ans dans une librairie du vieux quartier, rue des Perplexes. Ensuite il avait décidé de passer quelque temps à Grenade, six mois, avant de séjourner deux semaines à Jaén et de quitter l'Andalousie pour Valence, où il avait tenu quatre mois. Arrivé en décembre, il avait travaillé comme journalier à la récolte des oranges, puis comme magasinier chez un maraîcher. Il était resté deux mois à Barcelone, vivant sur ses économies avec une étudiante en droit. Il l'avait suivie à Saragosse, où elle devait poursuivre ses études. Il avait trouvé un poste de guichetier dans un cinéma en octobre 1932, dont on l'avait renvoyé en décembre pour avoir démoli à coups de poing un de ses collègues. Sonia l'avait quitté. Il était retourné à Barcelone et s'était embarqué comme membre d'équipage à bord du *Fostat*, un bateau de la marine marchande qui appareillait pour Lisbonne avant de mettre le cap sur Alexandrie. À son retour, il était resté quelques jours au Portugal.

Un temps pêcheur : il débarquait dans un port, en rejoignait un autre par la route, embarquait aussitôt sur un nouveau chalutier. Il avait appris des rudiments de portugais, des tas d'insultes dont il ne s'était pas servi, une nuit, au large des îles Sisargas, quand il s'était retrouvé au milieu d'une rixe entre l'armateur espagnol pour lequel il travaillait désormais et des marins de Caminha avec qui il avait déjà navigué. L'échange s'était réglé à coups de fusil : un des Espagnols avait été blessé à la main. Il n'avait pas participé à l'accrochage. Débarqué dans le port de La Corogne, le capitaine espagnol avait voulu le gratifier de quelques kilos de sardines après une campagne de dix jours, prétextant qu'il l'avait nourri, blanchi et logé et que ça suffisait pour un égaré, à peine espagnol, pas même capable d'être solidaire de ses concitoyens contre des cochons de Portugais. Il avait refusé les sardines et un type de l'équipage avait balancé ses affaires sur le quai. Il avait embarqué le lendemain, 19 octobre 1933, veille de ses vingt-quatre ans, pour une autre ville, progressant désormais vers le nord-est. Ciel gris, houle grise. C'est à bord de l'*Aknine*, en décembre, qu'il avait touché Santander, sans se douter que trois ans plus tard le carnet de sa sœur lui parviendrait, empruntant approximativement les mêmes détours que lui. Le lendemain, l'*Aknine* avait fait route vers Laredo.

L'Atalaya lui avait plu. Laredo était enclavée au pied de falaises enfoncées par les vagues. Il voulait que son identité se constitue sur les restes d'un passé moins influent, en un lieu où sa colère et son impatience s'éroderaient.

Paco et lui passèrent derrière la maison de ses parents. Ils gravirent un chemin abrupt menant à un pré, invisible depuis le garage, où paissait un cheval de trait. Une petite bâtisse recouverte de chaux se dressait, récemment restaurée, au bord de l'étendue d'herbe.

« C'est chez moi, maintenant. Ça fait un an. »

Ils pénétrèrent dans la pièce principale. La salle à manger vide baignait dans la pénombre des volets clos. Quelques bûches étaient entassées devant un poêle relié par un tuyau noirci au conduit de cheminée. Pas de cuisine. Une porte entrouverte donnait sur une chambre meublée d'un lit et d'une table de nuit poussiéreuse.

« Tu peux te reposer, dit Paco avant d'enjamber la fenêtre pour passer dehors, j'vais remplir une bassine d'eau pour qu'tu t'nettoies la gueule. »

Álvaro acquiesça, examinant la trace plus claire laissée par un crucifix autrefois fixé au mur. Ne subsistait qu'un contraste, une incrustation de poussière sur la chaux blanche. Sans doute ce qu'il restait au fond de la cervelle de Paco. Une ombre cruciforme marquant l'emplacement d'une présence autrefois bien tangible.

« Je vais te chercher à manger chez mes parents au cas où t'aurais faim. Tu peux rester ici jusqu'à la nuit, personne ne passe jamais dans le coin. »

Álvaro s'allongea sur la couverture. Il n'avait pas encore lavé la boue qui recouvrait son visage et la sentait lui enserrer les tempes comme un masque. Il ouvrit les yeux, se redressa, juste pour voir se détacher l'un des deux arrondis de la petite montagne derrière laquelle la côte se poursuivait jusqu'à Ajo. Sa peau le démangeait. Il retomba sur le lit.

Quand il se réveilla, Paco était dans la pièce voisine, occupé à remplir un sac de nourriture. Il lui désigna une bassine en faïence remplie d'eau claire à côté de laquelle était plié un torchon propre.

« Lave-toi le visage.

– Merci.

– Je regrette pas que tu sois venu.

– Merci pour les vivres et merci de me dire ça avant que je parte », répondit Álvaro.

Il trempa le torchon dans l'eau et se pencha au-dessus de son reflet. *Je regarderai Sa face : peut-être révélera-t-Il ma face !* pensa-t-il. Il passa soigneusement le tissu sur ses contusions et ses éraflures. Des fragments de boue se détachèrent à la racine de ses cheveux et tombèrent dans l'eau.

« Va falloir que je parte.

– Passe par le sentier qui monte derrière la maison. Tu peux suivre la crête des collines qui entourent la baie. Après, tu verras une première forêt d'eucalyptus. Mon avis, c'est que tu devrais aller vers l'est. »

17 avril 1944

Déportation

Depuis le wagon, Álvaro détaillait les gendarmes affalés sur des chaises de jardin. L'un d'eux ôta son képi et s'épongea le front avec une manche de sa veste. Son supérieur lui fit signe de se lever et il se leva, descendit trois marches en ciment vers le quai. Le bruit de ses talons sur l'asphalte fut soudain couvert par plusieurs claquements de portes, grincements de verrous oxydés, bruits de pênes, de gâches heurtées, tintement de clefs et de cadenas. Il s'arrêta à proximité d'Álvaro et remit son couvre-chef. Une concentration distraite émanait de chacun de ses gestes. Il saisit la poignée de la porte coulissante, mâchoires crispées, paupières baissées sur la boutonnière ouverte de son uniforme, et la tira vers lui, appliqué, lent, dissipant une odeur de sueur à l'entrée du wagon.

La porte du wagon de marchandises verrouillée, ils patientèrent une dizaine d'heures, entassés dans l'humidité, l'odeur de paille pourrie, d'excréments et de vomi. Pleurs de femmes et d'enfants. Álvaro se retrouva debout, plaqué contre la porte, le visage collé aux lattes de bois, les yeux à hauteur d'un mince interstice de lumière. Pression des corps angoissés contre le sien. La douleur lancinante dans son épaule lui revint, plus intense. Chaque goulée d'air moite propageait la souffrance un peu plus haut le long de sa nuque, un peu plus bas le long de sa colonne vertébrale. Il se concentra sur sa blessure. Ce devait être ainsi dans chaque wagon : l'anxiété, le silence rompu d'interrogations plaintives, parfois véhémentes. Il aurait pu répondre à chacune d'entre elles. Il aurait pu renseigner chaque inquiétude, dévoiler l'invraisemblable destination du train dans lequel il patientait avec eux, révéler le néant qui les attendait à l'extrémité de ce voyage.

Il parvint à se retourner lentement, après plusieurs minutes d'effort. Il se retrouva face à la chevelure grise du religieux et cala sa tête en arrière contre la porte, se demandant comment le vieux avait pu tenir jusqu'ici. Deux jours de marche, debout avant l'aube, au milieu des autres prisonniers, entassés sur le bas-côté de la route pour se tenir chaud pendant la nuit. Le vieux s'était levé pour prier, le visage incliné sur ses chaussures crevassées.

IX

Jeudi 2 décembre 1939

Au pied d'une montagne que ferme l'obscure vallée – Souvenir de la vieille femme rencontrée à Ochagavía – Le vol et la haine de soi

La nuit érodait les hauteurs du massif dressé devant Álvaro. Il s'arrêta et se retourna. Une grange était visible un peu plus loin près des sapins. Il décida d'y passer la nuit. Les deux versants de la vallée qu'il avait parcourue toute la journée baignaient maintenant dans une lumière bleu acier, plus dense le long de la rivière dont il avait remonté le cours. Il leva les yeux vers l'horizon et perçut une lueur rouge qui frangeait les montagnes. Il demeura tourné vers le bas de la vallée jusqu'à ce que l'aura du dernier soleil s'affaisse derrière les cimes. Le monde connu sombra bientôt au-delà de cette frontière intangible. Un premier cercle avait été franchi à Ochagavía. Il n'y avait presque pas songé, laissant l'enthousiasme et la colère alterner durant la marche qui avait suivi son départ précipité de la ferme où il avait fait halte pour trouver à manger. Remuer le souvenir de la rencontre qu'il avait faite dans ce village n'avait pas été possible jusqu'ici. Mais il avait toujours su que les effets de la lente débâcle, amorcée depuis Laredo, l'atteindraient tôt ou tard.

Le visage ratatiné de la vieille d'Ochagavía lui revint. Elle était debout, dans l'encadrement de sa porte, sous un balcon en bois vermoulu dont certaines lattes, bouffées par le gel, gisaient sur le sol défoncé. Elle se tenait droite, tête nue, bras croisés sous un châle noir, regard perdu en bas du chemin qui longeait sa maison. Il l'aperçut au sortir d'une forêt envahie de fougères. Il s'arrêta à sa hauteur. Elle ne sembla pas surprise. Elle en avait vu des centaines comme lui, parcourant les bois, chassés vers la France. Des poux poursuivis par la dent d'un peigne. Il n'avait pas mangé depuis la veille et se dirigea vers la bâtisse dont la toiture haute, affaissée en son centre, constituée de grosses plaques d'ardoises agencées comme des écailles, parfois brisées, parfois manquantes, réfléchissait l'éclat blanc et sale du jour. La vieille ne bougea pas, figée dans l'encadrement de la porte. Elle en avait vu des centaines comme lui, barbus et hirsutes, crasseux et maigres. L'un d'entre eux lui avait même volé sa mule, il n'avait pas eu le temps de défaire la corde attachée au mur, la sectionnant d'un rapide coup de couteau. Elle continua à surveiller le bas du chemin. Elle le scrutait chaque jour depuis des mois, sans prêter la moindre attention à tous ces types qui étaient passés pour lui demander à manger. Elle n'avait jamais répondu et ils étaient entrés pour se servir. Elle avait caché un jambon qui lui restait dans le cellier ainsi qu'une roue de fromage, jaune et pâteux, que son mari et ses fils dégustaient autrefois, accompagné d'une confiture de coings dont on lui avait volé les derniers pots.

Álvaro demanda ce qu'elle attendait. Elle répondit qu'il ne restait plus rien sauf du pain, du jambon et du fromage, mais que c'était pour elle et le père de son mari, assis dans la cuisine. Il restait aussi le piton rouillé de la mule, et quand il n'y aurait plus le crochet, il resterait quand même le mur derrière lequel on remisait les cochons avant que son mari n'en fasse cadeau aux républicains avec qui il s'était battu dans la montagne. Les républicains avaient mangé tous ses porcs et ça ne les avait pas empêchés de perdre la guerre. Elle le savait parce qu'elle les voyait passer. Des hordes de damnés qui lui réclamaient et lui volaient ce qu'elle n'avait pas, avant d'aller se perdre au diable, de l'autre côté de la frontière. Il pouvait prendre le crochet et démolir le mur s'il en avait envie. Il pouvait déterrer les fondations et desceller les poutres de cette maison.

Álvaro répéta sa question. Elle répondit, le regard bleu, braqué sur le chemin désert, que le pain et le reste étaient à elle et qu'il lui fallait des réserves pour tenir encore un peu. Elle avait attendu comme ça, depuis le jour où des types du village, qu'elle avait connus pas plus hauts que la ligne de chaux qui encerclait autrefois le périmètre de sa maison, étaient venus avant l'aube, en uniforme noir, équipés de fusils neufs.

Son mari avait entendu le bruit d'un camion. Il était sorti sans arme, ordonnant à ses deux fils de foutre le camp par-derrière. Mais les fascistes avaient encerclé la baraque et s'étaient mis à tirer dans les fenêtres. La mule avait rué. Un de ses fils s'était tordu la cheville avant de se rendre, sautant depuis la remise, là-haut, du côté où il n'y avait pas de balcon.

Ils avaient laissé le père de son mari assis dans la cuisine et emmené son mari et ses deux garçons dans le camion, sur la route en contrebas. Une fusillade avait éclaté au loin entre les arbres. Elle avait couru tout ce qu'elle pouvait courir, mais le temps d'atteindre l'endroit et elle avait juste aperçu de la poussière soulevée par les roues du camion, juste entendu les essieux craquer sur les caillasses. Elle était allée au village à pied, parcourant trois kilomètres sur ses jambes variqueuses, dans ses savates avachies et pleines de terre. À la mairie, on lui avait répondu qu'ils avaient été emmenés pour travailler à la voirie. Ils sont quelque part, le long d'une route, lui avait dit en souriant la pute qui avait couché avec tout ce qui portait une cravate ou des bottes, la truie en talons, montée en grade depuis le début de la rébellion, qui tapait les lettres du maire et se donnait des airs de porte-parole assermenté de la Sainte Inquisition. La garce lui avait demandé son nom et son prénom pour l'informer au cas où elle entendrait parler de ses proches. « Josefina López », avait répondu Josefina en regardant les escarpins neufs de la femme assise devant sa machine à écrire. « Vous avez le téléphone ? » Josefina avait haussé les épaules. « C'est pour vous prévenir si on les retrouve. » Elle avait souri. Un sourire de catin, semblable à celui qu'elle avait affiché le jour où Josefina l'avait croisée, assise à côté du maire, sur la banquette arrière d'une auto qui roulait vers Ezcároz : une pute renseignée sur la victoire et la géographie des fosses communes.

Josefina avait attendu chaque matin, fixant le chemin, se demandant s'ils n'étaient pas enterrés un peu plus loin, dans le périmètre de la fusillade. Elle n'avait rien vu à l'endroit où le camion s'était arrêté, rien que des traces de sang absorbées par le sable. Mais elle n'avait pas voulu s'aventurer dans le taillis, à la recherche des corps. Elle était remontée chez elle pour surveiller la piste.

Álvaro, exaspéré par la faim et la voix brisée de la vieille, la bouscula pour entrer. Elle s'écarta sans difficulté. Un être sans consistance, dont la voix seule avait animé le corps.

Il contourna une table. Un jour sale entrait faiblement par une fenêtre. Un vieil homme, assis sur une chaise en paille, se tenait raide et immobile. Álvaro le salua. L'homme ne répondit pas. Álvaro chercha des restes de nourriture sur les étagères encombrées de boîtes en ferraille et de bouteilles vides. La vieille se replaça dans l'encoignure. Álvaro se retourna vers le vieux, comprenant qu'il s'agissait du grand-père, le père du mari fusillé. Il regarda ses mains maigres, posées sur les accoudoirs de la chaise, vérifiant qu'il n'était pas armé. Le vieux avait l'air de somnoler. Álvaro avisa, à droite de la table, une porte fermée à clef. Il souleva un banc et l'utilisa comme bélier. Le bois éclata en échardes à l'extrémité du banc et autour de la serrure, la porte du placard céda au bout d'une dizaine de coups. Il trouva les vivres dont la vieille avait parlé, plus un petit jerricane rempli d'huile d'olive. Il déposa l'ensemble sur la table, puis s'assit en tremblant, sentant ses bras sans force reposer douloureusement sur le bois. Il regarda le vieux de nouveau, distinguant sa bouche entrouverte dans l'obscurité, le cuir de ses joues tendu comme la texture fine et usée d'un abat-jour. Le vieux était mort depuis longtemps. Une balle fasciste avait dû l'atteindre. Il s'était peu à peu momifié sur sa chaise. Álvaro le détailla. Ses cheveux couleur cendre dépassaient de sa casquette, sa barbe semblait avoir continué de pousser après la mort.

Álvaro baissa les yeux, chercha son couteau dans l'une des poches de son manteau pour découper un morceau de pain. Ce qu'il s'apprêtait à faire le transformerait en paria. Il trempa le pain dans l'huile et sentit un apaisement dès la première bouchée, contrecarré par la honte et la haine de soi. Il haussa les épaules puis coupa des tranches de jambon pour les introduire dans sa bouche. Il s'imagina assis, voûté dans la pénombre de cette pièce crasseuse, engloutir ce qu'à chaque bouchée sa conscience vomissait.

Il se leva, trancha la moitié du pain et du fromage, enfourna le tout dans son sac et abandonna le jambon. Il s'empara d'une écharpe accrochée à une patère et se dirigea vers la sortie, la silhouette obstinée dans l'encoignure. Il poussa la vieille, fit quelques pas, puis entendit une insulte. En amont, sur le chemin, il vérifia que le journal de sa sœur était toujours dans sa poche. Il eut envie de s'arrêter, de sortir le carnet pour y inscrire une phrase : *Nous sommes arrivés au lieu où je t'ai dit que tu verrais les foules douloureuses.* Il accéléra le pas.

La neige tombait dru à présent. Il tourna son regard vers la montagne qui fermait la vallée. Il pouvait sentir le poids de la roche. Il poussa le loquet de la grange, se glissa à l'intérieur et resta figé dans le noir, laissant la chaleur animale dissiper la gangue de froid qui l'enveloppait encore. Il chercha dans la poche de son pantalon une boîte d'allumettes. Il inspecta les limites du médiocre coupon de clarté dégagé par la tête de soufre enflammée. L'obscurité revenue, il avança un peu, guidé par les ruminations des cinq ou six vaches qu'il avait brièvement aperçues, alignées devant leurs mangeoires. Il se dirigea vers le fond du bâtiment, souhaitant atteindre, sans se cogner à un mur ou glisser dans la bouse, une échelle menant à un grenier. Il se coucha dans la paille, au-dessus des mangeoires, et s'endormit.

X

Vendredi 3 décembre 1939

La mort d'Isaac consignée dans le journal d'Esther – La marche – Les os brisés du père et du fils – Deux femmes perdues dans Puerto de Santa María – Au bord d'un lac d'altitude

Ils ont fusillé notre père il y a trois jours sur la place des Arènes. Je n'ai pas eu le courage ni le temps de t'écrire afin de te l'annoncer le soir même. De toute façon, il n'est pas certain que tu reçoives ce journal parce qu'il y a plus qu'une simple distance à parcourir entre le nord et le sud de l'Espagne. Il semble que cette guerre nous ait repoussés aux deux extrémités d'une même époque.

Esther et sa mère ne sortaient plus depuis une semaine. Elles s'étaient retranchées à l'intérieur d'un petit appartement dans lequel Isaac les avait installées. Il y passait de temps à autre pour les rassurer, leur donner des vivres, des directives, des noms d'équipage, des horaires de bateaux à destination de Sousse qui ne quittaient jamais le port, dont l'escale à Cadix était annulée, des adresses en Tunisie, les noms de familles turques vivant à Istanbul et parlant le ladino, avec lesquelles il avait un temps commercé.

Álvaro se souvenait de cela. Il palpa les jointures feutrées de l'enveloppe contenant le journal et sortit de l'étable où il avait dormi, réchauffé par le souffle des vaches. Dehors, la neige avait durci. Le jour se matérialisa sur les flancs de la montagne qui défilait à sa droite depuis la veille. Il observa la crête de la muraille, maintenant à une heure de marche devant lui. Un peu de brume s'accrochait au versant boisé de la barre rocheuse.

Il rajusta l'écharpe nouée autour de sa tête pour protéger ses oreilles. Au bout de quelques minutes, dans l'aube naissante, il rencontra une retenue d'eau gelée, un endroit où la rivière formait un delta planté de jeunes peupliers noirs. Il contourna cette plaque de glace où l'eau circulait sous la membrane de verglas, entre les herbes brûlées. La fange craquait sous ses chaussures. La terre était granuleuse et sale comme du marc de café. Il promena ses doigts sur son visage couvert d'engelures.

Il dépassa les peupliers sans s'en apercevoir, vacillant entre les mottes d'herbe, et rencontra un large chemin dont la dernière moitié disparaissait sous la neige, entre des rangées de sapins. Il dérapait sans cesse. Aveuglé par la réverbération, il essaya de longer la bordure extérieure du sentier, sur le flanc haut et abrupt de la montagne festonnée de sapins argentés et de mélèzes. Il marcha longtemps avant de s'arrêter près d'une énorme roche au dos plat, dont la proue formait un aplomb au-dessus du chemin, suivit un sillon de terre sans neige et utilisa ses dernières forces pour se hisser au sommet du rocher. Il s'allongea, sans prendre la peine de chasser la neige accumulée sur la pierre, et ferma les yeux, le visage collé contre le ciel balayé par la ramure des sapins. Il distingua des flaques de lumière sanglante qui variaient sous ses paupières, sentit son corps inerte, plaqué sur la roche. Il ignorait où il se trouvait exactement, il savait juste que la frontière française passait non loin du col qu'il lui faudrait traverser après s'être reposé. Il s'assoupit.

Un sifflement ténu au-dessus du massif forestier le réveilla. Il ouvrit les yeux et les referma aussitôt, aveuglé par la lumière du jour, conservant un instant, derrière ses paupières closes, l'empreinte des branches de mélèze gravée contre le ciel. Puis il orienta son regard de l'autre côté du bief qui descendait du col schisteux vers la vallée, observant le pan de montagne opposé au sien, balayant les hauteurs couvertes de pins. Il suivit une crête nue, barrée d'un large filon de marbre rubané, avant d'apercevoir un rapace. Il identifia le gypaète barbu lorsque celui-ci s'éleva en cercles dans l'air voilé. Le gypaète longea les créneaux de pins qui dévalaient la pente évasée du versant. Álvaro ne sentait plus le poids de son corps étendu sur la roche, juste la pression de l'air ascendant qui emportait le rapace au-dessus d'un chaos de granit ridé comme une peau d'éléphant. L'oiseau ouvrit les serres et relâcha un objet longiligne. Un tibia de cerf ou de bouquetin. Il attendit que le bruit de l'os fracassé au sol lui parvienne, éprouvant soudain une douleur lancinante dans les avant-bras. Un claquement sec dans la combe. Álvaro souleva, l'un après l'autre, ses coudes plantés dans la pierre et ferma les yeux. Il étira ses bras le long de ses flancs et resta immobile, percevant de nouveau le choc de l'os, cette fois plus éloigné, du côté des plaques de schiste qui fermaient le défilé au-dessus duquel l'oiseau devait maintenant planer. Il accompagnait la chute du tibia. Son corps se raidissait, absorbant l'onde de douleur qui le traversait à chaque impact. Il imaginait son squelette fracturé, pilonné contre la roche, sentait les balles qui avaient tué son père vriller dans l'air avant de lui briser les côtes. Il discernait la percussion des chiens heurter la culasse des fusils, la déflagration provoquée par la poudre incendiée dans la chambre où était logée chaque cartouche. L'oiseau n'en finissait pas de lui rompre la cage thoracique, la colonne, les clavicules, le bassin. L'oiseau le soulevait avant de le laisser choir sur sa couche froide et plane comme une dalle. Il tombait, les os de son père se fendaient sur le granit. Il vit son père s'affaisser, dos au mur de l'arène, et ouvrit les yeux. Les branches de mélèze se balançaient imperceptiblement, projetant leur ombre sur ses membres intacts. Il respira et sentit l'hallucination de la douleur se résorber dans la voix d'Esther qui reprenait possession de lui.

Une semaine qu'il n'était pas venu et que nous étions enfermées. Notre mère ne quittait plus son châle noir.

Sa sœur et sa mère séquestrées. Les deux femmes écoutaient le crépitement lointain des fusillades. Elles observaient parfois, de l'autre côté du port, au coin d'une rue, le bref nuage de poussière d'un ricochet sur le mur, la moitié du corps désarticulé d'un milicien baignant dans son sang. Un souffle continu, un afflux de détails, une fièvre, celle des journées de juillet, le vent du large qui passe sur la côte. Álvaro savait qu'elles étaient restées chez elles, le dernier soir avant l'après-midi où elles s'étaient précipitées en savates dans les rues désertes. Leur inquiétude s'était accrue avec le silence. Soudain, des éclats de voix s'étaient propagés depuis l'épicentre du meurtre vers la cage d'escalier pour échouer sur le pas de leur porte. Il y avait eu le même murmure que pour toutes les autres, la même annonce qui les pressait de se rendre quelque part où l'on supposait que le père, le mari, le frère, l'oncle, s'était effondré.

> *Il avait laissé des consignes, tu sais. Il avait laissé une série d'étapes à suivre, scellées sous enveloppe. Notre mère était autorisée à ouvrir la lettre s'il ne revenait pas. Il désirait qu'on l'enterre nu, enveloppé dans un drap blanc, et que dix hommes soient présents à la cérémonie. Il fallait demander aux miliciens qui avaient pris les armes avec lui de se joindre aux funérailles. Notre mère n'en connaissait pas un seul, mais papa affirmait dans sa lettre qu'ils étaient prévenus et qu'ils s'arrangeraient si on le tuait. Il faudrait que l'un d'eux récite la prière des morts. Il y avait un type avec eux : Esteban*

Attar. Il connaissait la liturgie et procéderait dans les règles. Il faudrait s'en remettre à lui s'il ne l'avait pas devancé dans la mort. Il faudrait que son fils le fasse également. Il faut que tu récites la prière des morts, où que tu sois, dès que tu recevras ce carnet.

Il avait commandé une transcription phonétique du Kaddish dans une librairie de Santander et l'avait ânonnée deux ans et demi après la mort de son père, seul, derrière le bois qui séparait sa maison de la plage, debout et face à l'océan, ne comprenant rien de ce qu'il lisait mais se concentrant sur chaque syllabe afin de ne pas dénaturer le sens des mots et du devoir. Un enchevêtrement d'histoires maintes fois réinventées et trahies. Il lui suffisait de palper l'enveloppe constellée de tampons, comme il le faisait à présent, épuisé, allongé sur cette plate-forme rocheuse, pour que son imagination lui restitue la voix d'Esther.

Savait-il que rien de ce qu'il voulait n'était possible ?

Il nous disait, *voilà d'où je viens et vous ne poursuivrez plus votre chemin plongés dans l'ignorance*, pensa Álvaro. La prière devait-elle s'adresser à Isaac Álvares ? *Le retour s'accomplira dans la récitation de mon fils en prière*. Il nous disait, *cette terre, je la défendrai avec mon nom entier.*

C'est moi qui ai ouvert la porte. Je me souviens du son mat des phalanges heurtées à la surface du bois, de la réticence, de la pudeur et de la solennité contenues dans ce geste qui annonçait un désastre. Menchú, une vieille femme qui vivait au troisième et dernier étage avec son mari, un ancien militaire estropié à Cuba, nous apprit son exécution. On ne l'avait pratiquement jamais vue sur le palier. Elle s'était déplacée pour nous dire qu'un type nommé Esteban, avant d'être arrêté et fusillé contre la façade du château San Marcos, avait hurlé les noms des veuves à prévenir et que son neveu qui vivait sur la place avait entendu le nôtre, Díaz.

Álvaro ne savait plus si cette histoire de rumeur était vraie. Il lui semblait, quand il ouvrait les yeux sur le ciel bleu et sentait à nouveau la neige fondre le long de sa nuque, qu'il n'y avait jamais eu de Menchu ni d'Esteban Attar. Cela faisait des semaines qu'il n'avait pas lu le journal d'Esther, mais il pouvait le réciter entre le sommeil et la veille, le dérouler par pans entiers. Les événements s'étaient sans doute passés plus simplement.

Il caressa de son index droit la tranche usée de l'enveloppe. Esteban Attar adossé contre le mur, sous les inscriptions peintes en rouge au bas des créneaux du château San Marcos où Christophe Colomb avait, paraît-il, séjourné. Esteban Attar respirant l'odeur des fleurs, des orangers et des citronniers derrière l'enceinte. Esteban Attar hurlant les noms, un par un, délivrant finalement le nom de Díaz avant que les détonations ne l'effacent. Díaz mort, Álvares pouvait advenir.

Nous sommes descendues comme deux folles. Nous avons traversé le patio, l'odeur des dalles rosées de sang, le goût acide des citrons et des fleurs étiolées en bouche. L'avenue de la Bajamar était blanche de chaleur, la mer absente. Nous avons quitté le port et la brise chaude qui venait de Cadix, les palmiers de la rue Aurora, leurs ombres effilées sur les trottoirs et les façades jaunes. Nous avons croisé la fin de l'insurrection, les derniers soubresauts du soulèvement qu'on identifiait aux tirs sporadiques, au fracas des salves criblant les murs. Nous courions seules sur la place de l'Église. Les lettres rouges, peintes sous les crénelures de San Marcos, s'inscrivaient contre ma rétine comme des hiéroglyphes de métal venus frapper un ruban de carbone.

Santa María déserte, que sa mère et sa sœur n'en finissaient plus d'arpenter sous le soleil. Elles parcouraient *la calle de los Mauros*, la rue qui menait aux arènes. Leurs savates soulevaient la poussière de l'esplanade. L'allure de Lisa faiblissait, tandis qu'Esther, apercevant un corps affalé, s'était réfugiée dans l'ombre de la rue. Quelques chiens s'étaient éparpillés en grognant. Esther s'était immobilisée à l'abri de la lumière, incapable de dépasser le point où l'identification du cadavre deviendrait formelle. Lisa s'était couchée sur le corps, muette, embrassant le plastron ensanglanté. Un essaim de mouches chassées par le mouvement de la femme s'était rabattu sur le mur. Lisa avait toujours été capable de prolonger l'effort au-delà de ce qu'Esther pouvait supporter.

Cela s'était sans doute passé comme ça. Il pouvait entendre les cris de victoire des rebelles, qui ressemblaient plus à des invectives qu'à des manifestations de joie. Il y avait quelque chose d'étrange et de réconfortant à savoir que son père n'avait peut-être jamais fui ou erré. Il se souvint de la nuit où il s'était battu contre le garde civil.

La vallée froide et blanche semblait se contracter sous le ciel. Il sentait son corps engourdi, effleuré par le vent qui remontait le long du chemin et s'engouffrait parfois en chuintant au pied d'un col ouvert sur la France. Il s'accouda contre la roche, procédant par étapes pour se lever. Il se recroquevilla et s'assit, resta un instant les jambes pliées, les genoux proches du menton, ramassés sur son buste et enserrés dans ses bras. Il exerça une pression des muscles de ses cuisses, éprouvant la résistance de ses mains cadenassées contre ses rotules. Le journal sortit un peu de sa poche. Il desserra les poings, le rangea, puis bascula sur le côté avant de se mettre à quatre pattes pour se redresser. Une lueur blême l'aveugla, annulant la sensation de chaleur engendrée par l'étirement. Il observa ses mains, une parcelle de chair visible sous la laine effilée de ses gants. Il épousseta ses vêtements. Il pensa que son visage devait être aussi pâle, peut-être plus abîmé que ses mains.

Il regarda en amont du chemin le défilé des arbres et la perfection de la neige. Il faudrait passer sur l'autre versant. Des lambeaux de peau au niveau de sa taille et de son dos semblaient s'être affinés, à peine plus épais et plus délicats que du tulle, irrités au moindre contact avec sa chemise. Il fit quelques pas sur le chemin et fut secoué d'une série de tremblements.

Il voyait son père franchir le porche d'entrée du patio, dans l'aube de Santa María. On l'appelait Díaz le Marocain, Díaz le Français, parce qu'il parlait couramment cette langue. Il prétendait l'avoir apprise en travaillant avec des Tunisiens. Tout cela était faux. Álvares le Marocain, fils du Français de Crémieux.

Il atteignit la poudreuse. Il pensa à la pénombre sous les palmiers de Santa María. La chaussée était abolie sous la glace. L'air n'embaumait plus le jasmin et le basilic. Il marcha sous le poids de sa nuque écarlate. L'aplomb rocheux se trouvait loin derrière lui. Le chemin s'ouvrait à coups de pied dans la neige tendre. Une rue de Santa María déclinait imperceptiblement vers le port. Il pouvait la voir. Il neigeait avenue de la Bajamar, sur la place de l'Église, sur le rameau desséché qu'Esther avait aperçu au balcon.

Le dimanche, ils allaient parfois à Cadix. Ils déjeunaient sur la plage après avoir traversé une place rectangulaire et son jardin de végétation résignée, son carré de palmes ourlées de décrépitude. L'ombre sentait l'urine et le renfermé. La mer apparaissait au bout de la rue. Elle s'engouffrait en odeurs entre les corridors des immeubles. On la devinait plus dense sous l'horizon. Son père avait l'air heureux dans cette ville, non loin de la chambre d'hôtel dans laquelle il avait lu le télégramme annonçant la mort de Ruth. La réverbération éclairait son visage. Ce n'était pas comme l'eau noire et lourde de ce lac circulaire qu'il contournait à présent. Le vent tiède abolissait la chaleur, abolissait la terre espagnole.

Il cessa bientôt de marcher. Il était peut-être en France. Il avait la diarrhée. Il se réfugia derrière un arbre. Il vomit le pain et le fromage de la vieille et resta tremblant, les yeux humides, le pantalon baissé sur les chaussures. Il glissa sur le dos. Il transpirait. La neige pénétrait sous son manteau, son pull et sa chemise. La neige lui brûlait les reins. Il appela sa sœur. Il allait mourir, le pantalon plein de merde, le sexe recroquevillé, congelé, les os offerts aux rapaces, les os étendus au bord d'un lac circulaire, rond et sonore comme une bouche en cul-de-poule. Il glissa encore un peu plus bas, sur les rives du lac. Il poussa un cri de rage, sentit ses entrailles se dissoudre. Il essaya de remettre son pantalon et parvint à nouer la corde qui lui servait de ceinture. Un peu plus haut, sur les pentes enneigées, au-dessus d'une couronne de sapins, une chape de nuages s'était rassemblée. Une neige fine tomba, reflétée à la surface du lac.

XI

Vendredi 3 décembre 1939

Deux femmes endeuillées – La mort escamotée – La route est une tombe – Cohortes de fantômes – Les gendarmes français

Elles n'avaient pas su quoi faire du corps. Esther et sa mère s'étaient d'abord retournées, regardant la place déserte, incrédules, immobiles et désemparées dans la poussière. Cadix était tombée aux mains des rebelles et des soldats phalangistes commençaient à l'investir. Álvaro ignorait ce qu'il était advenu de la dépouille de son père. Il savait juste qu'Isaac reposait dans une fosse commune. Il était passé de l'attente sous le soleil à la promiscuité de la chair et des os. Un camion l'avait certainement enlevé après la fin des combats. Elles étaient restées jusqu'au soir. L'avancée des balcons déserts, devant des volets barricadés, n'ombrageait plus la façade mordorée des immeubles. Elles étaient peut-être reparties chez elles afin de trouver de l'aide, abandonnant le corps aux merles et aux corbeaux. Quelle assistance pouvaient-elles espérer dans une ville hostile à la compassion élémentaire qu'inspirent deux femmes embarrassées d'un cadavre ? Deux femmes attendant que la

Loi s'empare de leur douleur, dans un pays sans deuil et sans registre.

Álvaro fit un effort pour suivre la dépression qui contournait le lac et bifurquait vers un bois qu'il fallait traverser avant d'atteindre la frontière. Cela ne servait peut-être à rien d'aller en France. Tout finissait par faire tache et se répandre. Le même désordre gagnerait bientôt l'Europe. Rébecca aurait sans doute dû le suivre. Il l'avait abandonnée, elle aussi, sans sépulture. Aucun des morts qu'il avait laissés derrière lui ne reposait en un lieu précis. La présence de son père s'était évanouie le long d'un chemin poussiéreux, au-dessus des eaux de la baie, à l'angle de chaque maison qu'ils avaient autrefois occupée avec sa famille.

Il n'avait plus la force de poursuivre. Cela devait finir ainsi – pourrir au fond d'un bois, rendu à l'anonymat, privé d'épitaphe.

Le lendemain, Esther et sa mère avaient parcouru une longue route en terre au sortir de Santa María, suivant les conseils d'un militaire en faction devant la mairie, amusé par leur obstination à retrouver ce qui encombrait l'abord des villes : morts dont la plainte s'était tue en marge des vergers, des champs et des berges du Guadalquivir. Il suffisait de suivre une route de campagne pour les identifier et les confondre avec le reste des vaincus. Elles n'avaient rien trouvé de tangible, sinon, au milieu d'un champ, un monticule de terre fraîche. Sans les corbeaux, elles n'auraient pas aperçu grand-chose. Un homme tenant une mule par un licou de chanvre élimé s'était arrêté à leur hauteur.

« Y z'ont mis des tas de types là-dedans, hier.

– Vous savez qui ?

– Des types de Jerez, de Cadix et de Santa María, j'crois bien. Mais si vous cherchez quelqu'un, vous pouvez pas être sûr de le trouver parce que c'est pas le seul trou dans le coin, c'est juste le dernier. »

Il avait reniflé, regardant autour de lui : des yeux verts derrière des paupières étrécies, une peau mate, presque jaune, ridée autour de lèvres trop fines.

« Ils ont fait creuser les prisonniers à la lueur des torches avant de les tuer.

– Comment le savez-vous ? avait demandé Esther.

– J'étais là. »

Il avait baissé le front et fixé le sol d'un air embarrassé.

« Je cherche mon père.

– On m'a obligé. Ils ont dit *réquisitionné*. Mais j'ai regardé personne. J'pouvais pas. J'saurais pas dire le visage ou l'allure qu'ils avaient. Un garde a juste dit qu'ils avaient ramassé ceux de Santa María après les autres.

– Vous avez porté des hommes à dos de mule ?

– Des morts. Trop morts pour que je puisse les regarder en face. »

Un courant d'air était passé au-dessus du chemin, déposant un filet de sciure grise sur les sabots de la mule, qui avait reculé en secouant son encolure.

Nous avons renoncé. Nous avons accepté d'enfoncer notre incrédulité dans le sol. Nous sommes restées devant le monticule tandis que le type et sa mule s'éloignaient. Notre mère a attendu qu'il disparaisse à l'horizon pour entrer dans le champ, et je l'ai observée se fouler les chevilles sur les amas de terre rêche qui s'effritaient sous ses pas sans me décider à la rejoindre, parce que je songeais aux os des autres morts mêlés à ceux de notre père.

Elles avaient reconnu le mari et le père criblé de balles contre le mur des arènes. Elles finiraient par se résoudre à croire qu'il pouvait être là, enseveli parmi d'autres, c'est-à-dire nulle part – un point précis au milieu de la plaine dérivant sous le ciel. Álvaro imagina encore les deux femmes au bord de la fosse comblée, sa sœur en retrait, sa mère fouillant du regard la glèbe déjà blanchie sous le soleil. Il devait être là, sans repos et sans nom. Il finirait par être nu. Comme on doit l'être.

Nous nous sommes résignées à nous enfoncer à ses côtés, à laisser la poussière nous recouvrir. Nos corps levés : ainsi soit-il, comme le sel à la surface d'une mare asséchée.

Álvaro marmonna, trouvant une dernière fois la force de se lever, vérifier si la ceinture de corde tenait bien son pantalon.

Il marcha. Il allait par la montagne. Chaque pas

amenait une supposition et une hésitation. Cela pouvait être au bord de n'importe quel chemin. Une commémoration interminable. Peut-on marcher sur une tombe sans nom tout le reste de son existence ?

Il chemina longtemps, mais il n'était plus seul, à présent. Il devait suivre le cortège. Il avançait au milieu d'une colonne de réfugiés. Il ne savait pas depuis combien de temps. Il ne voulait pas se laisser distancer. Il leur demanda si la frontière était loin, réitéra sa question. On ne lui répondait pas. Il avait sans doute été submergé, rattrapé par les marcheurs de tête, les avait peut-être rencontrés au détour d'un bois, s'était mêlé à eux par inadvertance. Il n'entendait que son pas crissant dans la neige. Il fixait le sol, la poudreuse enluminée de trouées grises : traces de chevreuil, pattes d'oiseau, battements d'ailes. Il continua parmi les réfugiés, soulevant un ourlet de poudreuse à chaque coup de pied, luttant pour rester au milieu d'eux : silencieux, enveloppés dans leurs couvertures frangées de couleurs vives, leurs plaids à damiers gris et déchirés. Il fixait son attention sur les nuques décharnées. Il côtoyait des groupes de femmes portant des sacs de tissu, tenant deux, trois enfants hagards. Ils avaient fini de pleurer, un reste de morve et de crasse sur les joues, les yeux sales et gonflés de sommeil.

Il respira un effluve de tabac et de vieux vêtements, à moins que ce ne fût sa propre odeur. Un type tira sur sa pipe. La fumée brûla les yeux d'Álvaro. Il cligna des paupières et le vide s'empara de lui avec un grésillement d'ampoule électrique.

Le cortège s'effaçait parfois. Il allait solitaire, lucide, jusqu'à ce que son pas bruisse au milieu d'autres pas. Le groupe de tête, des hommes en majorité, n'en finissait pas de le distancer. Ils portaient des fusils, tractaient une mitrailleuse posée sur un essieu. Leur nombre et leurs visages variaient sans cesse. Álvaro les avait rejoints plusieurs fois, mais ne parvenait pas à soutenir leur rythme. Il renonça, se retrouva de nouveau en compagnie des femmes. Elles avançaient sur un étroit sentier. Elles ralentirent devant un portique surmonté d'un linteau de roche claire, s'amassèrent sous une herse de grandes stalactites bleues. Un tronc de mélèze, abattu par le vent, tombé du haut d'un mur de granit, encombrait le passage. Elles n'enjambèrent pas l'arbre pour rattraper le reste des réfugiés, mais s'immobilisèrent. Álvaro ralentit et observa leurs silhouettes se dissoudre. Il ne resta bientôt plus que trois ou quatre femmes. Des vêtements d'enfants gisaient, éparpillés autour d'elles sur la neige intacte. Álvaro chancela puis se rattrapa en s'appuyant contre une cheminée de basalte. Il leva la tête et s'aperçut qu'il était seul. Il passa sous le linteau, enjamba le tronc, s'écorcha le mollet à la pointe d'une écharde cachée sous la neige. Il continua. Son mollet saignait. Il se retourna et vit la trace de son sang solidifié au fond d'une de ses empreintes. Il appela. Le bief était vide. Des larmes coulèrent dans sa barbe couverte de givre. Elles s'accrochaient aux commissures de ses lèvres, humectaient sa gorge irritée par l'écharpe volée. Des éclats de quartz colorés s'enflammèrent, disséminant une série de feux follets le long de la pente. Il pouvait en ressentir la chaleur contre sa cornée. Il ferma les yeux et marcha encore, écoutant le bruit des pas derrière lui. Pourquoi s'obstiner ? Il suffisait de se coucher au fond de la ravine, attendre que les fantômes le dépassent, laisser la nuit qu'ils charriaient derrière eux croître et l'envahir. Il imagina son sang coaguler dans la neige bientôt noire, foulée par la cohorte des morts. Il suffisait de renoncer à fuir. Il n'y aurait plus cette douleur, le défilé blême de la glace sous ses semelles. Peut-être retrouverait-il son père. Peut-être retournerait-il vers ses fils.

Il sentit qu'on le soutenait. Un homme âgé d'une soixantaine d'années, aidé de son fils, le maintenait debout. Il les remercia et leur dit que son père avait été tué par un vautour mangeur d'os, le même que celui qui avait assassiné Eschyle. Il leva la tête pour les regarder par-dessus son épaule et rencontra son propre visage. Il voulut examiner le vieux, mais ne trouva personne à ses côtés. Il quitta la combe et traversa un bois de hêtres. Il marchait de nouveau au milieu des femmes.

Les bois s'ouvrirent bientôt sur une vallée. La neige recommença à tomber. Ceux qui avançaient en tête avaient passé une corde vers l'arrière de la colonne. Une femme tendit la corde à Álvaro, mais il ne la saisit pas, préoccupé par deux silhouettes qui s'en allaient de dos. Il reconnut la chevelure brune de sa sœur, les cheveux gris de sa mère. Les deux femmes avançaient en se supportant l'une l'autre pour ne pas glisser dans la pente, le long du passage étroit, déblayé et piétiné par les hommes qui s'acheminaient vers la vallée. Il les appela. Aucun son ne sortit de sa gorge. Il essaya encore.

Il cessa de crier. Tout en lui consentait à l'immobilité de l'air, à l'engourdissement du paysage, à la disparition des arbres derrière la neige qui se précipitait au-dessus de la plaine. Il sentit quelque chose de froid s'insinuer en lui, lui saisir les épaules et l'entraîner doucement en arrière. Une chute lente, interminable. Il glissait, descendait paisiblement en travers du chemin. Les flocons s'éteignaient sur son front et sur sa bouche. Il entendit un aboiement, des voix de plus en plus distinctes. Une langue étrangère. Deux uniformes.

« Un rouge, putain ! Il a dû passer le col tout seul.

– Il est mal en point, ce con.

– Qu'est-ce qu'on fait ?

– J'sais pas…

– Faudrait le descendre, mais il doit quand même peser son poids.

– On n'est pas si loin, mais vu son état je sais pas si on devrait s'emmerder. »

17 avril 1944

Déportation

Deux heures plus tard vint la première soif, celle qui passe puis revient pour ne plus vous lâcher. Les gémissements des femmes et des vieillards cédèrent bientôt la place à des chuchotements entrecoupés de longs silences. Álvaro vit plusieurs fois une ombre ramper entre les corps pour atteindre un seau situé au milieu du wagon. Sa langue était sèche mais son épaule lui interdisait tout mouvement.

La nuit tomba cinq heures après la fermeture des wagons. Les enfants se souillèrent les premiers. Il écouta le pas des gardiens le long des voies. La cloche de l'église d'un village éloigné sonna une heure. Le hurlement d'une femme traversa la cloison d'un wagon voisin, avant de s'éteindre dans l'obscurité. Une locomotive s'approcha du convoi en marche arrière. Un choc se répercuta sur les tampons. Le convoi s'ébranla un quart d'heure plus tard.

Il roulait depuis deux heures environ, quand le vieux

se mit à prier. Il récita le Kaddish pour Jacob et sa mère assassinés sur la route entre Toulouse et Montauban. Sa complainte lui soulevait la poitrine avant de former des lettres dans l'atmosphère enténébrée du wagon. La cadence lourde des bogies brisait le débit souple, la patine des mots, mais le filament de voix persistait, s'écoulait, audible et sans modulation, comme s'il avait toujours jailli, à couvert sous l'agitation du monde.

Des quintes de toux s'élevèrent entre les corps affalés. Álvaro surveillait le seau. Il n'y aurait pas assez d'eau pour tout le monde, les plus faibles avaient déjà renoncé à se traîner sur les corps enchevêtrés pour boire. La première soif passe. Le vieux ne survivra pas jusqu'à la deuxième. L'odeur de l'évier rempli d'eau savonneuse et de vaisselle au-dessus duquel sa mère marmonnait ses prières l'assaillit de nouveau. Il aurait bu cette eau, à présent. Mais il ne pouvait plus entendre prier.

Avant de pénétrer à l'intérieur du wagon, il avait brièvement avisé une consigne de chargement imprimée au pochoir : HOMMES QUARANTE – CHEVAUX HUIT. Il essaya d'imaginer les chevaux flanc contre flanc, puis il tenta de recenser le nombre d'êtres humains entassés entre les planches de la voiture. Il renonça. Ce wagon pouvait contenir huit chevaux et quarante hommes. Huit chevaux prennent plus de place que quarante hommes. On ne mettrait pas plus de huit chevaux dans un wagon pareil, mais ils étaient bien plus de quarante. Hommes, femmes et enfants.

2

GURS

I

Janvier 1940

Jour inconnu – Álvaro arrive au camp de Gurs – Visite du camp chiffrée – L'éthique du lieutenant Davers – Le passé et les ambitions du directeur Buisard – Álvaro sous la pluie

Ils étaient attablés autour d'un café, enfermés dans un baraquement administratif situé un peu à l'écart des îlots où l'on avait rassemblé les prisonniers : anciens brigadistes, réfugiés espagnols, juifs autrichiens, juifs allemands qualifiés d'indésirables par les autorités françaises. Trois cent quatre-vingt-deux baraques identiques, réparties en treize îlots désignés par une lettre allant de A à M.

Álvaro, à demi conscient, attendait, couché sur une civière abandonnée au fond d'une petite pièce aux relents de tabac et de sciure. Il percevait des bribes de conversation provenant d'un bureau adjacent, distinguait, entre les rafales de pluie qui giflaient les jointures grises des carreaux mal isolés d'une fenêtre à guillotine, la voix aigre aux intonations nasillardes d'un des intendants du camp de Gurs. L'homme s'entretenait avec un colonel récemment débarqué de Paris. Álvaro décodait le sens de certaines phrases d'une manière intuitive, comme si cette langue étrangère, autrefois pratiquée par son père sur le port de Santa María, n'avait pu lui parvenir autrement que par fragments, filtrée par les souvenirs ou le délire. Comprendre les chiffres ne lui demandait aucun effort. Les mots lui arrivaient en désordre, avec un léger différé : série de notes disloquées, arides et menaçantes. Par instants, les phrases sonnaient clair et sans ambiguïté, l'extrémité anguleuse des mots frappée contre la surface abstraite des objets et des formes qu'elles désignaient.

« En seulement quarante-deux jours, 428 baraques ! » répéta deux fois Buisard, la voix imperceptiblement brisée par une bouffée d'enthousiasme. C'était toujours de cette façon qu'il se présentait aux militaires et administratifs qu'il recevait pour la première fois, déclinant les caractéristiques techniques du camp comme on récite un curriculum. Une préface, le préambule de sa carrière. L'étendue de ses compétences. Il sentait tout son potentiel humain et professionnel concentré dans cette énumération. 46 baraques sont réservées à la troupe. Une capacité d'accueil de 18 000 hommes, 1 800 mètres d'égouts, 1 700 mètres de route carrossable, et, le plus impressionnant, une voix ferrée de 3 kilomètres. Il parla aussi du pompage, du drainage, de l'électricité, des 250 kilomètres de barbelés, du nombre des ouvriers et des ingénieurs qui avaient travaillé sur ce projet.

Raymond Buisard : corpulent, yeux bleus, caves et recroquevillés dans leurs orbites, cheveux blonds, presque gris à quarante ans, ondulés, épais, plaqués de brillantine. Un visage pâle et long comme un os de sèche, une tête volumineuse de masque africain posée sur un gros corps aux déplacements lents. Une gestuelle presque féminine, des jambes courtes, une panse. Un menton qui semblait faire contrepoids à son visage massif, dont chaque élément, petit et rapproché, se perdait au centre d'un magma de chairs roses.

Il était entré seul dans son bureau, en dodelinant du chef, sans s'interroger sur la présence d'Álvaro. Il s'était habitué à passer devant les détenus sans leur accorder d'attention. Une distance nécessaire entre lui et les réfugiés. Il avait adopté cette attitude après quelques jours au camp. Cette habitude lui était venue en même temps que l'état de somnolence chronique que lui procurait la rédaction des rapports chiffrés qu'il envoyait régulièrement à Toulouse. Un flux : il gérait les admissions, les départs, la répartition des groupes par genre. 400 détenus par îlot. Le ressac. Un filtre aux avant-postes de la frontière espagnole. Il déléguait au besoin.

Le colonel, accompagné d'un lieutenant affecté au camp depuis son ouverture, avait rejoint Buisard par l'entrée officielle. Ils étaient descendus d'une voiture garée au bord d'une allée de graviers raccordée à la route goudronnée qui divisait le camp. Le colonel avait refusé de s'abriter sous un parapluie tendu par le chauffeur. Ils avaient traversé la baraque, parcourant une ancienne salle d'attente où Buisard avait installé la comptabilité et le secrétariat. Il avait choisi la disposition de la baraque, organisé une zone tampon et une zone de retrait officieuse par le vestibule. Il pouvait contrôler son personnel en laissant une porte ouverte. Sa secrétaire ignorait s'il se trouvait ou non dans son bureau et cela lui plaisait.

Buisard passait des heures à sa table, rédigeant avec peine des notes de service aux objectifs alambiqués et contradictoires. Il déjeunait chaque midi dans son bureau. Sa secrétaire frappait et entrait avec un plateau sans attendre son autorisation. Il repoussait devant lui quelques papiers en désordre et faisait signe à la jeune femme de déposer le déjeuner sur un sous-main taché de graisse. Elle s'exécutait, puis elle saisissait une bouteille de bordeaux préalablement chambrée afin de verser un peu de vin au fond d'un verre à pied. Il la remerciait en dépliant la serviette blanche disposée à droite de son assiette. Il la coinçait sous son double menton, entre son cou et le col de sa chemise boutonnée. La secrétaire lui souhaitait bon appétit et sortait. Il ingurgitait la nourriture sans marquer de pause, cessant de mastiquer pour avaler, déposant sa fourchette pour saisir la bouteille, remplir son verre, le vider en deux gorgées.

Il retirait sa serviette après la dernière bouchée, dénouait sa cravate, se renversait sur sa chaise et tournait légèrement la tête en direction de l'unique fenêtre de la pièce. Il regardait la lumière varier sur la palissade en pin d'un autre baraquement, sentant une contracture au niveau de sa mâchoire, éprouvant une satiété qui le submergeait un instant. Des pans de son existence défilaient en désordre devant lui sans qu'il prenne le temps de les interroger : les rues où il avait vécu, les appartements où il avait dormi, une cour d'école, une table de nuit, un guéridon en acajou près de son lit d'enfant, la façade de bâtiments administratifs où il avait travaillé, des salles d'examen, plus rarement le visage d'un ami ou d'un membre de sa famille ; jamais rien de sexuel. Il finissait sa demi-baguette en déchirant de gros morceaux de mie qu'il roulait entre ses doigts. Il constatait toujours l'apparition d'une nouvelle tache sur ses papiers ou sa chemise. Il appelait sa secrétaire pour lui demander un café. Elle revenait dans la pièce cinq minutes plus tard, avec une cafetière et une tasse disposées sur un plateau plus petit, puis débarrassait les restes du repas. Il sortait un paquet de cigarettes d'un tiroir latéral fermé à clef, dans lequel il avait rangé un petit Browning 7,65, modèle 1900, hérité de son père.

Álvaro entendit des éclats de rire dans le bureau, une série d'onomatopées graves masquant le gloussement nasal de Buisard qui se prolongea un instant au-delà de l'hilarité du colonel et du lieutenant. Il s'endormait par intermittence, réveillé par une énumération, un détail chiffré délivrés d'un ton plus ferme par Buisard. Il ignorait depuis combien de temps il attendait. Il essaya de deviner l'heure en évaluant la luminosité du jour. Il entendit les claquements brefs d'une machine à écrire s'interrompre, des grincements de chaise traîner sur les lattes du plancher, des pas converger dans sa direction.

La porte s'ouvrit, il aperçut, derrière ses yeux mi-clos, le colonel suivi de Buisard marchant avec précaution.

« Le lieutenant Davers va vous montrer votre baraquement et je vous rejoindrai pour que nous procédions à la visite du camp, dès que la pluie aura cessé », déclama-t-il en se déplaçant légèrement sur le côté et en présentant la surface totémique de son visage souriant au colonel.

Le lieutenant Francis Davers apparut derrière l'officier et s'avança afin de ne pas rester dans l'ombre de Buisard et du colonel. Jambes courtes, grêles et arquées, ventre engoncé dans son uniforme, cheveux bruns, fournis, implantation basse, il marchait toujours le front légèrement incliné. Il jeta un œil sur Díaz et sa civière dégoulinante d'eau de pluie. Le ruissellement répandait une tache d'humidité sur le sol aux lattes mal jointes. Il se plaça de dos devant Álvaro, jambes légèrement écartées, bottes lustrées malgré la boue entre les baraques. Buisard le considéra brièvement et sourit.

Álvaro essuya une quinte de toux. Chaque spasme lui brûlait les poumons, ravivait une douleur localisée en un point précis de sa gorge. Le colonel jeta un œil sur le malade oublié. Hochements de tête rapides. Ses joues pleines et mates tremblotèrent. Davers contracta ses petits poings velus, noués dans son dos, et exerça une série de mouvements de balancier presque imperceptibles. Ses semelles laissèrent de petites flaques humides sur le sol.

Davers s'était immiscé dans les affaires de la direction au point de devenir le bras droit de Buisard. Un allié officieux et indispensable. Buisard acquiesça, menton baissé en signe de connivence. Davers lui avait suggéré l'idée d'utiliser les camions de ravitaillement pour évacuer les cadavres hors du camp. Cette initiative avait entraîné une augmentation du taux d'épidémie déjà considérable, à cause des mauvaises conditions d'hygiène, du climat humide et des rats. On avait relevé un nombre croissant de cas de typhus et de dysenterie. Les camions transportant les denrées repartaient avec de plus en plus de cadavres.

Davers se déplaça sur la gauche et les lattes du parquet grincèrent, attirant une nouvelle fois l'attention du colonel sur le malade. Buisard appela sa secrétaire pour lui demander ce que foutait un réfugié dans son baraquement. Elle se précipita, l'amplitude de ses pas entravée par sa jupe étroite en tweed mauve. Buisard s'excusa auprès du colonel avant d'orienter son gros visage vers la jeune femme. Il reposa sa question sur un ton obséquieux. La jeune femme affirma qu'elle ne savait rien à propos du prisonnier. Buisard lui demanda de se renseigner, de ne plus dire prisonnier, mais réfugié, puis il la congédia d'un geste sec. Elle haussa les épaules et sortit de la pièce, le bruit de ses bas émit un son rêche contre la doublure en satin de sa jupe. Davers surprit le regard du colonel posé sur le cul de la jeune secrétaire et sourit.

Buisard invita le colonel à se diriger vers la fenêtre et

Davers les suivit. Ses décisions étaient systématiquement entérinées. Il lui avait fait part des inquiétudes d'un médecin de Gurs quant aux éventuelles complications de santé que pouvait entraîner ce type de transport. Il avait proposé qu'on nettoie les camions avec de l'eau savonneuse et une serpillière après chaque convoyage. Buisard avait ordonné qu'on applique cette nouvelle règle, qui, faute d'assiduité, était tombée en désuétude. Davers, si tatillon sur les procédures, avait évité d'être présent lorsqu'on chargeait des cadavres.

Davers et le colonel sortis du baraquement, Buisard s'approcha d'un soldat en faction devant sa porte. Il resta un instant face à lui, silencieux. Le soldat était mince. Buisard se sentit engoncé dans ses vêtements. Il fixa ses chaussures noires et les revers trop courts de son pantalon de costume croisé. Davers savait le délester de tâches fastidieuses. Il se racla la gorge. Il était un coordonnateur avant tout. Allergique aux détails. Il leva son front étroit et adressa une moue boudeuse au soldat, se demandant si le colonel avait remarqué quelque chose, une chose qu'il ne saisissait pas lui-même, mais qui le tracassait en présence de Davers.

Il eut envie de fumer une deuxième cigarette et ordonna au soldat de l'attendre. Il regagna son bureau. Il ne fumait jamais plus d'une cigarette par jour. Il remonta rapidement les trois marches en bois du baraquement, chercha une petite clef dans sa poche de pantalon et se précipita sur son tiroir.

Il ressortit. La saveur du tabac lui rappela le jour où le secrétariat du ministère de l'Intérieur l'avait appelé pour lui proposer de partager la direction d'un camp. Le soir au restaurant, il avait dégusté un cigare en compagnie d'Henri Balmont, son collègue et beau-frère. C'était l'occasion, après avoir fait son droit à Toulouse et entamé une carrière de haut fonctionnaire à la préfecture de police – pistonné par son père, commissaire divisionnaire retraité –, de prouver qu'il était capable de saisir sa chance. D'ailleurs cette fois, on l'avait choisi sans passer par son père, suicidé deux ans plus tôt sur la banquette arrière d'un taxi. Une balle de pistolet logée dans le palais – Browning 7,65, modèle 1900.

Il tira une bouffée sur sa cigarette et pensa à Davers. Il caressa un pan de sa veste, remarqua une tache. La viande de ce midi. Le soldat attendait toujours.

La cigarette avait un arrière-goût métallique. Il la jeta dans une flaque. Le soldat observa à regret le mégot flotter à la surface de l'eau saumâtre et ridée par les rafales de vent. Buisard ne lui prêtait aucune attention.

Les journaux communistes introduits clandestinement dans son camp : première chose à laquelle pensait Buisard lorsqu'il sentait cette saveur oxydée contrarier le plaisir d'une cigarette. Un réflexe. Il se serait autrefois contenté d'ouvrir la fenêtre et inspirer plusieurs goulées d'air, mais ça n'était plus aussi efficace.

Il devait résoudre le problème. Chasser l'amertume dépendait de sa capacité à trouver un remède contre la prolifération des libelles de toutes sortes. Il avait pourtant interdit ce genre de torchons ! Même *L'Intransigeant*, cet honorable bulletin, qu'on ne pouvait pas taxer de communisme malgré son refus de cautionner les camps, pouvait l'attaquer à des fins de propagande. Il comprenait leurs revendications. Pas de présence étrangère concentrée sur le territoire. Mais les camps constituaient un remède temporaire.

Il chercha un réconfort. Ce n'était pas de l'impuissance ou du laxisme de sa part. La guerre n'admettait pas ce type de chicaneries. Une alliance sacrée entre patriotes. La guerre. Il y pensait de temps en temps. Il avait pourtant été un pacifiste convaincu. Il avait soutenu la diplomatie française dans ses efforts pour éviter le conflit. Il avait été reconnaissant et solidaire après les accords de Munich. C'était dommage. Tout ça à cause de la Pologne. Plus de compromis possible par la faute d'un pays où il ne foutrait jamais les pieds.

La guerre était déclarée. Le conflit pouvait servir son ambition s'il se montrait malin. Un affrontement dont on ne ressentait pas encore les effets en dehors de cet afflux considérable et croissant de réfugiés qui fuyaient un régime sans doute pas si terrible que ça. Enfermés dans un camp, pensa-t-il. Lui aussi. D'une certaine façon. Mais pour y accomplir son devoir. Captif de ses responsabilités. Le laxisme de la gauche devant les hordes d'apatrides avait précipité l'Europe dans le chaos.

Il lissa du revers de la main la cravate bordeaux que sa femme lui avait choisie le matin. Il ne savait pas coordonner les couleurs, n'avait aucun goût et le reconnaissait volontiers. Elle le lui avait assez rabâché et pouvait bien décider pour lui des détails. Détails de bonne femme. Il dévisagea le soldat qui patientait devant lui. L'amertume ne l'avait pas quitté. On lui avait donné du papier journal à manger ce midi, du papier mélangé à de la graisse d'imprimerie. Il avait ressenti la même chose en lisant le quotidien qui annonçait la mort de son père. Un goût d'encre, de bobines de papier, d'huile de vidange et de métal tapi au fond de son palais.

Mais ce n'était plus le monde de son père, pensa-t-il. C'était un univers singulier où régnaient d'autres lois. Ce qui expliquait cette relation privilégiée qu'il entretenait avec certains types, des gars comme Davers. Un exécutant efficace dans les moments de crise. Il établirait un système basé sur la compétence, se dit-il. Il en avait les moyens. Une méthode valable. Savoir s'entourer de gens consciencieux. Distribuer les responsabilités au mérite. Coordonner les vertus. Davers l'avait informé des activités du camp international. Davers lui avait donné le nom d'Emiliano Palacio, l'Uruguayen passé par le camp de Saint-Cyprien, l'agitateur des îlots H, I et J. Un salopard à surveiller, qu'on ne pouvait quand même pas laisser s'évaporer dans la nature.

Il se racla la gorge et releva la tête.

« Vous savez pourquoi on a amené cet interné ici ? »

Sa voix nasillarde, presque sucrée, se délita dans le vent.

« Il vient d'arriver, je crois que c'est le docteur Calmus qui a insisté pour qu'il reste au chaud. Il s'est opposé à ce qu'on l'affecte tout de suite dans un baraquement.

Il voulait le mettre à l'isolement à l'hôpital, mais il n'y a plus de chauffage, et comme il pleuvait et que vous n'étiez pas là, il a insisté pour qu'on le rentre. »

Buisard jeta un œil sur le mur du vestibule et secoua doucement la tête.

« Alors maintenant, on va les fourrer jusque dans mes locaux ! Il n'a pas l'air plus malade que d'autres. Sortez-le. Sortez-le tout de suite et faites venir le docteur dans mon bureau. »

Le soldat ouvrit la porte et gueula le prénom d'un de ses collègues postés plus loin. Celui-ci rappliqua et l'aida à emporter la civière. Buisard observa la manœuvre. La trace des chaussures cloutées des militaires sur le plancher de son vestibule l'agaça, mais il ne dit rien. Ils déposèrent la civière dans la boue, en partie sous l'aile latérale gauche du toit, espérant peut-être mettre le malade à l'abri de la pluie sans s'apercevoir qu'il s'agissait du flanc de la baraque le plus exposé aux rafales de vent.

L'eau dégoulinait de nouveau sur le visage d'Álvaro. Une sensation de fraîcheur après la chaleur étouffante et l'odeur moisie de la couverture jetée sur lui. Il avait le front brûlant. Des parties du corps glacées. Jamais les mêmes ensemble. Parfois le ventre, la poitrine ou les jambes. Il ouvrit la bouche pour recueillir les gouttes sur sa langue. La lumière grise des nuages descendait en lui.

II

Janvier 1940, jour inconnu

Réveil après une première nuit au camp – Le baraquement et les rats – Comment les gendarmes ont conduit Álvaro à Gurs – Confusion et fièvre – Se souvenir d'une prière

Álvaro se réveilla en pleine nuit. Une odeur d'urine et d'argile imprégnait l'air, une odeur de bois pourri. De la poussière s'était accumulée au fond de sa gorge pendant qu'il dormait. Il sentit quelque chose lui frôler rapidement le bras, puis descendre contre sa jambe. Un rat. Il n'avait pas la force de le chasser. Il n'essaya même pas de remuer sur sa couche. Il fouilla les ténèbres sans jamais trébucher sur un contraste, une ombre plus dense qui lui aurait permis d'évaluer la distance le séparant des autres détenus.

Díaz et l'inconnu, Díaz et ce qui manquait, prononça-t-il à voix basse. Il ne percevait pas la frontière entre son corps et l'obscurité. Il fixait le vide. Il ne se dissoudrait pas, ne se disperserait pas dans l'épaisseur des ténèbres. Ronflement d'un homme non loin de lui, cavalcade des rats résonnant sur le plancher en bois. Il avait conscience du toit, de la charpente et des murs de planches qui contenaient la nuit sans jamais la circonscrire. Il sentait l'odeur des madriers. Il souffrait la puanteur du pétrole.

Des mots de prisonniers, quelques phrases balbutiées, échappées de rêves déjà anciens, balisèrent l'espace peu à peu. Il sortait lentement de sa léthargie, s'y enlisait de nouveau, en appui sur ses sens afin de ne pas descendre trop bas. Un peu de clarté dissipa l'opacité totale dans laquelle il s'était réveillé. *Or la terre n'était que solitude et chaos, des ténèbres couvraient la surface de l'abîme.* Il avait lu cela dans la Genèse, à l'époque où il vivait avec ses fils. Il commença à distinguer quelques nuances, les pupilles dilatées, à l'affût de la moindre aspérité, réajustant la représentation qu'il s'était faite des proportions de la baraque.

Il y avait eu le goût rance de l'huile, le pain et le jambon qu'il s'était enfoncé dans la bouche pour calmer la faim et poursuivre. Il y avait eu la saveur doucereuse de l'huile tapissant sa gorge, le goût fruité de la viande ravivé ou feutré par le pain. Il avait subi la marche, la faim, la neige.

Il écouta la respiration profonde et rauque d'un homme qui dormait un peu plus loin sur sa gauche. Il sentait encore le goût du jambon et du pain humecté d'huile. Il se surprit à vouloir mastiquer: mâcher la faute, mâcher ce qu'il avait volé à cette vieille folle d'Ochagavía.

Il entendit un homme se redresser sur sa couche, se lever, faire quelques pas dans la travée. Il distingua une vague silhouette devant lui. Il avait déjà affronté et vaincu cette ombre. Mais il s'était enfui. Victoire inattendue de l'ombre. Il avait suivi la côte escarpée. Fracas de la houle grippée sur la grève. Il avait sillonné la lisière des genêts, le long du sentier tant de fois parcouru pour rentrer chez lui. Il faisait encore nuit quand il était arrivé sur la plage de Santoña. L'odeur des eucalyptus s'était dissipée sur le ruban de sable fin. Il n'avait pas attendu le premier passage du bac pour traverser l'estuaire. Il était entré dans l'eau froide, sortant le carnet de son blouson et le tenant à la main, pénétrant le courant à marée montante pour atteindre une barque de pêcheur mouillant à deux ou trois mètres d'un ponton désert. L'eau sombre filtrait le limon des vasières. L'eau douce refluait entre les berges. L'ombre se dressa de nouveau devant lui – même carrure, mêmes gestes. L'épanchement d'eau glacée sur sa claudication avait endormi la douleur du combat. La mer refoulait le débit de la rivière jusqu'aux marécages peuplés d'oiseaux. Une manière d'oubli. Le mal anesthésié.

L'ombre l'avait donc suivi jusqu'ici. Il y avait pourtant eu la traversée, le tranchant des rames rabattu contre les flancs de la barque, les remous estompés à la poupe. Il y avait eu des centaines de kilomètres, ses vêtements en lambeaux, la veuve Rébecca et la vieille folle d'Ochagavía.

Il essaya de s'asseoir, parvint juste à se rehausser, se cogna au mur de planches. Il balaya l'obscurité de ses bras pour atteindre le type en face de lui, mais il perdit l'équilibre et glissa, s'effondra sur le côté du lit. Il sentit le poids mort de son buste basculer hors du grabat, éprouva le choc de son épaule droite écrasée au sol.

Il roula sur le dos et resta allongé, comprenant qu'il avait rêvé la présence au pied de son lit. Peut-être la fièvre. Il n'en ressentait plus les symptômes. La chute l'avait ramené à un état de conscience plus aiguë, presque insupportable. Il pesait de tout son poids sur le plancher, l'angle saillant de ses os douloureusement enfoncés dans le bois. Le goût de porc fumé persistait dans sa bouche. Il ne mastiqua pas. Son confinement dans le camp était le résultat de deux fautes majeures. L'abandon de son père. L'abandon de ses fils.

Contre qui avait-il lutté, le soir de son départ ? Il avait cru s'être débarrassé d'une impatience qui le nécrosait lorsqu'il stagnait trop longtemps au même endroit, mais il s'était fourvoyé, comme sa sœur et ses inquisitions littéraires, dans l'affabulation et l'isolement. Il s'était engendré : Díaz, celui que son père n'avait pas eu le temps de revoir et d'absoudre avant d'être assassiné par la rébellion, celui que ses fils ne reverraient plus. Díaz, condamné à l'errance. Une déambulation autour d'un plan d'eau rectangulaire, ouvert sur la baie de Cadix. Les palmiers doucement balancés, les façades ocre et leurs reflets brouillés au passage d'un bateau lui revinrent comme le remords d'une époque où le sentiment de perte s'atténuait dans le mouvement.

Il était arrivé en France sur une civière. Deux gendarmes l'avaient déposé à l'entrée d'un village, entre le mur d'une maison et un talus où des gens semblables aux fantômes qu'il avait rencontrés en passant le col, attendaient, assis dans l'ombre froide d'une rangée de sapins.

« Il va mourir le monsieur ? »

Surpris par la question récurrente des enfants adressée à leur mère, il s'était contenté de détailler la ramure des sapins. Il avait fini par tourner la tête. Reflet du soleil sur les lauses en schiste d'une grange. Il avait fermé les yeux. Déferlement de la mer au pied du dôme centenaire de la cathédrale de Cadix. Il s'était réveillé en sursaut pour revenir à la frange accidentée des montagnes visibles au-dessus du toit de la grange, mais la pulsation d'une sterne avait soulevé une odeur de basilic et de grenadier au ras des vagues.

Les gendarmes l'avaient transporté dans sa civière sur la plate-forme arrière d'un camion. Il avait attendu au soleil et dormit jusqu'à ce que le camion démarre.

Un homme prononça quelques mots dans la baraque, interrompant le défilé des visions qui l'avaient assailli. Il laissa la tonalité grave, le balbutiement de syllabes déchaussées d'un cauchemar interférer avec sa mémoire. La texture broyée des sons le soumit une nouvelle fois à l'épreuve de l'obscurité. Un rat griffait les lattes de pin sous son grabat en émettant de petits cris stridents.

Il avait passé sa vie à vouloir s'inventer en marchant. Il revoyait sans cesse la place, l'ombre couchée en travers de la rue où sa mère et sa sœur avaient couru pour retrouver son père. Les remugles de l'urine mêlés à l'odeur alcaline du sol d'argile sur lequel avait été bâti le camp de Gurs le saisissaient par instants. Il essaya de prier. Son intention brisée contre le souvenir d'un cadavre qu'il était certain d'avoir abandonné sur la place des Arènes. *Écoute, Israël*. Il ignorait le reste. Il savait tout de ses origines. Il savait ce que sa sœur avait inventé et consigné dans le carnet. Son père ne s'était jamais éloigné du bassin tranquille de Santa María. Son père s'était battu. Lui n'avait pas fini de se battre contre le garde civil posté devant sa maison du Cabo. Il chercha le carnet et trouva sa présence rassurante dans sa poche. *Écoute, Israël*... Il s'était battu avec le garde. Il avait fui en passant par Santoña et traversé la ria, nageant entre eau salée et eau douce. *L'Éternel est notre Dieu, l'Éternel est un*... Il n'avait pas la moindre idée du reste de la prière. Díaz. 250 kilomètres de barbelés autour de lui. La voix de Buisard résonnait à nouveau. Les chiffres, la consonance nasillarde de son énumération dans la pièce où il avait attendu. Une captivité identitaire, pensa-t-il, celle qui les avait contraints à s'enfermer dans le mensonge, à s'habituer au subterfuge au point d'oublier qui ils étaient. Álvares ? 1 800 mètres d'égouts, 1 200 mètres de fossés.

La pluie frappait continuellement sur le toit en carton bitumé de la baraque. Un peu de clarté commençait à s'infiltrer par la porte. *Béni soit à jamais le nom de Son règne glorieux !* Il essaya de repriser sa mémoire. La fièvre était vraiment tombée. Il resta éveillé jusqu'à l'aube, écoutant le vacarme produit par la course des rats dans la travée, puis s'endormit sur le plancher.

III

Mardi 17 janvier 1940

Comment rester civilisé – Un cauchemar récurrent – Deux suicides – La visite de Davers – Où l'on apprend que Davers possède le carnet de Díaz

La pluie avait fini par s'infiltrer entre les plaques de goudron censées calfeutrer les flancs et le toit de la baraque pourtant neuve. Le carton asphalté qui recouvrait l'abri avait été déchiré. Le matin, Álvaro se réveillait souvent avec les cheveux et le haut de la chemise trempés, macérant dans sa propre odeur de crasse. Sa paillasse, perpétuellement humide, moisie, n'avait jamais été changée. Il dormait à même le sol, au bas de la structure en bois de pin putréfié qui ne lui servait plus de lit et que certains prisonniers avaient démontée, utilisant les planches, dont ils avaient préalablement retiré les clous, comme des solives qu'ils posaient dans la boue afin de préserver le tracé des chemins défoncés. L'entretien des allées leur permettait de conserver le souvenir d'une communion, de quelque chose de tacite qu'ils auraient qualifié de civilisé, de quelque chose de banal, autrefois évident, devenu essentiel.

Il avait souvent repensé à Hernández en voyant les

boîtes de conserve, les caillasses, les traverses de pin s'enfoncer dans l'argile et disparaître comme si la terre, effaçant d'abord les sentiers, allait s'attaquer ensuite aux dortoirs.

Il subissait toutes les nuits le même cauchemar, dont les variations lui revenaient en mémoire de manière incongrue, faisaient irruption au milieu de la matinée alors qu'il attendait que la pluie cesse, prostré dans le baraquement avec d'autres prisonniers.

Allongé dans la boue, il descendait par degrés sous la terre, tenant dans la main le carnet de sa sœur. Il s'embourbait parfois au milieu des solives et des boîtes en fer-blanc, les montagnes pour seul horizon. Il descendait toujours sous le regard ironique d'Hernández. Il s'enlisait jusqu'à ce que la boue l'aveugle et le recouvre sans l'asphyxier, annulant juste ses souvenirs, paralysant les efforts que sa conscience produisait pour retrouver une sensation de stabilité. Il se réveillait brusquement, cherchait le carnet enveloppé dans un lambeau de chemise déchirée, dissimulé dans la poche de son pantalon qu'il gardait pour dormir. Il le palpait, déballait le coton sale, l'ouvrait doucement sans pouvoir le lire, puis le refermait. Il avait gardé des fragments de l'ancienne enveloppe oblitérée, maintenant trop dégradée pour servir. Il les utilisait comme marque-page. Sur le premier feuillet, en haut à gauche du texte manuscrit, il avait noté le nom de ses fils et l'adresse de sa maison incendiée. Parfois, il se levait sans prendre le temps de vérifier s'il possédait encore le journal, se dirigeait en apnée vers la sortie, sans rien distinguer devant lui, le haut du corps entravé par le linge détrempé qui séchait aux poutrelles. Il passait le seuil de la baraque. La pénombre se dissipait par éclats blancs, tandis qu'il sentait les battements de son pouls s'estomper. Il récapitulait son cauchemar: Hernández, debout, souriant, son injonction sur l'ordre et l'entretien de la voirie, la menace de sa main sur le journal de sa sœur. Il s'appuyait contre le chambranle de l'entrée, respirait l'air glacial qui circulait en rafales entre les baraques plongées dans la nuit, puis retournait se coucher, essuyant au passage les insultes de deux où trois prisonniers dérangés dans leur sommeil.

Cela faisait un mois et demi qu'Álvaro était enfermé à Gurs. Il ne s'était douché que deux fois à cause des problèmes d'approvisionnement en eau. Il avait déjà été traité plusieurs fois avec un produit antiparasitaire. Début janvier avait été particulièrement froid et pluvieux et le manque de couvertures dans les baraques non chauffées avait déclenché de nombreuses crises de rhumatisme aigu. En plus de trois jours d'hospitalisation, il avait passé les douze premiers jours de son séjour dans une baraque occupée par des miliciens tchécoslovaques et polonais, en effectif insuffisant pour que les autorités ouvrent deux nouveaux dortoirs et les y logent selon leur nationalité. Ce type de baraquement mixte avait été organisé à l'initiative de Buisard, sur les conseils de Davers. Le lieutenant souhaitait déterminer, en observant les groupes et les oppositions formés au sein de ces unités de transit, comme il les qualifiait, les affinités nationales et politiques qu'il faudrait rompre pour préserver la sécurité du camp. Mais le camp se remplissait vite et cette décision devint une exception officieuse.

Les guenilles récupérées par Álvaro aux premiers jours de son internement, dans les affaires oubliées d'un vieil homme mort d'une dysenterie, avaient pourri à force de servir de tampons contre les courants d'air et les fuites. Il avait plié les lambeaux en meilleur état et les avait rangés près de sa paillasse, utilisant les plus abîmés comme serpillière. C'était une règle qu'il avait proposée, une règle maintenant adoptée dans son baraquement provisoire. Celui qui partait, soit libéré, soit affecté ailleurs, celui qui sentait qu'il allait mourir, donnait ses affaires à l'un de ses voisins afin qu'il les redistribue. Rien ne devait être abandonné au greffe et vendu à l'encan en place publique.

Il y avait eu un suicide dans la baraque depuis qu'il s'y était installé. On avait retrouvé à l'aube un tas de vêtements pliés au chevet d'une des paillasses. Les détenus réveillés par le bruit de dislocation du corps suspendu à une poutre de la charpente, entre les loques qui séchaient au-dessus de la travée, l'avaient décroché et sorti à cause de l'odeur d'excréments. Il s'agissait d'un vieux juif berlinois auquel on avait reproché de ronfler trop fort et que l'on avait relégué au fond de la pièce.

Davers, accompagné du docteur Calmus, un des rares médecins du camp appréciés par les détenus, s'était déplacé afin de constater le décès. Il ordonna que l'on ne touche à rien et interdit aux prisonniers de démonter leurs lits et de les mettre dehors :

« Les allées finiront par ressembler à un dépotoir si tout le monde décide d'y balancer ses ordures ! »

Il n'y eut pas d'enquête et Davers déclara que seul le manque de discipline était à l'origine de ce genre d'incident.

Trois jours avant le suicide, un milicien polonais, démobilisé des Brigades internationales, grand, blond, cheveux gras plaqués sur le côté, musculature ronde, s'était levé plusieurs fois au cours de la nuit pour secouer le vieux et l'étouffer avec sa couverture en lui hurlant des insultes dans un espagnol approximatif. Certains compagnons de chambrée s'étaient opposés à la violence du Polonais, aimable par ailleurs, offrant parfois sa ration de pain à qui en avait le plus besoin. Mais dès que le vieux s'était remis à ronfler, ceux qui avaient pris sa défense, Álvaro compris, s'étaient retournés contre lui.

La peur : une ruse, avait pensé Álvaro, une impatience. Ne pas perdre le tracé des allées entre les baraques, le résidu de civilisation qui les préservait dans leur dignité. Ne pas s'éloigner de la règle collective et du bien-être individuel. Une discipline insuffisante, avait dit Davers, fustigeant d'une manière implicite et perverse l'égoïsme et les mouvements d'humeur, l'indignation sadique et cette hypocrisie que les détenus avaient souhaité protéger en souvenir de la vie ordinaire. Conserver l'ancienne mesquinerie, la bassesse quotidienne : une caractéristique des hommes libres et normaux. La conscience de cet impératif avait constitué une révélation pour Álvaro. L'intérêt général dépendait d'une dose de médiocrité constante.

Le vieux ne dormit pas durant trois nuits et se pendit la quatrième, laissant toutes ses affaires au pied du lit du Polonais qui, une semaine plus tard, après avoir brûlé dans un brasero les chiffons légués par le suicidé, fut le deuxième à se pendre. Il se supprima, engoncé dans tous les vêtements qu'il possédait.

La nuit où Álvaro et deux camarades s'étaient levés de leurs couches pour décrocher le Polonais suspendu par sa ceinture et le transporter dehors sous la pluie, quelques individus tentèrent de parler à nouveau, remplissant le dortoir d'un murmure individuel et monocorde par-dessus lequel l'averse crépitait, effaçant parfois les syllabes rugueuses d'un médiocre espagnol qu'ils pratiquaient encore comme un idiome universel. Une langue de derrière les Pyrénées, avait pensé Álvaro, attentif à la formulation de propos où perçait l'expression d'un remords. Il avait suffi de ce semblant de veillée pour que chacun dénoue le silence qui s'était installé depuis la mort du Berlinois. Il avait suffi de cela pour que l'on prenne conscience du rejet dont le Polonais avait été victime.

« Restez assis ! »

Le lendemain dans la soirée, le lieutenant Davers décida d'inspecter la baraque. Assisté d'un soldat balayant le sol depuis l'entrée à l'aide d'une puissante lampe torche, il s'avança dans l'allée en laissant des traces de boue sur le plancher déjà humide, inspectant les paillasses, pour la plupart éventrées, comme s'il cherchait une solution aux problèmes sanitaires posés par la mauvaise isolation des murs. Il progressa lentement, piétinant et profanant quelque chose de sacré dont la boue s'était imprégnée depuis qu'on avait sorti les cadavres. Álvaro sentit le vent glacé gifler les parpaings des fondations et s'engouffrer entre les planches. Il avait passé sa journée à colmater une fuite d'air dans la paroi ouest, utilisant un emplâtre d'argile qu'un ancien maçon l'avait aidé à fabriquer. Il recula sur sa paillasse et s'adossa contre une poutre, ses avant-bras calcifiés dans une gangue d'argile sèche.

Le son mat des talons de Davers résonnait comme une menace suspendue entre chaque pas qui semblait croître en intensité quand il dépassait la bordure d'un lit ou d'une paillasse. Les prisonniers écoutaient le crissement des gravillons écrasés sous sa semelle. Il commença à s'enfoncer dans la pénombre de la baraque sans électricité, quand le soldat resté derrière lui, sans en avoir reçu la consigne, avec la prévenance d'un subordonné que l'émission d'ordres sans cesse réitérés manipule et mortifie, décida de lever la lampe torche qu'il s'était jusqu'ici contenté de braquer depuis la porte. Il projeta l'ombre brisée des prisonniers assis sur leurs couches, le long des murs et contre les poutrelles. Un halo de lumière jaune étira et doubla la silhouette de Davers. Une frange de clarté écrasait l'obscurité en haut des cloisons, révélant le visage traversé d'opacité des détenus silencieux. Davers semblait retrousser devant lui la flaque jaune pisse de la torche. Le soldat avança pas à pas, bras levé, poing crispé autour de l'anse métallique de la lampe, ses phalanges blanchies touchant presque le bois rugueux de la poutrelle de soutènement. Il se maintint à trois ou quatre mètres de Davers, dont la cadence emportait le manchon de lumière sale vers le fond de la baraque, puis il s'immobilisa, au diapason des désirs informulés du lieutenant. Davers prolongea son élan de deux enjambées avant de s'arrêter à la lisière de la lumière déclinante, devant la paillasse d'Álvaro. Inertie de la marche interrompue, quasi palpable dans le sillage du lieutenant. Une bourrasque s'insinua dans un interstice de la baraque. Le filament de l'ampoule grésilla, comme s'il avait été sensible aux sifflements du vent modulé entre les planches. Davers opéra un quart de tour et se retrouva face à Álvaro. Il détailla les restes éventrés de la paillasse du Polonais.

« De strictes consignes vous ont été communiquées, prononça-t-il distinctement. Ces consignes n'ont pas été respectées. Voilà ce que ça donne. »

Sa voix lente se détachait, sans relief.

Il resta un instant silencieux, maxillaires contractés, scrutant l'effet de ses deux phrases, laissant avec une impatience froide la lumière bilieuse de la torche se répandre sur une moitié de son visage, jusqu'à ce que le soldat, s'apercevant soudain qu'il l'aveuglait, baisse imperceptiblement le bras.

Davers leva le pied et remua un peu la paillasse crevée, laissant des traces de boue sur le tissu qui enveloppait le rembourrage. Álvaro jaugea la taille et la corpulence de Davers. Il aurait aisément renversé et immobilisé le lieutenant. Il maîtrisa le brusque désir de se lever, de frapper l'officier et de le jeter dehors. Davers baissa le menton, inclina la tête sur le côté droit. Un sourire parut se dessiner sur ses lèvres plissées – rictus incertain, distendu sous un repli d'ombre. Álvaro s'appuya sur ses poings afin de trouver une assise plus confortable. Il sentit les muscles de ses jambes tétanisés et il lui fut impossible de soulever son bassin, plaquer son dos au plus près du mur hérissé d'échardes. Il s'affaissa un peu plus sur sa paillasse éventrée, baissa les yeux sur son pantalon en velours moiré de crasse. Il plissa les paupières sans réussir à effacer la grimace ironique de Davers, dont le souvenir persistait, circonscrit dans la lumière ambiguë de la torche.

Davers le dévisagea un instant, sa botte enfoncée au creux du matelas. Il frotta lentement sa semelle contre un pan de toile déchirée, roulant des brins de paille amalgamés de résine et de boue. Il renouvela sa profanation, concentré sur la pointe de son pied gauche, dont le cuir accrochait l'éclat roux de la torche projeté au sol. Une pellicule de poussière soulevée de la couche en opacifia le lustre. Il retira son pied et dirigea son attention sur les prisonniers. Il observa leurs visages baignés par la lueur mobile de la torche, leurs expressions poissées d'ombre, l'arête tranchante de leurs traits émaciés. Ils épiaient le moindre de ses gestes, redoutant une catastrophe, décuplant son pouvoir de nuisance en lui soumettant leur inquiétude. Ils attendaient, malgré leurs corps affaiblis par la piètre qualité et la pauvreté des rations, le manque de sommeil et cette impression de sombrer qui leur venait plusieurs fois par jour, le verdict de Davers, l'éclosion de haine feutrée et son énonciation administrative. Ils s'amenuisaient, malpropres et raides dans leurs vêtements usés, troublés si l'un d'entre eux toussait d'une quinte grasse, percutant sans écho dans l'atmosphère.

Davers se détourna du grabat. Álvaro aperçut deux cloportes glisser entre les brins de paille. Le soldat releva la torche, teintant le mur du fond d'une couleur ambrée où flottait l'ombre difforme du lieutenant.

Davers estima brièvement les proportions du sacrilège qu'il venait de commettre, satisfait de cette violente bouffée de honte qu'il avait déclenchée chez les prisonniers. La culpabilité les avait obligés à se taire, pensa-t-il. Une engeance de couards. La pointe de sa botte s'était un instant appesantie sur leur complicité, désignant la duplicité des sentiments qu'ils avaient tous éprouvés depuis la pendaison du juif berlinois.

« Vous savez pourquoi vous êtes ici ? Vous savez pourquoi l'administration française prend soin de vous ? » demanda-t-il à Álvaro en le regardant attentivement.

Álvaro hésita, il savait, depuis son séjour de soixante-douze heures à l'hôpital, de quels méfaits Davers était capable. Il savait également qu'il lui avait volé le journal d'Esther. Il se demanda si Davers l'avait reconnu, moins maigre, sans barbe, les cheveux rasés, ou s'il l'avait interrogé au hasard, conduit par cette capacité à débusquer les défaillances utiles ou nuisibles à l'ordre qu'il souhaitait instaurer.

Álvaro balbutia l'amorce d'une réponse qu'il voulait formuler en français. Il éprouva la brûlure du souvenir de son étape à l'hôpital. Une réminiscence matérialisée par l'éclat douloureux de la torche braquée sur lui. Davers lui décocha un sourire sans équivoque, laissant sa question incuber en amont des bégaiements d'Álvaro, puis il détailla encore la paillasse du Polonais.

« À cause du laxisme ! Ce n'est pas parce que certains ne disent rien qu'ils vous épargnent, reprit-il. »

La plupart des internés soupçonnèrent aussitôt une allusion à l'attitude bienveillante du docteur Calmus, ressentant soudain un doute quant à la probité du médecin, une suspicion aussitôt anéantie par un sentiment d'ingratitude. Davers redressa insensiblement le menton : joues glabres et rondes baignant dans la pénombre qu'oppressait le halo de la torche à nouveau baissée au sol. Il souleva sa lèvre supérieure, surlignée d'un duvet noir, émit un léger suintement avant d'articuler un début de phrase.

« Je ne veux pas… », dit-il. Il marqua une pause et reprit, insinuant plus de fermeté dans le ton : « Je ne veux pas de désordre ici ! On ne déplace pas les morts sans mon autorisation ! » Il patienta. « Vous serez sanctionnés ! L'administration française vous sanctionnera ! »

Il fit demi-tour, ajournant implicitement la nature de la sentence promise. Il se dirigea vers la sortie, le visage ombragé, l'abdomen jauni par le jet oblique et liquide de la torche. Le soldat fit un pas de côté pour le laisser sortir.

Les prisonniers, assis dans le noir, considérèrent longtemps l'encadrement de la porte. L'éclat de la torche éclairait encore faiblement le perron. Ils patientèrent, souhaitant voir la clarté s'amenuiser et s'éteindre. La lueur ne se dissipait toujours pas. Ils écoutèrent les marches grincer sous le poids d'un homme. La silhouette de Davers se hissa dans l'entrée. Le faisceau de la lampe doubla ses épaules d'une auréole poudreuse et volatile.

« Je veux les noms de ceux qui ont sorti le cadavre ! »

Álvaro se leva et passa devant son matelas.

« Álvaro Díaz », dit-il.

Les yeux rougis des prisonniers s'arrêtèrent sur lui. Les aboiements atténués d'un chien leur parvinrent, fractionnés par vent. Álvaro repensa à l'hôpital. Davers l'avait reconnu.

« Y en a d'autres ? À moins que ce soit le seul qui possède une paire de couilles ! »

Un détenu se leva, quitta son châlit et prononça son nom avec un fort accent tchécoslovaque.

« Zdenek Mazaryk. »

Davers sortit de la poche droite de sa vareuse un petit carnet à spirale au centre de laquelle était glissé un crayon. Il demanda au Tchèque d'épeler son nom et son prénom. Le soldat monta trois marches pour éclairer une page chargée de noms raturés.

« Vas-y doucement, prénom d'abord… Avec un blaze pareil, ça laissera du temps aux autres d'avoir le courage de se manifester. »

Zdenek énonça chaque lettre d'une voix ferme et puissante, marquant une interruption entre son prénom et son nom, le temps que l'officier relève la mine de son crayon et la repose pour finir de tracer, d'une écriture appliquée, l'identité du Tchécoslovaque.

Un troisième homme se leva à son tour.

« Gad Rosembaum !

– Bon, t'as pris le temps, Gad Rosembaum. »

Gad commença à épeler son nom.

« Je crois que c'est pas la peine », fit Davers.

Il cligna des yeux et inscrivit le nom, le numéro de la baraque, et sourit.

« Bien utile d'avoir un carnet, ça permet de se rappeler un tas de choses. Ça aide à savoir qui est qui. Parfois c'est si compliqué qu'on a du mal à s'y retrouver. Pas vrai, Díaz ? »

Álvaro maîtrisa un renvoi acide, un reste de soupe aux choux agrémentée de rares morceaux de lard et de patates qu'ils avaient bue au dîner. Il avait faim. Une sensation de verre pilé au fond de l'estomac. Il se foutait pas mal que Davers n'ait pas eu besoin de noter son nom pour s'en souvenir. Il se foutait pas mal que Davers possède le journal d'Esther. Álvares manquait à l'appel. Il était impossible de le naturaliser, épingler son identité sur une page comme on pique un coléoptère sur un carton. Il se demanda si Álvares n'avait pas sans cesse étouffé les velléités d'indépendance de Díaz en cherchant à le rattraper et le découvrir. Il crevait de faim. La faim me fait battre la campagne, pensa-t-il. Álvares bat la campagne et Díaz lui court après. Il entendit les aboiements du chien entamés par le vent. Le chien devait mieux manger qu'eux.

Davers rangea son crayon et son carnet dans sa poche.

« Puisque vous avez tous les trois la vocation de croque-morts, vous travaillerez désormais au cimetière du camp. »

Tromper la faim avec de l'argile, pensa Álvaro, le même enduit d'argile qu'il avait confectionné afin de combler les ouvertures dans la paroi du baraquement. Davers se retourna et le soldat descendit les trois marches à reculons.

« Nous ne mangeons pas assez ! » cria Díaz dans un français presque compréhensible.

Il y eut un bref silence. Davers s'arrêta à l'orée de la baraque.

« Faut se forcer ! »

IV

Janvier 1940

Retour dans le temps : troisième jour d'internement à Gurs – Les gardes viennent chercher Álvaro – Inscription sur les registres du camp – Dédale de son empreinte et de sa mémoire – Traverser le camp et gagner l'hôpital

Le matin du troisième jour, après la distribution d'un ersatz de café par le personnel du camp, deux gardiens firent irruption dans la baraque et demandèrent au nouvel arrivant de se manifester. Ses voisins immédiats dégagèrent un périmètre autour de sa paillasse, désignant l'emplacement de son corps sans le regarder, comme s'il avait toujours été étendu là. Un mouvement d'obéissance machinale, un geste de délation qui n'avait rien d'hostile, mais témoignait de leur résignation.

Álvaro roula sur le côté pour se mettre à plat ventre et se soulever, repousser le sol en appui sur ses avant-bras, en extraire le saillant de ses os, décoller son bassin, son buste et ses cuisses, se retrouver à quatre pattes, se redresser puis patienter à genoux, chaviré par l'effort, sa vision traversée de pâles éclats. Le Polonais s'approcha de lui pour l'aider. Díaz se sentit porté, sans réaliser qu'un des internés venait à son secours. Léger, n'ayant plus en bouche que le goût amer de la boisson tiède qu'il venait d'avaler et qui lui avait tapissé le ventre d'aigreur, il aperçut les deux hommes de chaque côté de la porte. Derrière eux, encadrée dans le chambranle, la lumière blanche du soleil sur le mur délavé d'une autre baraque.

Une fois dehors, il se sentit un peu mieux, peut-être à cause du soleil, de l'atmosphère limpide au sein de laquelle il lui sembla presque agréable de se déplacer – ses chaussures enfoncées dans la boue, ses jambes levées haut pour pallier l'effet de ventouse, chaque mouvement détaché, sans effort, comme produit à distance, depuis le corps d'un autre.

Ils gagnèrent l'allée centrale du camp : passement de terre mal goudronnée. Álvaro leva la tête et aperçut les Pyrénées enneigées. Un vol d'étourneaux s'étira au-dessus des baraques et s'éleva au-delà des cimes, dans l'air statique et transparent. Les gardiens l'amenèrent devant une baraque identique aux autres. Un banc d'école était aligné sous la bordure d'une fenêtre. Álvaro remarqua les linteaux blancs et la jointure des carreaux encrassée de particules de sable et de terre, avant de pivoter et de fléchir les genoux sous la pression d'une main qui lui comprima l'épaule et l'obligea à s'asseoir. « Assieds-toi ! » L'ordre lui parvint avec un léger différé. Écho de l'injonction originelle à laquelle il n'avait pas prêté attention. « Assieds-toi ! » Un des gardiens prit place à sa gauche. L'autre frappa à la porte et attendit avant qu'on lui ordonne d'entrer. Álvaro s'appuya sur les planches de la baraque et bascula la tête en arrière. La saveur de la chicorée lui coula dans la gorge de nouveau. Granulés de marc restés dans un repli de son gosier, distillant par instants, selon l'inclinaison de son visage, un arôme brûlé que la tiédeur du soleil contre son cou adoucissait.

Son corps au rebut, son dos calé à la paroi de bois tiède. Il éprouvait le même ennui qu'autrefois, cette fadeur qu'il abrutissait dans le ressac de la mer Cantabrique. Mais il fallut répondre à un nouvel ordre: « Lève-toi ! » La voix du gardien était venue le chercher entre les arbres étiques, sur la sente ensablée que poursuivait le fracas des rouleaux. La maison n'était pas à portée de vue. Santiago et Victor le devançaient au sommet d'une éminence plantée d'eucalyptus. Il fut parcouru d'ondulations lentes et chaudes, depuis le bassin jusqu'aux épaules. Il se souvenait du visage de Graciela. Il était reconnaissant. C'est ce qu'il ressentait, de la reconnaissance, même pour les gardiens. « Lève-toi, nom de Dieu ! »

Franchissant le seuil de la baraque où deux fonctionnaires semblaient l'attendre, assis côte à côte derrière leurs bureaux, visages penchés sur leurs papiers, il pénétra l'ombre de la pièce et eut l'impression de se retrouver au fond d'un cul-de-sac. L'expression lui traversa l'esprit et il la répéta, inaudible entre ses lèvres presque jointes: « Cul-de-sac... » Il avait suivi les méandres d'un labyrinthe tapissé de sable et jonché d'aiguilles de pin pour finir coincé au fond d'une baraque, dilué dans l'encre échappée de la plume de l'un des fonctionnaires en train de griffonner quelque chose sur sa fiche. On lui demanda d'épeler son nom : Díaz, en caractères gris sur la feuille, entre les colonnes tracées à la règle. D'autres noms calligraphiés figuraient avant le sien, déjà presque sec entre les fibres du papier jauni. Álvaro Díaz d'on-ne-sait-pas-quoi et tout le reste dans le mouvement pendulaire de la marée, sur la grève du Cabo de Ajo qu'il avait quittée à l'instant, en se détachant du banc et du mur chauffé par le soleil, malgré les 250 kilomètres de barbelés, les fosses à merde, les égouts sillonnant et entourant le camp.

« *¿ Su nombre por favor ?* » lui demanda en espagnol un des fonctionnaires. Il répondit peut-être plusieurs fois car le scribe aux yeux marron, au regard calme, acquiesça poliment, comme s'il connaissait déjà son état civil, tandis qu'un des gardiens le bouscula d'un coup d'épaule. Il y eut d'autres coups, une claque sur la nuque, destinés à le stimuler quand il s'arrêtait en plein milieu du chemin obstrué par l'ombre de la pièce froide dans laquelle on l'avait poussé. Les pieds nus, figés dans le sable, le fracas des vagues le précédait au sommet de la déclivité couverte de bois où ses fils avaient maintenant disparu. La lumière des dernières heures traversait la futaie : opacité douce, bleutée à l'encoignure des branches mortes qui bardaient les hauteurs. Le ressac, le bureau sombre où trébuchait la mer. Le gardien qui l'avait secoué lui saisit la main et l'invita à presser son pouce droit sur un tampon imbibé d'encre. Le fonctionnaire placide relaya le gardien : il guida la main d'Álvaro sur le papier, appliqua la pulpe de son doigt au centre d'une case en face de la colonne où figurait son nom. Álvaro fixa les spirales de son empreinte. Il essaya de les compter en partant du bord extérieur, et renonça au seuil du neuvième cercle. Ses pas dans le sable : innombrables. Il parcourait un des méandres de son empreinte, le sol toujours jonché d'aiguilles de pin et de feuilles d'eucalyptus. Il reçut un autre coup de coude et se retrouva de nouveau au-dessus du dédale noir et blanc laissé par son pouce. Un coup encore. Sur l'oreille cette fois. Se dégager du colimaçon décalqué sur la page du bordereau. L'odeur des eucalyptus montait dans la lumière grise. Son tympan perforé de syllabes aiguës lui lacérait la mémoire. Il oscilla. Un courant d'air brossa l'écorce des pins et souleva une odeur de café. « *¿ Su nombre por favor ?* » « Votre nom s'il vous plaît ? » Hernández était celui de sa femme. Un coup de poing vint interrompre l'amorce d'une phrase, le principe d'une excuse qu'il sentait poindre en lui. On lui parlait en espagnol ? « Álvares », dit-il. Il y avait cette colère : une obstruction à la base de sa trachée, quelque chose de brûlant, colmaté avec de la glaise froide. Il déglutit.

« Putain, on va savoir comment il s'appelle nom de Dieu ! » Un aboiement. Le gardien frappa Álvaro dans les côtes. Une douleur distendue et lancinante. L'aboiement circula un instant derrière les pins. Álvaro déclina son âge et reçut une gifle. « C'est pas ce qu'on te demande, imbécile ! » Il ne comprenait pas bien les questions et se sentait incapable d'aider l'administration française, incapable d'aller un peu plus loin dans le dévoilement de son identité. Une odeur de charogne infiltra le rythme des pins espacé par la brume. Il appela son chien. Le lacis du chemin, toujours recommencé, se perdait au milieu des bois. Les aboiements de l'animal abolirent le ressac. « Êtes-vous palestinien ? » Retour à la réalité. Il haussa les épaules. « *Posible*... » Il ne parlait pas français. « Êtes-vous asiatique ? Juif ? » « *Mi hermana sabe* », dit-il. « Il parle de sa sœur ! » s'étonna le fonctionnaire placide aux yeux marron et aux tempes grisonnantes. « Il dit que sa sœur sait pour lui », ajouta l'autre fonctionnaire. Les deux hommes possédaient des rudiments d'espagnol. Le fonctionnaire nota *juif* dans la colonne voisine de celle où son nom avait été consigné, puis décida de rayer cette mention pour la remplacer par *apatride*. « Envoyez-le à l'hôpital, ça ne sert à rien de l'interroger maintenant, lança le fonctionnaire aux yeux marron. Il ne fera que nous répéter les mêmes conneries. »

Ils poussèrent la porte du baraquement, la chaleur pénétra sous les paupières fermées d'Álvaro, s'insinua entre ses vêtements en lambeaux. Il ouvrit les yeux et sourit à une femme qui l'observait, appuyée contre un pylône électrique planté sur sa droite, de l'autre côté d'un chemin de ronde balisé de barbelés. La femme lui rendit son sourire dans un hochement de tête et il leva une main, la plaça en visière au-dessus de ses yeux pour les protéger du soleil. Un des gardiens le poussa en avant. Il marcha plus rapidement entre des plaques d'herbe grasse et de longues traînées de terre chauve. D'autres femmes le guettaient depuis l'endroit où la première l'avait salué. L'une d'entre elles, plus âgée, lui cria de tenir le coup. Le carnet de sa sœur pesait dans sa poche. Ils bifurquèrent dans une contre-allée où des hommes, assis autour d'une petite table, confectionnée avec les éléments d'un châlit brisé, jouaient aux cartes. Il reconnut les cartes espagnoles : *rey de bastos, rey de oros*. Il se souvint d'une vieille chanson que sa mère chantait : *Corre que te pillo, corre que te alcanzo*. Il trébucha dans l'herbe plus épaisse en bordure du chemin, heurta le battant d'une cabane dont les barres de renfort dessinaient un *z*. Le *z* de Díaz, pensa-t-il en se rattrapant à un piquet de bois pour ne pas chuter. Un des gardiens fit deux pas en courant afin de l'aider. Les hommes interrompirent leur partie de *brisca* et se retournèrent. Il sentait encore les pulsations de son sang en divers endroits de son dos commotionné. La frontière entre solidarité et réflexe de haine lui parut dépendre d'une nuance infime, étrangère à la volonté. Il remercia le garde. Les joueurs le regardèrent passer en boitant devant les portes ouvertes de leur baraque, longer de grandes cordes à linge sur lesquelles séchaient des caleçons, des chemises, des pantalons rapiécés. Des tas d'ordures, parmi lesquels les rats prospectaient la nuit, s'amassaient le long de certaines baraques. Déchets organiques et vieux vêtements formaient un compost de couleur brune. Il avait froid maintenant. L'uniforme des gardiens contrastait avec le linge soulevé par le vent âpre. Il suivit une centaine de mètres de barbelés, laissa plusieurs baraquements derrière lui, croisa une dizaine de pylônes, remonta plusieurs allées peuplées des mêmes hommes sans visage, épuisés et hirsutes, bardés de vêtements gris.

Il précédait ses gardiens depuis quelques minutes. Il n'aurait pas su mesurer le temps écoulé depuis que la femme l'avait encouragé. Il pensa à l'empreinte de son doigt sur la feuille. Il n'avait fait que progresser au cœur d'un immense dédale dont le centre se refusait. Le carnet d'Esther avait emprunté la même route ; un entrelacs de pistes et de détours parcouru avant de s'inscrire en lui et de modifier sa mémoire. Il se heurterait sans cesse aux mêmes obstacles, portant l'héritage de sa sœur, macérant en lui sa parole au point de la trahir. Il entendit le chant d'une alouette et leva les yeux pour apercevoir l'oiseau perché sur le plus haut des fils barbelés rattachés à une clôture qui courait sur sa gauche. Il songea au centre du labyrinthe, le centre de la trace laissée par son pouce. Il appela son chien qui furetait devant lui, parmi les roseaux, félicita son chien qui sautait, agile, traversant d'un bond les innombrables rus abandonnés par la mer. L'un des gardiens sourit et lui demanda de se la fermer au lieu d'interpeller les ombres. Il voyait son chien bondir d'île en île, levant différentes espèces d'oiseaux qui s'envolaient au-dessus des roseaux. Il pouvait s'élever, découvrir le marais entre Santoña et Laredo, se voir perdu au cœur des vasières sillonnées d'un écheveau de ruisseaux.

Des bancs de poissons brisaient les courants de surface. Il pouvait suivre le chien, voir ses traces enfoncées dans le limon se remplir d'eau. Il se demanda qui de Victor ou de Santiago saurait reconnaître l'alouette.

Un des gardes l'invita à tourner à gauche. Ils longèrent les cuisines. Un alignement de chaudrons emmanchés de tuyaux de poêle, posés sur des plaques de ciment carrées servant de fourneaux. Un préau de tôle abritait les marmites. Des caillasses avaient été scellées dans le sol, constituant un pavage rudimentaire sur lequel trébucha un des gardiens. Un vieil homme se tenait près d'un des feux allumés, profitant de la chaleur dégagée par la cuisson de ce qui devait être du chou, car une odeur de végétal pourri affluait selon le vent. Le vieux tendait les bras, avançait ses doigts assez près du métal, surpris d'éprouver une légère brûlure, les éloignait et recommençait.

Ils laissèrent les cuisines derrière eux et marchèrent en bordure du camp. Un sentier de ronde assailli de mauvaises herbes et d'orties en été. *Corre que te pillo, corre que te alcanzo*, fredonnait sa mère. Il avait appris à ses fils à ne pas se perdre dans les marais, rentrer avant que la mer ne recouvre le delta, les landes humides à perte de vue, regagner au plus vite un pont métallique où l'Opel était garée. Il se demanda si les empreintes du vieux ne seraient pas altérées à force de cuire contre la fonte.

Un des gardiens lui toucha l'épaule.

« Voilà tes nouveaux quartiers. »

Il trouva ses craintes, ses souvenirs absurdes. L'alouette

n'avait rien annoncé. Il se rappela soudain que Victor avait appris à reconnaître cet oiseau avant les autres. Il leva les yeux et aperçut l'hôpital. Quatre bâtiments de bois aux murs isolés d'un revêtement brillant qui ressemblait à de l'aluminium. Quatre baraques encore inachevées, situées un peu à l'écart du camp. Il voulut s'allonger dans l'herbe, au flanc d'un des préfabriqués. L'envie de marcher l'avait-elle quitté ? Il pouvait s'étendre, céder à la douleur qui s'insinuait dans sa jambe droite au point de le déséquilibrer. Un des gardes s'approcha de lui.

« C'est pas le moment de te casser la gueule, on arrive.

– *¿ Podría tumbarme ?*

– De quoi tu causes ?

– *¿ Podría tumbarme sobre la tierra, sin que mi alma se vaya ?*

– Il dit quoi ? demanda l'un des gardes, avec un fort accent lorrain.

– Il nous demande s'il peut se coucher par terre sans que son âme le quitte.

– On arrive, tu pourras rester coucher le restant de ta vie, abruti ! »

Il porta la main à sa poche. Il n'irait pas plus loin. Saturé de voix et de textes indéchiffrables. L'envie de fuir l'avait quitté, peut-être pas pour toujours, se répéta-t-il, mais il en éprouva une joie inédite. Toutes les paroles qui résonnaient en lui convergeaient depuis le carnet de sa sœur vers sa mémoire. Un monologue inscrit en lettres carrées : *Aleph, beth, guimel, daleth*... Il pourrait laisser s'accumuler le récit de ses origines, admettre la faute de son père, comprendre sa tentative de rédemption. *Kaf, lamed, mem, noun*, se dit-il en traversant une salle meublée de lits en fer-blanc.

Il fit une pause, sa hanche douloureuse plaquée contre le balustre froid d'un lit. Il heurta l'un des quatre pieds gauchis de la structure qui grinça sous le poids d'un malade réveillé en sursaut. Il s'excusa, esquissa un mouvement de fuite pathétique. Le sommier grinça une nouvelle fois, libérant une décharge le long de sa jambe : sensation de déchirement, comme si le maillage en fer qui soutenait le mince matelas sur lequel le malade s'était maintenant redressé avait été séparé de sa chair, arraché à sa cuisse. Il cligna des paupières, serra les mâchoires pour ne pas hurler. Des centaines de kilomètres de barbelés, pensa-t-il, un dédale de 250 kilomètres dont il n'aurait plus la force de s'échapper.

V

Janvier 1940

Retour dans le temps : jour inconnu – Nuit du quatrième jour au camp – Réveil à l'hôpital – La vermine – Un meurtre – Comment Davers s'empare du carnet

Álvaro se réveilla à l'hôpital, remua la jambe et constata que sa hanche était intacte. On l'avait couché sur la couverture sans prendre la peine de le déshabiller. Il se souleva un peu sur l'oreiller, regarda autour de lui et découvrit une petite pièce plongée dans l'obscurité, meublée de quelques lits vides, à l'exception d'un seul, situé à sa gauche. Un homme était adossé au chevet de sa couche, le visage éclairé par la lueur de la pleine lune que filtraient les carreaux d'une unique fenêtre. Álvaro distingua la ligne d'un bois à l'horizon d'un champ, l'épaisseur d'une haie d'arbres interrompue contre la nuit.

« Excuse-moi, tu parles espagnol ? » demanda-t-il.

L'homme se retourna vers lui et l'examina sans répondre. Des bruits de pas crissèrent en s'éloignant sur le gravier d'une allée qui passait devant l'hôpital. L'homme cessa d'observer Álvaro et cala sa nuque contre son traversin en soupirant.

« Je sais ce qu'ils préparent, dit-il. Ils vont venir me chercher. »

Le grain moite de cette première phrase ramena Álvaro au souvenir des poutrelles humides du dortoir. Il pensa à la pesanteur du bois, à la façon dont la charpente se désagrégeait, polluant l'atmosphère d'une sciure pernicieuse. Il posa ses mains à plat sur la couverture rêche afin de se hisser un peu plus.

« C'est la première fois depuis des semaines que j'entends parler castillan. »

L'homme se recroquevilla et toussa, plaquant ses mains devant sa bouche afin d'étouffer la sensation de chair écorchée qui lui déchirait la poitrine. Il saisit un mouchoir sous son traversin, déplia le tissu froissé, empesé de sang coagulé, et cracha un caillot vermillon en son centre.

« Je ne peux même plus sortir faire mes ablutions et soigner ma tuberculose correctement.

– Tu sais depuis combien de temps ils m'ont amené ici ? » demanda Álvaro.

L'homme entrouvrit les lèvres et laissa échapper un sifflement malingre.

« Le problème, c'est de savoir combien de temps on y reste. »

Álvaro retira rapidement ses paumes de sa couverture, trouvant le contact avec la laine plus désagréable que celui de la paillasse où il avait passé ses deux premières nuits.

« Ça fait longtemps que tu es au camp ? » demanda-t-il.

L'homme leva les yeux et détailla les variations de lumière grisâtre qui s'étiraient au plafond. Un dégradé sombre s'éloignait de la fenêtre. Il se racla le gosier avant de répondre entre ses mâchoires crispées :

« On y reste toujours trop longtemps. »

Il toussa et tourna son visage de nouveau vers la fenêtre.

« Trop longtemps, c'est-à-dire ? »

L'homme bascula sur le côté, offrit son dos et ses épaules au regard d'Álvaro qui remarqua un début de calvitie.

« C'est bien d'avoir une conversation », dit l'homme.

Il étira sa jambe gauche et pressa la plante de son pied contre la rambarde fixée à l'extrémité de son lit.

« T'as dormi presque vingt-quatre heures, dit-il en observant la friche couleur cendre qui montait vers la haie d'arbres.

– Qui va venir te chercher ? questionna Álvaro.

– Ceux qui vont venir sont les pires.

– De qui tu parles ? »

Álvaro sentit une légère irritation sous ses paupières.

« La Sûreté nationale. Davers vient toujours avec eux pour régler ses comptes. »

L'inflammation devint douloureuse. Il se glissa sous la couverture. Il ferma les yeux et essaya d'atténuer la brûlure en gardant ses pupilles fixes. Le sommeil revenait et il le laissa distiller en lui un soulagement qui tenait plus de la reddition que de l'apaisement. Il écouta le vent, crut entendre le tintement de barbelés distendus, fixés sur un portillon ouvert dont le montant venait frapper contre un piquet. Son attention, captive du heurt intermittent de la porte, dériva finalement entre les baraques.

« Tu dors encore ? demanda son voisin en le réveillant.

– Je crois. »

Il ouvrit les yeux. Les images qu'il avait perçues en rêve lui revinrent et il se souvint d'avoir erré entre les îlots, cherchant un passage entre les quartiers de baraquements, isolés les uns des autres par un réseau de filins ténus et rouillés. Toute la nuit des lettres, L, V, A, S, R. Toute la nuit les mêmes impasses, I, D, A, Z. Une série de voies sans issue, un dédale balisé de miradors.

« Au début de mon internement, j'ai pas réussi à dormir pendant deux jours. Ensuite j'ai fait des cauchemars, je revoyais tous les hommes que j'avais tués de l'autre côté de la frontière, je les revoyais pendus aux grillages du camp. Je marchais sans retrouver ni mon chemin, ni mon affectation, et ils me regardaient passer comme suspendus à des cintres. Tu as tué beaucoup d'hommes, toi ? »

Combien d'hommes son père avait-il tués ? Il ne s'était pas un seul instant interrogé à ce sujet.

« Tu as tué beaucoup d'hommes ? réitéra le tuberculeux.

– J'ai pas compté.

– Évidemment.

– J'ai laissé pas mal de gens derrière moi.

– Évidemment.

– D'autres sont doués pour comptabiliser et commémorer. Pas moi.

– L'abondance écœure.

– L'écœurement c'est la routine », répondit sèchement Álvaro avant de poser la main sur le journal de sa sœur et de l'enfoncer dans sa poche de pantalon.

Il sentit ses yeux le démanger à nouveau et les ferma.

« J'ai tué personne, mais des gens sont peut-être morts par ma faute », dit-il.

Son voisin resta silencieux quelques secondes.

« Je sais pas si on peut dire que t'as de la chance.

– Je suis pas sûr qu'on puisse dire ça. »

Du côté de Las Arenas, un homme était mort d'une balle dans le front. Ça ne l'avait jamais vraiment préoccupé. La fuite en voiture n'avait été pour lui qu'une méditation matinale à travers les montages. Paco en avait endossé seul les conséquences. Le meurtre du notaire n'avait engendré qu'un effet dont la cause remontait à son père et cet effet n'avait constitué par la suite qu'une série de causes engendrant à leur tour une série de conséquences.

Jusqu'où descendrait-il ? Il aperçut une blatte courir sur le mur qui lui faisait face. L'insecte décrivit un arc de cercle, parcourant le plâtre humide en une course indécise, interrompue de brusques arrêts, relancée de soudaines accélérations : une cavalcade hardie et absurde, le périple d'un point de corruption sur le crépi. Le cafard fut bientôt rejoint par deux autres, antennes mouvantes, lancés dans un défilé aussi saccadé, mais plus véloce. Il les regarda grimper, gagner la rainure noircie qui courait entre le haut du mur et le plafond. Il suivit l'intrépide équipée de la vermine jusqu'à ce qu'elle se fonde à l'obscurité. Invisible, elle n'était plus aussi vulnérable. Dissimulée, elle était à l'affût, attendant que les ténèbres gagnent sur la faible lueur dispensée par la lune, pour revenir bruisser dans l'odeur d'éther et de moisissure qui emplissait la pièce. Il ferma les yeux et le sol sembla grouiller de cancrelats, de punaises se préparant à l'assaut des murs et des lits. Il lutta contre le sommeil un instant et sombra. Une chute lente, accompagnée du bruit des blattes qui se détachaient du mur, heurtait le plancher en une série de notes pleines, monocordes et fausses.

« Un jour, un type m'a dit qu'il faudrait purifier le monde par le feu avant de l'habiter de nouveau, mais je ne crois pas à ce genre de conneries, déclara son voisin. Si tout brûle, on brûlera avec, et notre âme brûlera avec aussi. »

Álvaro se réveilla et contempla la nuque de l'homme. Il ramena le dos de sa main sur son front. Ses vêtements sentaient l'urine et la terre.

La maison du Cabo était partie en cendres. Les paragraphes, les pages noircies d'une fable avaient incendié sa vie de sédentaire.

« On peut persister longtemps parmi les décombres. Peut-être que le monde a déjà brûlé plusieurs fois », répondit Álvaro d'une voix lasse, surveillant le mur sale et vide où les cafards s'étaient enfuis.

Il sentit que ses yeux le gênaient encore et il cligna des paupières. La fièvre. Il avait vu les flammes s'élever au-delà des arbres et fléchir dans le vent. Il avait longtemps fixé la nuit béante, sa propre nuit, non pas éclairée, non pas révélée, mais réduite en débris. Díaz avait-il disparu ? L'imposture n'était-elle plus qu'une charpente calcinée ? Suffit-il que tout brûle pour que la faute, non, l'erreur, songea-t-il, le mauvais calcul, l'imprudence, le manque de clairvoyance soient réparés ? Álvares, doyen de Díaz, n'aurait-il pas dû disparaître lui aussi ? Álvares mélangé aux restes de Díaz contenus dans une urne. L'urne de son corps.

« Ceci est mon urne, prononça-t-il en proie au délire, mon corps encerclé de tranchées et de miradors.

– Ils vont venir cette nuit me chercher. Ils attendent que les internés dorment.

– Ils ne me trouveront pas », répondit Álvaro.

Comment le pourraient-ils ? La Sûreté nationale n'interpelle pas les fantômes. Il sentit le sommeil l'étreindre, le précipiter au fond d'une fosse exiguë et sombre.

« Ils ne te trouveront pas parce qu'ils viennent pour moi. »

Álvaro sursauta et froissa un pan de couverture dans son poing. Son cœur battait au fond de sa gorge. Un signe de vie comme un autre. La Sûreté nationale ne peut rien contre les morts. N'était-il pas tombé à la place de son père ?

Le tuberculeux bâilla, puis laissa échapper une plainte rauque avant de parler d'une voix grave, détachée :

« Davers veut ma peau, mais pas parce que j'ai distribué des tracts avec Emiliano Palacio à des camarades comme toi, juste parce qu'il veut ramener le monde à son échelle. J'ai dit à Palacio que l'idéologie et le meurtre ça vit côte à côte comme une paire de couilles et il m'a regardé comme si j'étais un dingue. Mais c'est pas idiot si tu y réfléchis. C'est pour ça qu'ils vont venir, lui et sa clique de la Sûreté. »

Une longue bourrasque de vent balança la cime des arbres plantés aux limites du champ. Un nuage passa devant la lune. Álvaro baissa les yeux sur la calvitie de l'homme.

« J'ai envie de pisser. Où c'est qu'on pisse ? » demanda-t-il en glissant ses jambes hors du lit.

Il s'assit et rejeta un pan de couverture derrière lui. Il resta un instant immobile, saisi de vertige et aveuglé. Il recouvra la vue au moment où le nuage s'écartait. Il leva les yeux et examina la lisière du champ tracée contre le ciel nocturne. Quelque chose de froid et d'éternel traversa son corps.

« Mettent des pots de chambre sous les lits », dit l'homme.

Álvaro saisit une bassine en fer-blanc sous le sommier et s'éloigna au fond de la pièce. Il posa le récipient sur un lit inoccupé et urina, le dos tourné à la fenêtre. Quand il eut fini, il laissa la bassine sur le lit et retourna se coucher. Il s'emmitoufla dans la couverture en tremblant.

« Pourquoi nous enferment-ils dans des camps ? demanda-t-il.

– Parce qu'ils ont peur du déferlement. Parce qu'ils n'ont rien prévu pour nous et nous mettent en attente.

Quand ils sauront quoi faire et comment faire pour nous envoyer au diable, ils nous y enverront. Moi, d'ici là, comme beaucoup d'entre nous, je serai mort.

– Une part de moi l'est déjà », déclara Álvaro sur un ton plus lent.

L'homme passa sa main dans ses cheveux et se tourna lentement vers lui, fixant son visage émacié, ses cheveux longs et sa barbe.

Álvaro regarda vers la fenêtre, constatant que la rangée d'arbres qu'il avait aperçue en se réveillant était à présent traversée de brume. L'homme toussa, sortit son mouchoir, l'ouvrit et cracha dedans avant de se recroqueviller sur sa couche. Il remua l'épaule et glissa sa main sous la couverture. Álvaro surveilla le mouvement de l'articulation jusqu'à son interruption, la courte chute et le rebond de la main retombée ouverte sur le matelas en signe de lassitude. L'homme désigna la fenêtre du menton.

Álvaro remarqua la silhouette d'un soldat dessinée sur l'étendue d'herbe battue par le vent. Davers se tenait de profil et fumait. Il porta sa cigarette aux lèvres. Son visage s'enlumina d'une rougeur fugace. Il laissa un instant sa cigarette se consumer entre ses doigts, tira une ultime bouffée et la jeta devant lui, observant son point de braise mourir entre les herbes. Un pan de son uniforme semblait délavé sous les vibrations ténues de la lumière blanche. Un gardien s'approcha de lui et lui adressa quelques mots. Davers acquiesça et l'homme s'éloigna. Davers sembla le suivre du regard, puis jeta un coup d'œil à sa montre. Les plis de la manche de son uniforme chatoyaient sous l'éclat blafard de la lune. Il avança un peu et sortit du champ de vision d'Álvaro.

Une blatte détachée du plafond heurta le chevet métallique du lit d'Álvaro et tomba sur le matelas. Il se redressa et chassa l'insecte du revers de la main, avant que celui-ci ne se réfugie sous les draps. La blatte se retrouva au sol et fila le long de la plinthe, heurtant parfois dans sa course affolée le pied d'un lit ou d'une table de nuit.

Le soldat réapparut devant la fenêtre et souleva une torche électrique à hauteur d'épaule pour la braquer en direction d'Álvaro. Le flux de lumière arracha son ombre et la projeta contre le mur du fond. Álvaro leva un bras devant ses yeux clos. Le tuberculeux ferma les yeux lui aussi, son visage étrangement lisse, lavé des traces de fatigue, des stigmates de la maladie, ses lèvres épaisses tendues en un faible rictus. Il conserva cette posture jusqu'à ce que le garde frappe au carreau et lui ordonne de se coucher sur le dos. Le tuberculeux se retourna et dissimula sa calvitie ronde comme un œil de cyclope dans le traversin. Le soldat appuya sur l'interrupteur de sa lampe. Le tuberculeux pressa ses paupières sur l'éclat de lumière morte enfoncée dans sa rétine.

« Je me demande quel genre de signaux envoie la cervelle d'un homme avant de s'éteindre. Est-ce que c'est une interruption rapide, ou est-ce que ça dure un peu, histoire de fabriquer l'illusion que rien ne s'arrête ? »

Álvaro écouta la plainte qui s'échappait des poumons de l'homme à chaque expiration. Il ferma les yeux, sentant les muscles de ses jambes se contracter par saccades tandis que son pouls s'accélérait. Se lever et marcher, sortir de cette pièce, parcourir les allées entre les baraques où dorment des milliers d'exilés. Passer les barbelés, fuir.

Il appuya sa nuque au creux de son traversin et laissa son remords l'abrutir. Des années de marche, murmura-t-il. Il sentit le sommeil ankyloser ses pensées, bouleverser leur chronologie. Son voisin toussa et se ramassa sous sa couverture trop courte. Álvaro entendit le grondement des rouleaux frapper la grève. La mer Cantabrique. Il laissa cette réminiscence le heurter puis muter en lui. Rien de ce qu'il avait quitté ne s'était amoindri dans sa mémoire. Victor l'attendait. Son visage à hauteur d'écume, la nuit maintenue à distance au-dessus des houles. Il s'avança vers son fils et lui demanda pourquoi Santiago n'était pas avec lui. Pour quelle raison Graciela l'avait laissé venir si tard sur la plage. Victor fixa son père et remua les lèvres. Álvaro s'approcha de la rive. L'ascension des lames rompues devant la grève. Victor prononça une nouvelle phrase. Álvaro lui fit signe de sortir de l'eau et de le rejoindre. Il ne pouvait pas descendre jusqu'à lui. Il ne pouvait pas repousser la houle agitée derrière ses épaules.

Álvaro se réveilla en sursaut, quand la bassine pleine d'urine dans laquelle il avait pissé, projetée sur le lit du tuberculeux par l'un des deux inspecteurs de la Sûreté présents en plus d'un garde et de Davers, finit sa course en roulant sur le plancher. Le soldat qu'il avait aperçu devant l'hôpital quelques minutes auparavant le saisit par les cheveux, lui plaqua la tête contre l'oreiller et lui intima l'ordre de ne pas faire un geste.

« Ça te regarde pas », dit-il.

Il entendit une série de coups suivis de gémissements étouffés sous la couverture et comprit que son voisin de chambrée dérouillait. Davers et ses complices avaient attendu qu'il s'endorme profondément avant de faire irruption dans la pièce.

« Où sont le reste des tracts et les journaux ? » demanda Davers au tuberculeux qui gisait au sol, visage en sang, dents cassées.

Álvaro entendit encore plusieurs chocs sourds avant que le lieutenant ordonne à l'un des inspecteurs d'arrêter.

« Ne le tue pas. Il faut qu'il meure de causes naturelles, prononça-t-il, une inflexion ironique dans la voix.

– De toute façon, il répondra plus, dit l'homme qui l'avait frappé.

– On fait quoi de lui ? demanda avec un fort accent alsacien le gardien qui tenait Álvaro par les cheveux.

– Tu l'anesthésies et tu le fouilles », répondit Davers.

Álvaro reçut un coup de poing au visage et perdit connaissance.

Un soleil tiède éclairait sa nuque quand il se réveilla. Le journal d'Esther avait disparu de la poche de son pantalon et son voisin gisait à terre, dans une flaque de sang.

VI

Février 1940

Les croque-morts – Le présent révèle l'éternité cachée en son sein – Davers tient ses promesses – Le cimetière de Gurs – Gad Rosembaum ou la séparation des commencements bibliques reniée – Souvenirs de Berlin – Combien de temps faut-il tenir avant de retrouver les siens ? – Gad meurt – Álvaro et Zdenek l'enterrent comme ils en enterrent des dizaines d'autres – L'exil au bord des tombes – Le journal d'Esther égrené dans la boue

Chaque jour depuis deux semaines, Zdenek Mazaryk, Gad Rosembaum et Álvaro Díaz s'habillent en hâte dans l'obscurité. Ils abandonnent le baraquement dès l'aube. Ils se dirigent vers les lavabos pour se laver. L'herbe est coupante de givre. Ils avancent sous la flanelle grise du ciel. L'odeur de corruption ne les quitte plus malgré la toilette qu'ils sont autorisés à effectuer deux fois par jour. Davers s'est fait un devoir de les saluer à l'entrée des sanitaires. Il sait que l'eau est trop froide. Les canalisations ont gelé à plusieurs reprises depuis l'application du châtiment, leur peine pour avoir sorti les deux pendus du baraquement. Il est parfois impossible de se laver. Pourtant la terre du cimetière n'a pas le temps de durcir près des fosses. La terre qu'ils retournent reste meuble et spongieuse en permanence.

L'eau pénètre la conscience ensuquée. Un reste d'espoir, une stupéfaction tenace semblent dégouliner sur leurs visages, s'évacuer par le siphon percé au fond des vasques autrefois blanches, maintenant marbrées de crasse et de rouille. Un homme est toujours là lorsqu'ils arrivent. Il se lave les mains sans cesse. Phalanges décapées jusqu'au sang. « Il pousse la porte de son baraquement avec les coudes, tellement il a peur de se salir », leur a confié Davers en riant.

Gad Rosembaum ne possède qu'un pantalon qu'il a renoncé à enlever et étendre chaque soir en revenant du cimetière. Les nuits sont trop froides pour rester en caleçon sous la couverture. Il dort dans la même boue que ceux qu'il a enterrés dans la journée. Il sait pourtant qu'il existe un temps propice au recueillement. Les morts doivent demeurer loin des vivants. Cette pensée le hante. À Berlin, il ne s'attardait pas sur la tombe de ses parents, n'y venait jamais prier les jours de fête et les vendredis. Pourquoi devrait-il désormais cohabiter avec la cohorte de défunts qui s'immiscent jusque dans son sommeil ? Il repose au centre d'une gangue de glace, sur un matelas d'ossements dont ses cauchemars sont peuplés. L'administration française peut-elle délivrer un sauf-conduit qui autorise à circuler au milieu des cadavres ? L'État français possède-t-il, comme dans les Écritures, le pouvoir de laisser briller la lumière au creux de l'ombre ? Il en doute, mais ne se sent pas la force de maudire. Il tremble quand il s'enroule dans sa couverture pour dormir. Il tremble jusqu'au moment où Zdenek le réveille.

Il frissonne sans cesse, entre chaque pelletée de fange retournée. À cinquante-six ans, son corps n'est plus habitué à l'exercice et il doit souvent s'interrompre, remonter au bord de la fosse pour reprendre son souffle. Il s'en excuse chaque fois. Il s'adresse à ses deux compagnons dans un français sans accent. Álvaro et Zdenek lui signifient que cela n'a aucune importance, qu'il peut se reposer tant que les gardiens ne lui en font pas le reproche. C'est lui qui a inhumé le tuberculeux, rossé sur ordre de Davers par les inspecteurs de la Sûreté. Le tuberculeux tombé dans le coma après son passage à tabac. Il n'est mort que bien longtemps plus tard. Álvaro l'a reconnu à la levée du corps. Álvaro peut témoigner de ce genre de miracle. Il en a vu quelques-uns. Il est possible de s'accrocher à la vie longtemps et dans les pires conditions.

Zdenek parle en allemand : phrases brèves, énoncées d'une voix grave et monocorde, empesées d'une lassitude tassée comme la glaise qu'il soulève en silence. Il dit souvent à Gad de rester calme et de ne pas se sentir coupable, mais Gad ne peut s'empêcher d'avoir honte de ses bras maigres, de ses épaules étroites, enveloppées dans des loques humides. Il se souvient de la porte de Brandebourg sous laquelle défilaient les cohortes aryennes du moustachu en culotte de cheval et bottes lustrées ; le moustachu au visage flasque et indéterminé, avide de mise en scène, de drapés rouges, de tribunes érectiles dominant un parterre de masses lubrifiées à force de hurlements. Il leur parle des jeunes filles athlétiques, exposées sur le linteau du plus fameux monument berlinois, tandis qu'entre les colonnes dressées comme d'immenses jambes de pierre passent des théories de militaires casqués aux armes rutilantes. De jeunes gymnastes dansent en l'honneur des soldats qui paradent en cadence. Il leur parle du peuple fasciné par la mascarade de cet accouplement mécanique, captivé par la promesse d'engendrements sans fin : mille ans de fécondité et de muscles symétriques. La déesse de la Victoire, autrefois volée par Napoléon, surplombe les troupes telle une matrice accouchant de cohortes de guerriers susceptibles de creuser d'immenses tranchées aussi longues que les méridiens du globe, capables d'excaver des millions de mètres cubes de boue et d'ouvrir de vastes corridors dont les mâchoires se refermeront bientôt sur la plainte inaudible des fuyards et des morts.

Álvaro et Zdenek n'écoutent pas Gad. Ils semblent enfermés dans leurs propres cauchemars et refusent d'entendre un homme qu'il faudra bientôt coucher dans son linceul. Ils se contentent d'acquiescer lorsqu'il répète inlassablement, entre deux cuillerées de soupe trop claire pour lui rendre ses forces déclinantes, qu'il a vu des milliers d'hommes munis de pelles marcher en ordre dans les rues de Berlin comme de preux fossoyeurs, disponibles pour la besogne qu'ils pratiquent ici, tous les trois, en amateurs rétifs, qu'ils accomplissent en pionniers malheureux dans le périmètre du cimetière de Gurs.

« Les corbeaux n'ont même pas la pudeur de se tenir à distance », répète-t-il à Zdenek et Álvaro qui ne l'entendent pas. « Les corbeaux lisent l'augure promis par les automates en marche sur l'Europe ! L'augure de leur règne. Mille ans ! » assène-t-il en français ou en allemand aux deux hommes qu'il devine captifs d'autres obsessions. Il les voit s'exténuer dans une boue dont les lèvres seront bientôt scellées sur un cercueil contenant une femme, un vieillard, un enfant. Il entend lui aussi le récit de chaque cadavre interrompu par quelques pelletées de terre. Mais il ne peut, à la différence d'Álvaro penché sur leurs plaintes, en recueillir l'ultime confidence. Il s'imagine semblable à ceux dont les derniers mots sourdent entre les planches de leur boîte avant d'être cachetés par un bâillon d'argile. Il sent qu'Álvaro ou Zdenek finiront par s'emparer des bribes de sa mémoire et de sa peur pour les ajuster aux fragments de leurs propres souvenirs et de leurs propres terreurs. Il songe souvent à la danse macabre qu'il a vue en visitant l'église Sainte-Marie de Lübeck. Il leur décrit la mort noire, décrypte ses chuchotements et ses oracles, commente son souffle exsangue. Une farandole de squelettes lui susurre le verbe froid et blafard qui soumettra bientôt la vieille Europe, annonçant l'avènement d'un royaume de dix siècles.

Il était employé comme comptable dans une petite maison d'édition de musique classique. Il passait son temps libre dans le jardin : seule activité physique qu'il ait pratiquée en dehors d'un peu de natation quand il avait seize ans.

Sa femme est enfermée dans l'autre partie du camp. « Nous ne vivons pas au même niveau », répète-t-il en souriant. Un cercle au-dessus du sien. Trente ans qu'il est marié avec Martha. Il parlait souvent d'elle les premiers jours. Il l'aperçoit de temps à autre. Elle sait à quelle heure il rejoint son travail et lui fait signe de l'autre côté des barbelés. Il ne la voit jamais au retour du cimetière. Le soir, les horaires varient sans cesse.

Il aime Martha. Il l'aime au moins depuis ses premiers souvenirs de shabbat. C'est une femme dont l'intelligence l'a toujours impressionné. Depuis deux jours elle ne vient plus l'attendre à l'angle d'une baraque qui leur sert de repère. Sans doute un empêchement sans gravité. Elle travaille peut-être elle aussi. Il veut tenir pour son épouse ainsi que pour sa fille qui vit aux États-Unis. Elle étudie le violon à Boston. Elle est douée. L'oreille absolue, comme sa mère. Il adorait les entendre jouer ensemble avant qu'elle ne traverse l'Atlantique. Combien de *miles* la retranchent des souterrains où ils survivent ?

Leur intention était de la rejoindre, mais les douaniers hongrois leur ont confisqué leurs passeports à la frontière. Ils sont entrés en France clandestinement. Ils ne voulaient pas s'installer chez les munichois. Ils souhaitaient juste prendre le bateau en Normandie et quitter le continent souillé par les vociférations de l'Autrichien à moustache. Deux millénaires de haine accumulés dans sa gorge. L'épicentre du mal n'est pas Berlin par hasard, mais le combustible de la catastrophe n'est pas plus allemand qu'il n'est autrichien, russe, français, italien, espagnol. Gad entend chaque nuit le déferlement d'acier, d'os broyés et de chair brûlée que l'Histoire s'apprête à vomir sur cette Europe qu'elle a pourtant engendrée. Il sait que certains accents de la musique qu'il aime et écoute depuis son enfance recèlent une prémonition. Il en comprend la nature depuis qu'il enterre des enfants.

Álvaro et lui ont creusé la tombe d'un garçon de dix ans. La fosse est moins large, le travail plus rapide, mais la souffrance infligée par cette tâche finira par l'anéantir. Sa capacité à accomplir cette besogne n'est-elle pas le signe de sa propre corruption ? Il pense souvent à l'adagio de la neuvième symphonie de Mahler. Il connaît parfaitement certaines partitions de Schoenberg. Des pans entiers de la quinzième de Chostakovitch lui reviennent lorsqu'il s'étend sur sa couche. Il déchiffre l'avertissement tissé dans la trame de chaque œuvre. Il sait que la civilisation repose sur un ossuaire. Ces œuvres sont autant d'efforts pour capter la lumière, quitter les vasières où piétinent les masses. Elles disent l'échec à vaincre le ressentiment. Elles sont édifiées par la crainte et la volonté de célébrer, sont soumises aux mêmes ambivalences que les intentions et les actes qui élèvent les nations. C'est pour ça que l'Autrichien à la culotte de cuir, le polichinelle juché pour mille ans sur le règne d'infamie que la mémoire lui promet, peut aimer Beethoven et Wagner. Mais la part néfaste qui donna naissance aux prodiges ne prendra jamais sa revanche sur la clarté, se dit-il. Il aimera toujours Bach. Il aimerait entendre sa fille interpréter la chaconne… Non. Il ne pourrait plus rester assis à écouter sa propre fille. Des hectares de terre stérile, des tonnes de gravats pèsent sur ses épaules. Il rêve souvent qu'il longe d'immenses tranchées : un dédale de fosses communes qu'il a creusées seul, dans la boue, malgré le mal de dos qui le harcèle.

Álvaro et lui sont allés chercher le cercueil du jeune garçon à la morgue. Le cercueil n'était pas prêt. Ils ont attendu que le menuisier finisse de l'assembler. C'est la chose la plus horrible qu'on l'ait obligé à faire. Il se souvient de l'obscénité d'Hitler constamment déversée sur les ondes des radios allemandes qu'il écoutait autrefois. C'était avant l'intronisation du 30 janvier 1933. La TSF grésille. Il entend la musique militaire se répandre entre chaque discours. Il écoute le vacarme des cuivres et des tambours signer l'autodafé des prétentions artistiques du *Reichskanzler* déguisé en scout. Il devine sa clique de mélomanes lubriques aux bras raidis. La voix de Martha résonne plusieurs fois par jour comme une réminiscence : « Ce type est sourd, Gad, change de station ! »

Le cadavre du garçon reposait nu, étendu sous un drap. Un rabbin présent à la levée du corps a prononcé son nom au milieu de sa psalmodie du Kaddish : Gad Rosenberg… Gad Rosembaum est sorti du bâtiment pour vomir.

Il ne flanchera pas, même s'il ne devait pas avoir de nouvelles de sa femme pendant une semaine. C'est une femme solide. Tant de morts à mettre en terre ! En feront-ils moisson ? En feront-ils vendange ? Une collecte macabre décidée au Conseil des ministres. Le gouvernement sème en vue d'une résurrection et d'un repeuplement !

Un matin de très bonne heure, il fait si sombre que Gad a l'impression de n'avoir pas dormi. D'ailleurs peut-être ne dort-il plus. Il se couche et ne voit jamais le soleil. Il se lève et pense que le soleil ne réapparaîtra plus jamais derrière l'horizon. L'après-midi n'est pas le jour. L'après-midi n'est qu'une longue séquence de minutes inamovibles. Il se dit souvent que le temps de Gurs reflue dans la grisaille sans jamais aboutir. L'après-midi n'est que le reflet de son visage décharné dans une flaque de boue.

Il est pris de nausée et s'effondre à genoux devant les lavabos. Álvaro l'aide à se relever. Zdenek lui lave le visage et Davers se détourne en haussant les épaules. Davers commence à se lasser de l'épreuve qu'il inflige à ces trois hommes. Il ne vient plus systématiquement les chercher au seuil du baraquement comme il s'obligeait à le faire au début. La lumière des ampoules électriques qui éclairent le camp l'incommode. Quelque chose se consume au contact des filaments. Il ne s'explique pas pourquoi les vibrations imperceptibles du voltage l'exaspèrent à ce point. Il ne sait pas pourquoi les câbles haute tension dégagent parfois une odeur de chair. Il en a fait plusieurs fois la remarque à Calmus. Mais le médecin ne lui répond jamais.

Lorsque Gad parvient à se reprendre, il est déjà loin. Quand Álvaro, Zdenek et Gad arrivent à la morgue, Davers se trouve dans le bureau de Buisard, pantalon aux genoux, en train de s'apparier avec la secrétaire qui tremble à l'idée que son supérieur puisse les découvrir en plein coït. Lorsque Gad aperçoit le cadavre de sa femme allongé sur une table, Davers est dans son bureau, en pleine discussion avec un paysan qui lui vend régulièrement des œufs, du beurre et du jambon : articles qu'il refourguera plus tard à certains internés.

Les heures, identiques entre elles, ne supportent pas le décompte. Gad a enterré sa femme. Álvaro et Zdenek ont enterré Gad dans la soirée. Ils l'ont vu s'effondrer sur le chemin qui traverse le cimetière, sur les galets blancs enfoncés dans les flaques. Zdenek et Álvaro ont pensé à lui toute la nuit. Zdenek est sorti plusieurs fois de la baraque pour pleurer. Le lendemain ils ont travaillé toute la journée à quelques tombes de celle où Gad repose. Rien ne finit jamais vraiment. L'éternité ne connaît pas de satiété au camp. Sa gueule s'ouvre sous la pioche et se fend d'un discours fait de noms et de prénoms ajustés les uns aux autres. Des monticules de terre font la moue et l'on plante des pancartes en bois au chevet d'hommes et de femmes que la boue digère lentement. Álvaro se sent rongé lui aussi, son cerveau doucement gangrené. Tout ce qui lui restait de ses interrogations a rejoint le limon et la soupe de fange dont ses ongles noirs, ses cernes, ses muscles et sa fatigue portent les stigmates. Davers vient les voir à midi, désormais. Álvaro sait maintenant avec certitude que Davers possède son journal. Le lieutenant le laisse parfois sortir ostensiblement de la poche de sa capote. Le lieutenant l'appelle parfois Álvares, puis fait mine de se raviser en souriant. Un réfugié espagnol, parfaitement bilingue, lui a traduit la moitié des écrits d'Esther. Il en lit un peu chaque soir. Mais il n'ira pas jusqu'au bout. Il se lassera une fois de plus.

Álvaro creuse chaque jour sans relâche et la terre se fend d'un rictus sous le tranchant de sa pelle. Les morts affleurent en surface. Le monde menace d'indigestion et les défunts s'alignent dans son dos en attendant leur tour. Au début il les entendait lui susurrer leurs noms avant de les voir s'aliter poliment pour disparaître au fond d'une eau de pluie noirâtre qui suinte entre les parois friables de la fosse. Puis il a enterré plusieurs hommes prénommés Isaac et les choses ont changé. Lui qui n'avait pas vu son père mourir, lui qui n'avait pas enterré un seul membre de sa famille s'est inlassablement mis à lire son deuxième nom, Álvares, sur les pancartes enfoncées à la tête des tombes. Rébecca se tient souvent non loin de lui lorsqu'il travaille. Un jour, son prénom apparaît inscrit sur la fiche d'identité d'une femme décédée de malnutrition.

Tous lui parlent. Ils se plaignent des puces et des poux. Ils déclinent leurs fiches d'état civil, et cette litanie peuple l'écoulement du temps fracturé à chaque heurt d'un outil planté dans la terre. Ils monologuent sûrement une plainte, mais les lettres de leurs noms s'égrènent en lui et se figent sans trouver de sens. Les lettres de leurs noms sont englouties sous des litres d'eau de pluie stagnante. L'éternel présent est amnésique. Il a compris cela dès la première semaine de travail, et quelques jours plus tard, alors qu'il se tient debout, au bord de la folie à force de tamiser en lui la mémoire des morts, il se met à réciter leurs noms sans interruption et à prier avec une ferveur qu'il ne se connaissait pas. Il s'en ouvre un soir à Zdenek, qui lui avoue prier aussi. L'exercice les apaise. La récitation conjure le vacarme.

Zdenek et lui parlent un peu en français. Ils font de grands gestes et se comprennent. Cela fait longtemps qu'ils n'utilisent plus leur langue maternelle. C'est une chose dont ils sont privés ou qui leur semble interdite. L'exil absolu. Tout ce qui les constituait autrefois semble avoir réduit au contact quotidien de la mort.

Buisard vient les voir un mercredi matin, fin février. Il tombe de la neige fondue. Le sol a gelé dans la nuit. Buisard leur dit qu'ils seront payés pour leur contribution au bon fonctionnement du camp et la sanction de Davers se change en emploi. Chaque fin de mois ils retireront un peu d'argent au service des dépôts du camp et achèteront de la nourriture au marché noir, sans passer par le lieutenant. Cela les maintiendra en vie. Cela leur permettra un jour de s'échapper.

Pour l'heure, ils ont simplement l'impression d'être les

seuls à ne pas mourir. Ils éprouvent la sensation d'attendre sur la berge d'un fleuve en crue dont le débit les consterne autant qu'il les emprisonne. La montée des eaux érode le restant de lucidité qui leur permet d'espérer sortir du cercle des enfers à l'intérieur duquel ils œuvrent sans relâche.

Certains soirs, Zdenek s'effondre sur sa paillasse et répète à voix haute, en français, qu'on les a oubliés, qu'il n'y aura pas de fin à leur labeur. Il ne sait plus dormir. Ses nuits sont dépourvues de rêves. Ses nuits ressemblent à des platanes émondés au bord d'une route de campagne déserte.

Álvaro ne pense jamais à Gad. Zdenek ne mentionne pas plus son souvenir. Les fossoyeurs ne meurent pas, ils se dévorent entre eux. Chaque fossoyeur ingère son comptant de chair.

Un matin, alors qu'il creuse la tombe d'une jeune femme, Álvaro perçoit distinctement le bruit de cailloux que l'on jette dans l'eau. Lorsqu'il se redresse, Davers est au-dessus de lui, le carnet d'Esther ouvert entre ses mains. Álvaro recule et glisse au bord de la tombe. L'eau sale ondoie autour de ses bottes en caoutchouc trop grandes et il aperçoit des lettres flotter à la surface du trou dans lequel il travaille. Des mots, des phrases entières s'échappent des pages du journal et s'écoulent devant lui avec un bruissement de graviers jetés dans une flaque. Il vacille et se laisse aller en arrière puis s'affaisse.

Quand il ouvre les yeux quelques heures plus tard, il comprend qu'on l'a de nouveau transporté à l'hôpital.

VII

Gurs, derniers jours de février 1940

Paco se réveille à l'hôpital du camp de Gurs – Un visage à ses côtés – 1939 : Paco doit-il échapper à la mort ? – Paco reconnaît Díaz – Le meurtre du promoteur est-il un parricide ? – Retrouvailles entre deux pans de mémoire – Le plan d'évasion mis en œuvre – On apprend l'assassinat de Victor – Díaz demande pardon – La vengeance contribue au choix – Pas besoin d'une lampe pour fuir – Il n'y a pas de faute à pardonner

L'intensité de la lumière réveilla Paco. Il comprit qu'il était arrivé au camp et tourna la tête, distinguant d'autres malades allongés près de lui, immobiles et gémissants, sur leurs lits d'hôpital. Il serait envoyé à Gurs en représailles de sa mauvaise conduite, lui avait-on dit à Saint-Cyprien. Ils s'occuperont bien de vous là-bas, monsieur Francisco Méndez Cruz. Un transfert, une sanction pour sa tentative d'évasion, une punition appliquée malgré la dysenterie qui avait failli l'emporter. Cette saloperie de maladie l'obligeait à garder le lit depuis des jours. Son état l'avait contraint à différer ses projets d'escapade. Il s'était vidé sur la plage, pendant une semaine, abandonné au feu de Saint-Antoine, aux ravages d'une bactérie qui avait déjà, faute de médicaments, emporté une poignée de vieillards et quelques enfants avant que l'administration ne décide, constatant qu'il ne se résolvait pas à mourir lui aussi, de l'expédier plus à l'est.

Il avait fait le voyage dans une vieille ambulance, la plupart du temps inconscient, écoutant parfois les rafales de vent et de pluie qui frappaient les flancs de la fourgonnette et la déportait sur les routes sinueuses. Sa conscience avait battu la platitude du paysage, dégagée des angoisses et des culpabilités anciennes.

Il essaya de se redresser un peu sur son matelas afin de regarder par la fenêtre, l'horizon parfaitement gris, les quelques flocons qui dansaient et s'accrochaient aux aspérités du verre sali avant de le sillonner en gouttelettes opaques. Sur sa gauche, il aperçut le visage de son voisin, détailla le haut de ses paupières cyanosées, ses yeux clos, ses cheveux maculés de boue séchée et sa bouche entrouverte. Il l'observa puis se détourna, cala sa nuque contre un mince traversin. Ses épaules courbatues et sa vigueur exsangue lui semblèrent un prélude au repos. Il conformerait son visage à celui de l'homme alité près de lui, renonçant aux béatitudes d'une rédemption qu'il avait espérée après le meurtre du notaire. Il essaya de reproduire le rictus de son voisin et ferma les yeux. Il sentit ses lèvres gercées se fendre et saigner. Un flot de souvenirs monta en lui.

Un vent froid venu de la mer agitait les eucalyptus. Les lumières de Laredo disparurent derrière un talus. Assis à côté d'un garde civil, dans un camion chargé de prisonniers républicains, il surveillait la route qu'il avait tant de fois parcourue pour se rendre à Castro ou Bilbao. Un choix était-il encore possible ? Il compta : trois gardes civils à l'arrière du camion, un chauffeur et un autre homme armé dans la cabine. Au sommet d'une route en lacets, un plateau se déployait entre falaises et cordillère. Suivait un bois dont l'un des sentiers traversait une zone de maquis où les contrebandiers faisaient halte pour la nuit. Il fallait patienter. Il savait le lieu propice. Le camion entama un premier virage en épingle. Une série de neuf courbes délicates à négocier. Le conducteur pouvait choisir de stopper à mi-parcours. On les aurait tous alignés devant la futaie. Détonations brèves sur le bas-côté. Le corps de chaque prisonnier couché sous les fougères roussies, sur les pelures d'écorce blanche.

Chaque décélération du véhicule le soulageait de son projet d'évasion. Il regarda ses mains, le nœud de la corde qui le rattachait aux autres détenus s'était distendu. Le camion fit une légère embardée aux abords d'un virage, déstabilisant le garde civil qui lâcha son fusil. La crosse posée sur le plancher en bois glissa. L'extrémité du canon heurta son arcade sourcilière. Les prisonniers éclatèrent de rire et l'homme leur hurla de fermer leurs sales gueules s'ils ne voulaient pas qu'il les descende tout de suite. Paco se cala au fond de son banc. Pourquoi ne pas abandonner cette idée de fuite ? Il leva la tête vers la cime des arbres, distinguant les feuilles que son père et lui ramassaient pour les vendre aux pharmaciens de la région. Il revoyait son père courbé dans le sous-bois, traînant un sac de jute imprégné de cette odeur écœurante qui vous restait plusieurs jours sur les mains.

Ils avaient battu son père à mort, dans son garage, quelques heures plus tôt. Une poignée de jours que la République était morte. Ils allaient solder les comptes, se dit-il. Son père ne l'avait pas dénoncé aux autorités pour le meurtre du notaire obèse de Bilbao.

Les gardes civils étaient arrivés chez ses parents avant de venir le trouver et avaient enfoncé la porte d'entrée. Son père était sorti de la chambre à coucher armé d'un revolver. Il avait tiré à bout portant pour fendre le crâne de l'un des sbires du nouveau régime, comme on divise d'un coup de hache une bûchette sur un billot. Mais l'arme s'était enrayée et les gardes l'avaient désarmé, puis traîné par les cheveux jusqu'au garage. Ils avaient frappé sa mère. Morsures de leurs poings fermés contre sa bouche. Il entendait ses cris ravalés. Il entendait sa plainte fracassée contre leurs phalanges. Ils avaient demandé au père de confesser le crime du fils. Sans résultat. Le meurtre du notaire s'était converti en parricide, pensa-t-il.

Une fois leur forfait accompli, ils étaient venus le chercher, obéissant aux ordres donnés par Hernández. Une procédure que l'homme de pouvoir – maître en sa demeure depuis que les Navarrais avaient chassé les loyalistes – leur avait stipulé de respecter sans en omettre le moindre détail. Ils avaient capturé Paco dans son sommeil et lui avaient tout expliqué en le conduisant au camion. La volonté d'Hernández avait été accomplie avec minutie. Les pleurs et les supplications de sa mère battue, chaque détail du lynchage de son père lui avaient été rapportés.

« *Abandoné a mis hijos, y no me perdonaron nunca* », marmonna l'homme alité près de Paco.

Il reconnut immédiatement la voix d'Álvaro et ne sembla pas surpris. Depuis la défaite républicaine, la moitié de l'Espagne avait été internée dans les camps de concentration français. Des fratries entières s'étaient retrouvées à Saint-Cyprien.

Un médecin entra dans le dortoir et s'approcha du patient.

« Calmez-vous, monsieur Díaz, nous allons nous occuper de vous.

– Docteur Calmus ! prononça Díaz dans un français hésitant, je dois finir mon travail.

– Je me suis arrangé pour qu'on vous en exempte, répondit le médecin.

– Je ne dois pas laisser Zdenek seul, il faut que je finisse mon travail.

– Vous devez vous reposer.

– Ils enterreront mon père sans moi.

– Votre père n'est pas au camp, monsieur Díaz.

– Je sais que le journal finira par pourrir, chaque lettre du journal finira par pourrir parce que j'ai abandonné mes fils. »

Paco se détourna pour ne pas croiser le regard de Díaz. Il sentit quelque chose de lourd s'affaisser contre sa poitrine. Un poids de peine et de honte s'écoula lentement en lui.

Une bourrasque secoua les branchages. Brassée de feuilles au-dessus de la route. Sa responsabilité ne justifiait-elle pas le châtiment qui l'attendait depuis le soir où la femme du promoteur l'avait maudit ? Le camion entama son dernier virage. Sa mort semblait n'être que la conclusion d'une longue délibération. Ils abordèrent le plateau. Derrière eux, les lumières de Laredo éclairaient un amas de nuages surmontant une barre rocheuse. La mer, heurtée aux falaises, libérait un parfum d'amertume et d'herbe salée. À quoi servait de prolonger le harcèlement qui corrodait sa conscience depuis si longtemps ? L'air imprégné de tourbe et d'écume lui raidissait la nuque. C'est par cette route qu'ils étaient revenus de Las Arenas.

L'endroit propice à la fuite venait à leur rencontre. Encore quelques centaines de mètres et il devrait se décider. Sauter du camion ou se résoudre à sa mort programmée ? Un rectangle de végétation découpé sur l'horizon boisé jaunissait dans la lumière des phares.

Paco adressa un regard au prisonnier assis en face de lui. Il ne put dire comment l'autre comprit son allusion et acquiesça d'un simple rictus au projet qu'il avait formé et discuté en silence depuis sa capture. L'enjeu rendait chaque signe essentiel et Paco se sentit responsable de ce rictus. Il remua les doigts, l'autre inclina le front vers la corde qui lui liait les poignets, indiquant qu'elle était suffisamment lâche pour tenter quelque chose. Le camion pénétra dans le bois. Paco baissa les paupières et inspira une goulée d'air. Battements de son cœur dans l'obscurité accrue. Il ouvrit les yeux, ses pupilles dilatées sur la tache blanche du visage de son complice. Il glissa ses mains hors de la corde et frappa du coude la tempe du garde civil. Le militaire bascula hors du camion, son corps désarticulé sur l'asphalte humide, son fusil brisé. Un autre garde, assis près de la cabine du chauffeur, du même côté que l'acolyte de Paco, cogna contre la lunette arrière en hurlant au conducteur de freiner, puis se leva et voulut viser Paco. Le camion stoppa brutalement et le déstabilisa. Le troisième garde civil, ébranlé lui aussi, essaya de dégainer son pistolet mais le perdit entre les pieds des captifs encore assis. Le camarade de Paco, profitant du déséquilibre de l'homme qui avait donné l'alerte, le saisit par le bras et le renversa avant de lui sauter dessus. Le garde gisait à présent face contre les lattes glissantes du plancher. Les hommes encore ligotés piétinèrent ses mains tendues qui cherchaient son pistolet glissé entre leurs jambes. Paco passa par-dessus bord, tandis que retentissaient les insultes et les cris de rage des mutins, et que les portes de l'habitacle s'ouvraient, laissant apparaître deux silhouettes dont l'une tenait une mitraillette. Il courut vers le bas-côté et reconnut la percussion de l'arme automatique au moment où ses pieds foulaient la terre jonchée de feuilles. Le son mat des balles traversant le corps des hommes. Il sauta au-dessus d'un fossé. La ligne sombre du large lui apparut entre les arbres. La mer contre son visage en sueur. La falaise était proche. Il bifurqua. Poursuivre le ressac muet qui frangeait la côte. Gagner le maquis accroché aux falaises. Descendre vers une ria inaccessible depuis la route. Il n'avançait plus seul. Deux camarades couraient maintenant à ses côtés. Le tir de la mitraillette cessa. Le bruit des vagues et la pulsation de sa course lui revinrent. Son complice le talonnait. L'autre s'était emparé du pistolet perdu par le garde civil. Éclats de bois, échardes propulsées, feuilles arrachées. Une rafale feula entre les arbres. Le chauffeur et un garde s'étaient lancés à leur poursuite. Les prisonniers étaient-ils tous déjà morts ? Les tirs recommencèrent. Il tourna la tête et vit les éclairs qui sortaient de la bouche du canon. Leurs poursuivants allaient dans la bonne direction mais tiraient au jugé. Il fallait se débarrasser d'eux avant d'atteindre le maquis. Il s'arrêta et se jeta à terre. Les deux larrons qui couraient sur ses flancs l'imitèrent sans qu'il l'ordonne. Embusqués entre les racines, ils patientèrent, écoutant les essaims de balles meurtrir l'écorce des arbres. Les hommes lancés à leur poursuite ralentirent, devinant peut-être que leurs proies avaient cessé de s'agiter au-delà des tirs et sous les arbres. Paco distingua le sourire renégat de Carlos : relique émergée de sa mémoire. Il devait une part de sa débâcle à la vilenie de cet homme. Il songea à la maison dévastée d'Álvaro et se souvint de la dernière nuit qu'ils avaient passée ensemble. Était-il tombé entre la frontière française et espagnole ? Álvaro n'apprendrait sans doute jamais que son fils Victor était mort par la faute de Carlos. Ni ne saurait que Carlos avait été exécuté par Hernández.

Paco hésita un long moment, se releva sur sa couche puis se pencha vers Álvaro. Il faudrait lui avouer. Il fallait qu'il sache pour son fils.

« C'est moi, Paco », dit-il en s'adressant à Díaz.

Álvaro se retourna doucement sur lui-même.

Un des gardes civils balaya l'obscurité à l'aide d'une lampe torche. Paco se ramassa sur ses avant-bras. Le faisceau embrasait la surface plane des fougères, crépitait entre les feuilles dentelées dont l'ombre glissait sur le sol. Goût de sang, saveur de cendre et de vase. Il savait qu'un marais était situé non loin, en contrebas du maquis. Une heure de marche pour qui connaît le chemin. La mort garantie pour le profane qui s'aventure sur ces pentes escarpées. Un coup de feu interrompit le bruit des pas froissés sur le compost des feuilles. Paco reconnut l'aboiement sec du pistolet volé. Le garde s'effondra et sa lampe torche roula à ses côtés. Inventaire de souches mortes, de buissons et d'herbes sèches pris dans le cône de lumière. L'homme à la mitraillette riposta, guidé par l'explosion et le flash du percuteur. Le corps du prisonnier se déplaça de quelques mètres, secoué de spasmes, ses membres en lambeaux. Il roula le long d'une pente et buta contre un amas de branches et de ronces. Le garde civil renouvela son tir, espérant faucher les deux vies désarmées qui le guettaient : résidus de danger retranchés dans le noir. Paco resta plaqué au sol, à l'abri derrière un arbre, attendant que le tireur décolle son doigt de la détente. L'index de l'homme finit par se décrisper. Une odeur de poudre et de métal chaud s'insinua : couleuvre de vapeur blanche au-dessus de la végétation. Le vent disloqua la couche nuageuse, laissant apparaître un croissant de lune fin comme une rognure d'ongle. Le garde fit quelques pas dans la direction de Paco qui ramassa une branche épaisse. Il s'arrêta à un mètre de lui et beugla :

« Serait plutôt dans votre intérêt de vous rendre, vu que vous n'avez plus d'arme ! »

Pourparlers inutiles, songea Paco. Excès de zèle éventé par la peur et la haine. L'homme avança à pas lents. Paco cessa de respirer quelques secondes. Sa main, crispée sur le manche humide de sa massue improvisée, broya un champignon gélatineux. Il laissa l'homme passer au-dessus de lui puis se redressa avant de le frapper à la nuque. Une volée de sons mats jusqu'à ce que le sang jaillisse et lui éclabousse le visage, jusqu'à ce que son arme lui glisse des mains et que le garde s'effondre. Il récupéra la mitraillette et cribla le gisant d'une salve courte et pragmatique.

Qu'avait-il fait jusqu'à présent ? Il passa la mitraillette en bandoulière et signala que la voie était libre à son compagnon de cavale. Il n'avait rien osé. Il s'était contenté d'attendre une sentence. Le canon brûlant de l'arme, rabattue contre son avant-bras, lui arracha un cri.

« Faut y aller », dit-il en se mettant à courir.

Il s'était déterminé en actes. Ainsi soit-il ! Pour l'heure, il fallait fuir et rompre avec l'affliction qui l'avait hanté trop longtemps. L'homme qui courait sur ses pas le remercia dans un souffle. Il ne répondit pas. Il reviendrait tuer Hernández. Œil pour œil me tiendra loin du poids de mes péchés, pensa-t-il. Un peu plus haut dans le bois, un homme gisait sur la terre, tripes révulsées.

« Je m'appelle Alonso, prononça l'homme qui l'escortait. Sans toi ils nous auraient fusillés et jetés comme des chiens dans une fosse.

– Moi, c'est Paco. Éteins ta lampe, j'en ai pas besoin pour savoir où on va. »

Alonso pressa l'interrupteur de la lampe torche qu'il avait récupérée près du cadavre.

Paco allongea le bras et saisit la main de Díaz. Álvaro serra faiblement le poing et sourit. Il fallut un moment à Paco pour se familiariser avec la nouvelle apparence d'Álvaro, puis il retrouva quelques détails singuliers dans l'expression de son visage. Une douceur dans le regard. Sa mâchoire carrée, plus saillante sous l'effet des joues creusées et couvertes de barbe. Son camarade Alonso avait lui aussi changé de visage avant de mourir à Saint-Cyprien. Son camarade d'évasion, maigre et affaibli par la dysenterie, était devenu méconnaissable.

« Tu as des nouvelles de mes enfants et de ma femme ? » demanda Álvaro.

Paco hésita.

« Est-ce que tu me pardonneras un jour pour ce qui s'est passé à Las Arenas ? reprit Álvaro.

– Je n'ai rien à te pardonner. »

Paco tint longtemps la main d'Álvaro serrée dans la sienne. Álvaro finit par se rendormir.

VIII

6 mars 1940

Une mauvaise nouvelle trouve toujours son destinataire – Retour d'Álvaro au baraquement – Marché noir – Paco raconte la mort de Victor, la trahison de Graciela et l'assassinat de Carlos

Paco quitta l'hôpital de Gurs le lendemain de son admission. Calmus autorisa Álvaro à regagner son baraquement au bout d'une semaine. Il sortit dans le matin terne et glacé d'un début de mois de mars, escorté par deux gardiens qu'il n'avait jamais vus. Ils traversèrent plusieurs îlots avant d'atteindre le quartier où il était interné. Des flaques de boue s'étiraient au milieu des allées. De grandes mares d'eau croupie stagnaient à l'entrée de certaines baraques. Il n'y avait plus d'herbe près des ornières et ils longèrent le flanc des baraquements en piétinant l'argile détrempée. L'un des gardiens glissa et tomba. Il se releva, l'uniforme placardé de fange.

« Je comprends pas qu'on inflige ça à des êtres humains ! Vivre comme des porcs dans une bauge, dit-il. J'en ai marre de travailler dans une telle merde ! J'en ai assez de voir des gens crever dans une telle merde !

– Si tu crois qu'on choisit, lui répondit son collègue en haussant les épaules. On leur a pas demandé de venir. On peut pas accueillir tout le monde de toute façon. »

Álvaro fut reçu par le nouveau chef de baraque, un ancien aviateur républicain dénommé José Valdez qui lui apprit que Zdenek avait été transféré dans l'îlot des révoltés après une tentative d'évasion. Valdez lui annonça également que Paco logeait dans un îlot voisin. Un peu avant le repas de midi, Álvaro demanda à l'un des gardiens, connu pour faire du marché noir, l'autorisation d'être accompagné au service du dépôt afin de retirer le peu d'argent qu'il avait économisé en travaillant au cimetière. Il réclama le solde de son compte au fonctionnaire qui s'occupait des mandats et s'aperçut que cent francs lui avaient été crédités en plus de ce qu'il avait gagné. Il retira deux cents francs et interrogea l'employé à propos des derniers virements. L'homme consulta son bordereau. À part l'administration et un réfugié nommé Zdenek Mazaryk, personne n'avait rien ajouté à la somme qui lui revenait.

Ils sortirent et empruntèrent l'unique rue qui traversait le camp. Álvaro demanda au gardien s'il voulait bien le laisser parler avec un interné de l'îlot qui jouxtait le sien. Un camion déplaça une masse d'air en passant près d'eux rapidement. Le gardien répondit qu'il s'agissait d'un service et Álvaro acquiesça. Le camion freina un demi-kilomètre plus loin, devant les portes de Gurs. Des hommes en armes levèrent une barrière et ouvrirent une haute clôture en bois.

« Vous chiez tellement qu'il faut transporter tout ça dehors, déclara le gardien en désignant le camion. Moins vous avez à manger et plus vous chiez. »

Álvaro regarda le camion redémarrer et les hommes refermer lentement les grilles. Comment Zdenek avait-il échoué dans son projet d'évasion ? Il se rapprocha d'un des murs doubles qui festonnaient la rue et sortit quarante francs de sa poche. Vingt francs pour le service rendu et vingt autres francs pour quelques œufs, du pain et un peu de fromage. La brume matinale s'était levée, le ciel bleu pâle semblait s'être dilué, loin derrière les limites du camp. Le gardien saisit les billets, les fourra dans sa poche et dit que les paysans du coin attendaient un temps plus sec pour les jours à venir.

« C'est bien pour eux et c'est mieux pour votre confort dans les baraques pas vrai ? Pour le fromage c'est pas garanti, mais les œufs et le pain ça se trouve sans problème.

– Est-ce que je peux prendre une douche ? demanda Álvaro.

– On a toujours des problèmes d'eau. L'arrivée est coupée depuis hier et la plupart des réfugiés ne se sont pas lavés depuis quinze jours. »

Paco fut appelé par un gardien et se présenta derrière les barbelés, visage glabre, émacié, cheveux en désordre. Il reconnut immédiatement Álvaro et baissa les yeux. Álvaro sentit la réticence de son ami, s'avança en le cherchant du regard, tandis que l'autre continuait à fixer ses chaussures sales. Il lui tendit la main entre les fils de fer et Paco l'observa enfin, plissant des yeux dans la lumière agressive du jour. Le ciel était à présent si pâle que l'horizon au-dessus des baraques paraissait vide.

« Je vois que tu vas mieux. Je pensais pas que tu t'en sortirais.

– Je veux juste que tu me donnes des nouvelles de ma femme et de mes gosses, répondit Álvaro.

– Je voulais pas te le dire la fois où on s'est revus parce que t'étais dans un sale état. »

Álvaro posa son épaule contre l'un des poteaux en pin qui rythmait la clôture et sentit les pulsations de son cœur pénétrer le bois.

« Il faut que tu me dises. »

Paco parla longuement. Álvaro apprit la mort de Victor comme un prêtre reçoit la confession d'un crime. Il écouta le récit de son ami sans l'interrompre, distant et froid, recueillant le moindre détail avec l'attention d'un homme qui réserve son jugement et s'imprègne, par courtoisie, des faits les plus insignifiants. Graciela l'avait trahi. Elle avait décidé de rompre définitivement en apprenant son implication dans la mort du notaire de Las Arenas. Il imagina sa femme en colère, effrayée d'avoir uni sa jeunesse à un criminel, convaincue par Hernández d'avoir engendré une descendance aux origines incertaines : deux fils qu'il fallait sauver de leur géniteur, qu'il fallait préserver de la part corrompue, secrète et malfaisante léguée par leur père. Rien de ce qui avait constitué la vie de leur père ne devrait subsister dans leur mémoire et leur éducation. Elle s'était sans doute réjouie d'un divorce, dont le prêtre de Santa María, averti des projets d'Hernández, lui avait assuré la validité devant l'Église. Renseignée depuis plus d'une semaine par son père de l'imminente arrestation de son mari, elle avait emmené les enfants chez leurs grands-parents dans l'après-midi du mardi 25 octobre 1938, quelques heures avant que la garde civile ne vienne le piéger au Cabo.

Carlos l'avait également trahi. Soudoyé par Hernández pour témoigner contre lui et le désigner comme principal responsable du meurtre d'Ernesto Martínez Vargas, il avait reçu la garantie d'être disculpé au procès, s'il aidait à sa capture et dénonçait Paco. Ce mardi-là, Carlos était donc allé chercher Álvaro au *Liberal*.

Ils burent une bière dans un bar situé près du port de Laredo, comme ils en avaient l'habitude après une journée de travail. Álvaro commanda une assiette de *tapas*, mais Carlos ne mangea rien. Il se contenta de vider rapidement le contenu de sa chope, interrompant les longs intervalles de silence, durant lesquels il fixait la porte du bar, de remarques futiles sur l'avarie mécanique qu'un bateau avait subie au large de La Corogne. Il resta immobile, son attention distraite par le mouvement d'une paire de draps suspendus au-dessus de la rue. Il guettait leur surface blanche, agitée par le courant d'air qui remontait vers l'église et l'Atalaya, attendant peut-être un événement sans cesse repoussé, quelque chose dont l'ajournement semblait l'avoir oppressé d'un poids de mélancolie lisible sur les traits anormalement creusés de son visage. Álvaro finit sa bière et ils quittèrent le bar. *Le coq ne chantera pas, que tu ne m'aies renié trois fois*, pensa Carlos en montant dans la voiture. La phrase lui revint plusieurs fois sur la route de Santander qui menait vers Ajo. Saisi de scrupules, n'osant sans doute pas accomplir sa besogne sans manifester une forme de réticence, dérogeant peut-être volontairement aux consignes dictées par Hernández, comme il le confierait quelques jours plus tard à Paco, Carlos n'osa pas déposer Álvaro devant le portail de sa maison du Cabo. Álvaro, arrivé à pied et en retard, échappa à la mort grâce à la transgression d'une simple consigne, l'anodin soubresaut d'une conscience.

Le lendemain, après l'incendie de la maison et l'échec de son stratagème, Hernández, redoutant des représailles de la part d'Álvaro, décida d'éloigner sa fille et ses petits-fils. Il fit venir Carlos et lui ordonna de conduire Graciela, Santiago et Victor chez sa sœur, qui vivait à Castro Urdiales.

Carlos embarqua ses passagers dans la nuit de mercredi à jeudi, après avoir passé la soirée à boire, terrifié à l'idée du retour d'Álvaro, obsédé par la phrase de l'Évangile qui lui était revenu au moment d'accompagner son ami vers sa perte. Un kilomètre environ avant Castro, roulant sur le plateau qui dominait la mer, ils tombèrent sur un barrage dressé par des républicains Carlos ralentit pour se ranger sur le bord de la route, puis accéléra de nouveau, croyant reconnaître le visage d'Álvaro dans le faisceau des phares de sa Peugeot. La 201 percuta une barricade rudimentaire, un amas de branchages et de billes de bois. Quelques insultes fusèrent et des tirs de fusil retentirent, frappant l'habitable et fracassant la lunette arrière de la voiture, interrompant les cris de peur des enfants, blottis sur la banquette arrière, ainsi que les supplications de Graciela adressées à Carlos pour qu'il arrête la voiture. Carlos poursuivit sa course à pleine vitesse sur plusieurs centaines de mètres, un phare cassé, l'autre faussé, illuminant d'une tache blafarde et mouvante le bas-côté de la route. La voiture entra dans Castro et Graciela entendit de faibles gémissements, masqués par le bruit du moteur. Elle se retourna, déterminée à braver son angoisse pour rassurer ses fils, et découvrit le corps de Victor à demi effondré dans les bras de son frère. Elle hurla. Carlos jeta un coup d'œil par-dessus son épaule avant de freiner brutalement. Il laissa le moteur tourner. La voiture était arrêtée en plein milieu d'une rue qui descendait en virages vers le port. Il sortit rapidement et sentit une bruine froide humecter son visage grimaçant de colère et de peur. Crainte que les habitants ne se réveillent, que les républicains dont il avait forcé le barrage ne se lancent à sa poursuite. Il parcourut d'un bref regard les fenêtres des immeubles bas et vétustes qui bordaient la rue : aucune lumière ne filtrait entre les volets clos. Graciela était passée par-dessus le siège, à l'arrière du véhicule. Elle sanglotait, recroquevillée sur le corps de Victor poissé de sang. Il lui ordonna de sortir et saisit Santiago par la manche pour l'obliger à lâcher sa mère, sur laquelle il s'était jeté en pleurant. Il le traîna sur la banquette, le balança hors de la voiture et l'abandonna recroquevillé, prostré contre un enjoliveur cabossé. Il pénétra de nouveau dans l'habitacle, s'agenouilla sur la banquette afin de saisir Graciela par les épaules, de l'arracher au cadavre de Victor. Mais elle releva le buste, lui heurta le menton et l'obligea à reculer, plus surpris par le claquement de ses mâchoires que par la violence du choc. Il bascula, l'entraîna avec lui dans sa chute en la tirant par les cheveux. Elle tenait toujours l'enfant mort entre ses bras et ils s'effondrèrent tous les trois. Ils se maintinrent un instant en équilibre au bord de la banquette, puis passèrent par la portière entrebâillée avant de tomber sur les pavés.

Graciela poussa un gémissement plaintif en découvrant le visage en sueur de Carlos collé au sien. Elle perçut son haleine alcoolisée et se dégagea en le frappant à coups de poing. Il la gifla, puis l'enserra de son avant-bras. Elle recommença à se débattre. Le corps tiède de Victor écrasé contre elle roula sur le côté. Carlos desserra son étreinte et la bouscula. Elle resta quelques secondes à plat ventre, toussa, sanglota. Un filet de bave et de morve s'étirait entre ses lèvres et le sol. Elle regarda son fils étendu sur le dos. Une moitié de son visage disparaissait sous le châssis de la voiture. Elle l'attrapa par un pan de ses culottes courtes et le tira vers elle. La tête de son enfant dodelina dans un étrange acquiescement sur le pavé. Elle toussa encore, le visage rouge, le menton luisant de salive. Elle laissa le cadavre de son fils à distance, loin de l'homme responsable de sa mort. Carlos ne poserait plus les mains sur la chair inerte de sa chair. Elle se mit debout, éprouvant une montée de dégoût et de haine à l'égard de tout ce qui n'était pas Victor, le visage aux paupières mi-closes, le front pâle.

Santiago s'était relevé, livide, tremblant, incapable de s'éloigner de la voiture. « Mon père viendra te tuer », dit-il à voix basse en défiant Carlos du regard. Carlos s'accroupit avant de se hisser contre la carrosserie du véhicule. « Dieu t'entende », répondit-il. Il palpa l'arrière de son crâne dont le cuir chevelu ouvert pissait le sang, puis il regarda Victor étendu sur la route. « Ça vaudrait mieux pour toi, pour moi et aussi pour lui », ajouta-t-il. *Le coq ne chantera pas*, pensa-t-il en regagnant son siège. Il entendit une voix aigre et grêle. Pas plus douloureux que du vinaigre versé sur une plaie, se dit-il en entendant son nom, celui d'Hernández et d'Álvaro damnés tour à tour. Il aperçut les lèvres de Graciela réitérer le sort qu'elle venait de leur jeter. Il l'observa dans le rétroviseur, se frappant soudain la poitrine et s'arrachant des mèches de cheveux qui retombaient par touffes blondes, presque blanches, sur le visage impassible de Victor, dont les yeux ouverts fixaient l'épaisse couche de nuages venus de la mer.

Il enclencha la marche avant. Les portières encore ouvertes claquèrent contre les flancs de la Peugeot. *Renié par trois fois*, se dit-il en reprenant la route de

Bilbao, *je l'ai renié par trois fois*. Il conduisit sans but jusqu'au matin, avant de faire demi-tour. Il décida de faire halte près de la côte, afin de réfléchir. Il rejoignit une grève déserte et marcha un peu devant la mer. Il écouta le vent, regarda les eaux vertes et hautes de l'estuaire gagner la rive, constatant combien ce qu'il avait aimé autrefois lui était désormais interdit. Il réalisa ce qu'avait dû vivre Paco et comprit combien sa faute était lourde en comparaison. *Séparé du monde avant le chant du coq*, pensa-t-il. Tout lui rappellerait sans cesse sa traîtrise.

Carlos atteignit Laredo vers midi et prévint Paco du danger qu'il courait, déterminé à devancer les conséquences de l'une de ses trahisons, sachant tout de même qu'il n'était plus de son ressort de réparer ou de contredire la fatalité, puisqu'il avait été banni, séparé du monde. Il le trouva dans son atelier et lui raconta ses trois reniements. Il savait qu'Hernández ou Álvaro, s'il était encore vivant et caché dans les environs, chercheraient à le descendre. Il parla sans s'interrompre, sans réclamer d'absolution, d'excuses ou de réconfort. Il acheva son monologue en expliquant qu'il allait rentrer chez lui et attendre que l'un des deux hommes, déterminés à le tuer, vienne le débusquer et l'abattre. Paco le regarda partir comme on laisse une apparition se dissoudre au cœur d'un cauchemar trop vieux et trop banal pour engendrer un surcroît de peine.

Un des employés d'Hernández, qui sillonnait la ville à la recherche de Carlos, aperçut la 201 garée devant son immeuble. Hernández quitta sa maison avant le crépuscule, armé d'un de ses fusils de chasse à double canon, dissimulé dans une housse en cuir. Il laissait le corps de Victor étendu sur la table de la cuisine, son petit-fils mort par sa faute, lui avait hurlé sa fille raccompagnée à l'aube par la garde civile. Il sortit seul et rejoignit à pied le front de mer, se dirigeant d'un pas rapide vers le port. Graciela dormait maintenant, apaisée par les effets d'une intraveineuse de morphine que lui avait injectée le médecin de famille. En apercevant la baie, il pensa aux reproches de sa fille. En larmes, le visage rougi par l'effroi et la colère, un mélange de désespoir et de volonté farouche. Une haine sans faille, semblable à la sienne, mais légitime : bras armé d'une justice où la mort tombe comme une sentence, songea-t-il avec une satisfaction imbécile. Juste malédiction dont il était l'intercesseur. Le ciel était bas et la mer ressemblait à une plaque de métal grise soudée au rivage. Ce n'était pas sa faute. Il n'avait rien à voir avec l'incompétence de ce connard de Carlos. Il serait l'instrument de cette furie maternelle et son animosité prendrait sens. Son antipathie à l'égard de tous, enfin travestie par une juste cause. Sa répugnance en face de ses semblables anoblie par une chose si grande et presque séduisante. Il ralentit sa course et regarda vers la mer, sentant cette masse lourde et sombre à l'affût, épaisse et fausse, vide, aussi abyssale que l'était son intention la plus insignifiante, aussi inerte que ses prétendus espoirs, ses rêves de pouvoir, sa tragique exigence. Sa seule erreur avait été de confier une mission si délicate à un ancien ami d'Álvaro, un homme si facile à corrompre. Même engeance que son crétin de beau-fils. Sa fille était finalement l'unique responsable de la mort de Victor. Elle s'était entichée d'un inconnu, avait épousé un métèque. Il n'avait fait que réparer ou tenter de raccommoder cet écart. Mais il n'était qu'un homme. Les failles et les errements de ses proches n'entraient pas dans sa responsabilité. Une rafale de vent chargée de pluie monta de la mer et il éprouva la gravité des flots. Un présage, pensa-t-il, n'osant plus regarder du côté de la baie, mais sentant la présence des eaux flirter à la limite des dunes. La marée haute, étale, plombait l'horizon entre le port et la montagne de Santoña. Il n'avait jamais aimé la mer, la menace de ses lames lancées contre la côte. Le laminoir des déferlantes sur le rivage atone. Radotage des houles, rengaine d'une culpabilité étrangère. Il passait le moins de temps possible au bord des eaux. L'estran, invisible sous les vagues, se dégagerait bientôt. Il devança en imagination le mouvement du ressac.

Il pénétra dans la cage d'escalier, cheveux mouillés, visage dégoulinant. Il monta lentement les marches, essoufflé, furieux et impatient. Il était pressé de descendre ce cloporte. Il allait s'en charger avant que son beau-fils ne revienne se venger. Il ne risquait rien maintenant que les rebelles étaient à Santander. Il n'y aurait pas de procès. La justice tomberait comme le tranchant de la main de Dieu sur les impies. Carlos allait disparaître. Carlos n'était rien. Álvaro disparaîtrait lui aussi. Álvaro n'était plus rien depuis longtemps. Il pensa à Graciela, à ses pommettes rougies par les larmes, ses cheveux défaits, ses yeux hagards, indécents. Il ouvrit la housse, sortit le fusil. Il essaya de chasser le souvenir de sa fille. Quelque chose d'obscène dans son désespoir mis à nu. Il éprouva une honte subite, une flétrissure dont il avait toujours su se débarrasser. Il baissa les yeux, observa la lourde cadence de ses jambes en train de gravir les marches. Quelque chose d'impudique dans l'expression de sa fille. Il arma le fusil et le bruit sec du chien rabattu en arrière annula son trouble. La porte de l'appartement de Carlos était entrouverte. Hernández le trouva assis dans un fauteuil, ses vêtements souillés de sang, parfaitement sobre, le visage orienté dans sa direction comme un gros tournesol. Il s'approcha. Leurs regards se croisèrent et il n'y eut pas même ce semblant de connivence entre leurs désirs de meurtre réciproques. La pièce sembla étrangement vide, baignée d'une lumière terne venue de la fenêtre ouverte. Hernández tira deux fois, à bout portant, dans le visage de Carlos.

IX

Mars 1940

La douleur fait long feu – Mort d'un détenu – Chasse aux rats – La mort de Victor entre les lignes du carnet confisqué par Davers – Ruth – Le discours de Davers mêlé aux phrases d'Esther – Le réfectoire

Álvaro ne prononça pas une parole durant cinq jours. Le matin il restait dans le baraquement, allongé sur sa paillasse, le regard perdu entre le dessin géométrique des poutrelles, surpris de ne rien éprouver, attendant que la douleur s'abatte enfin sur lui. Vers midi, exaspéré de ne pas ressentir la moindre tristesse, il se levait et sortait. Il s'installait sur un banc près des barbelés, ingurgitait sa maigre ration et patientait encore pendant de longues heures.

Il avait laissé Paco brusquement, sans lui accorder le temps de se justifier ou d'atténuer la violence de ses révélations par quelques phrases de consolation – poignée de mots convenus dont il n'aurait pas supporté la boursouflure. Il se rappelait s'être simplement détourné, se disant qu'il était comme son père à présent, une ombre chargée de fautes qu'il avait lui-même fabriquées. Le gardien l'avait conduit jusqu'à son îlot. Il l'avait remercié puis s'était tourné vers le sud, vers les montagnes perdues sous un ciel bleu, sans aspérités, où le regard se heurte et givre. Les détenus, ne connaissant pas les nouvelles transmises par Paco, s'étaient inquiétés pour sa santé. Un jeune homme qu'il n'avait jamais vu, son nouveau voisin de paillasse, blond, aux yeux pâles, aux mains larges et sèches, lui avait appris que Zdenek rentrerait dans un mois. Il n'avait pas écouté, se répétant que rien d'important ne pouvait le toucher à présent. Rien de considérable ne pouvait venir perturber son âme ankylosée, retranchée du temps et de la souffrance qui répare et autorise à vivre, continuer, poursuivre, endurer l'ordalie.

Il recommença à parler au bout d'une semaine, quand le gardien lui apporta les provisions qu'il avait commandées. Il conserva la nourriture tout le jour près de lui, enveloppée dans une veste en velours déchirée que la Croix-Rouge lui avait donnée à l'hôpital, puis il l'enterra derrière la baraque vers trois heures du matin, quand il fut certain que personne ne pouvait le voir.

Avant l'aube, tandis que le camp dormait encore, assis dehors sur son banc de fortune, il reprenait de la vigueur en consommant ses provisions. Son esprit s'égarait lentement aux confins d'une torpeur étrange, presque confortable.

Le jeune homme aux yeux clairs et aux cheveux raides tomba malade un peu plus d'une semaine après son retour. Il l'entendit mourir une nuit, emporté dans un râle, victime d'une infection foudroyante et indéterminée dont l'un des infirmiers du camp n'avait pas su ou voulu évaluer la gravité. Álvaro avait demandé plusieurs fois l'intervention de Calmus, mais le médecin n'avait jamais été prévenu. Le matin où son voisin mourut, de la neige fondue tombait entre les allées désertes. Álvaro, comme à l'accoutumée, sortit à l'aube pour aller chercher un œuf et du pain rassis au fond de sa cachette. Les œufs étaient cassés, à moitié gelés, collés à la veste en velours. Il mangea le pain dehors, resta sous les flocons sales jusqu'à l'heure du petit déjeuner distribué par les auxiliaires de l'administration. Il leur signala le cadavre. Quelques heures plus tard, d'autres employés, escortés par Davers, vinrent enlever la dépouille dont l'odeur, malgré le froid, avait déjà contaminé la baraque. Davers s'approcha de lui et le félicita pour sa coopération inhabituelle.

« J'aimerais que vous me rendiez mon carnet, dit Álvaro.

– Vous n'avez pas besoin de choses que je ne possède pas », lui répondit Davers.

L'après-midi suivant, Álvaro passa commande de fromage, de pain, de beurre, d'œufs et de cigarettes auprès de son fournisseur. Il y eut, dans la soirée, une chasse aux rats à laquelle il ne participa guère. Cette première battue devait en inaugurer de nombreuses, provoquées par la faim et le désœuvrement. Les internés capturèrent un spécimen mâle de la taille d'un chat, ainsi que trois autres plus jeunes et beaucoup plus lestes. Ils les écorchèrent avant de les braiser. Il ne fut pas convié au repas. Plus aucun homme ne lui adressait la parole. Il resta allongé sur son lit, ressassant l'histoire de son fils mort. Les heures rances comme le pain qu'il avait enterré sous les fondations de la baraque ressemblaient à des blocs de matière étanche. Rien n'advenait, rien ne se modifiait. Une obsession le gagna et s'installa au centre de ses pensées maladives. Il avait été coupable de se laisser dérober le journal par cette ordure de lieutenant : cerbère de la faute, concierge de Gurs, dépositaire des âmes internées, captives de cercles de barbelés étranglés autour de la mémoire. Les derniers instants de Victor Álvares Díaz devaient y être consignés en lettres frêles et hiératiques. Il lui suffirait de lire pour renouer avec le chagrin et son abjecte consolation, pour remailler la ligne rompue du temps, peut-être même revoir son fils : fantôme d'enfance, fragments d'une existence dessillée par les mots de sa sœur, chair amputée à sa chair, mutilée par sa faute, sa faute, son unique faute, martela-t-il sans y croire. Il pensa à son père, soupçonnant que la douleur qu'il avait éprouvée lors de sa fuite du Maroc absorbait la sienne, se disant que la chute initiale du vieux avait condamné sa descendance au délitement et à la mort. Il revit Davers affronter son regard et ses interrogations sans défaillir. Il l'entendit à nouveau, sa voix aigre mais tranquille, saturée de certitudes dont la plupart servaient à dissimuler de mauvaises intentions. « Vous n'avez pas besoin de choses que je ne possède pas. » Davers n'était que l'instrument de cette mystification. Davers perpétuait la tradition burlesque d'un silence au fondement duquel croupissait l'origine d'Isaac. Davers détenait ce carnet comme il détenait tous ceux, corps et âmes, qui transitaient par Gurs. Álvaro ne pourrait plus lire le journal, mais il conservait encore le souvenir des notes prises par sa sœur, dont les phrases, se dit-il, tel un réseau de plantes grimpantes tournant autour d'une treille cylindrique, cernaient un vide insatiable.

... Ce qui, les jours d'errance suivant la mort de Ruth, accabla sans doute le plus notre père, fut le souvenir des quelques mots par elle chuchotés à la veille de son départ pour Cadix. Une annonce faite dans la pénombre de la chambre, le gage d'une pérennité, la certitude d'un avenir conforme et respectable, malgré le tumulte traversé et les oracles de son père appelant à une prudence antédiluvienne. Il se rappela certainement, marchant dans les rues de Santa María, sale, épuisé, la cheville enflée, les quelques mots délivrés par sa femme avant son départ : simple phrase ajoutée à sa peine, syllabes douces mais lancinantes, plus lancinantes du fait de leur douceur, paroles dont l'évocation, avant de n'être plus qu'une contrition inutile, avait constitué un encouragement à regarder les craintes de son père comme une faiblesse, ses avertissements comme un aveu de couardise. Je suis peut-être enceinte, lui avait-elle dit. Une hypothèse dont la force d'incertitude avait pesé bien plus qu'une simple charge sur sa conscience.

Álvaro se souvenait par cœur de ces quelques lignes manuscrites. Il se les récita de nouveau, soupesant l'importance des suppositions qu'elles renfermaient, sentant à présent combien ce qui n'avait jamais été une certitude, puisque Ruth était morte écrasée par un camion, ce qui n'avait été qu'une promesse, la possibilité d'une descendance, l'accablait et le privait de sa capacité à souffrir. Il avait donc été le fruit d'un premier échec. Un fils par défaut. Un fils faute de mieux, devenu père à son tour. Victor n'avait pas survécu.

Son père avait été privé de sa première descendance, fût-elle imaginaire. Esther et lui n'étaient que des succédanés, la redite d'un espoir fracassé. Álvaro entendait que son absence de chagrin provienne de ce ratage. Álvaro entendait que Díaz, avatar d'Álvares, ne pouvait être suffisamment père pour comprendre le deuil de Victor.

Quelques jours plus tard, Álvaro insista auprès de l'un de ses gardiens pour prendre une douche. Le gardien éclata de rire et offrit de lui vendre une bassine. Álvaro acheta un morceau de savon noir en plus du récipient. Un soir, il récupéra sa cuvette percée et jetée hors de la baraque, près d'un brasero éteint. Il ne chercha pas à savoir qui l'avait volontairement saccagée. Il abandonna l'ustensile, songeant qu'il n'avait même pas désiré venger la mort de Victor, s'échapper pour retourner en Espagne, retrouver Hernández, accomplir cet étrange devoir, le dédommagement inutile qu'aurait sans doute espéré Graciela. Et cette idée devint pour lui une inquiétude.

Álvaro reçut la nourriture et les cigarettes qu'il avait commandées dans les derniers jours de mars. Il ne cacha plus ses provisions, les laissa enveloppées dans une vieille chemise sale, à côté de son châlit. On lui vola à plusieurs reprises des cigarettes et du pain. Il n'aurait bientôt plus assez d'argent pour acheter des vivres supplémentaires. Il s'en moquait.

Un soir, à la tombée du jour, Davers vint le voir alors qu'il était assis sur son banc, fumant et guettant la moindre manifestation de sa peine. Davers s'arrêta devant lui et demeura debout sans rien dire, observant l'ombre des barbelés imprimée dans la boue – tracé de lignes indélébiles, ponctuées à intervalles réguliers de minuscules pointes acérées. Álvaro tira une dernière bouffée sur son mégot, l'écrasa et plissa les paupières dans la lumière rasante qui teintait les planches des baraquements d'une couleur rose. Il sembla esquisser un sourire de connivence, et Davers, amusé, le lui rendit avant de le saluer :

« On dirait presque que vous m'attendiez », dit-il.

Álvaro observa le dessin contrasté des filins encodés dans la terre molle, cherchant ses mots en français afin de donner une réponse claire, mais il renonça en haussant les épaules. Un peu de vent siffla dans les barbelés et l'ombre métallique vibra faiblement au sol.

« Après tout, dit-il, regardant Davers, ses pupilles sombres, inexpressives, braquées sur lui, *puede ser*, poursuivit-il en espagnol, sans baisser les yeux, constatant que quelque chose d'inflexible s'était levé en lui sans qu'il parvienne encore à comprendre de quoi il s'agissait.

– Vous êtes israélite, n'est-ce pas ? demanda Davers en palpant la poche de son manteau afin de trouver des cigarettes. Vous êtes israélite et vous ne l'avez pas signalé, reprit-il.

– Vous devez me rendre mon carnet. »

Davers sortit une cigarette et la porta à ses lèvres, observant toujours Álvaro, la commissure de ses yeux maintenant légèrement plissée sous l'effet d'une crispation ou d'un effort imperceptible. Il baissa le front, ses cheveux bruns plaqués en arrière absorbant un reste de lumière sans la réfléchir.

« Bien sûr, on peut croire que ça n'a pas d'importance, dit-il en allumant sa cigarette. On peut dire que tout ça n'a pas la moindre importance. »

Il fronça les sourcils, aspira une bouffée de tabac.

« Pourtant il faudra quand même refaire votre fiche d'entrée au camp. Vous auriez dû le dire. On vous demande pas grand-chose, c'est une question d'honnêteté, monsieur Díaz. Une question de franchise envers soi-même.

– Vous savez suffisamment de choses sur moi, dit Álvaro d'une voix grave. Et ce que vous savez... »

Il s'interrompit, chercha ses mots en français. Davers connaissait des pans entiers de son existence. Davers l'avait presque devancé dans la connaissance de son passé.

« Vous n'avez pas besoin de moi pour compléter cette fiche à la con.

– Je ne possède pas... »

Davers hésita, s'interrompit pour tirer sur sa cigarette.

« Vous vous faites des idées, Díaz. Je ne suis pas un voleur. Si Gurs existe, si un endroit pareil existe, c'est bien parce que des gens comme vous se baladent par monts et par vaux, c'est bien parce que des gens comme vous changent de langue comme de chemise, de drapeau comme de slip », renchérit-il, soudain attentif au mouvement de quelques hommes sortis du baraquement pour discuter. « Oui... », poursuivit-il en détaillant le petit groupe de trois personnes qui regardaient discrètement dans leur direction et semblaient avoir élu Álvaro comme sujet d'une conversation inamicale. « Oui, c'est pour ça que Gurs a été bâti », dit-il, pensant que la perspicacité était l'une de ses plus grandes qualités. Cette capacité à débusquer, expliquer, comprendre et décortiquer les comportements humains sans effort : l'un de ses atouts, l'une de ses compétences les plus évidentes. Un mérite qui faisait totalement défaut à Buisard. « Il nous fallait un endroit où les gens comme vous puissent transiter, dit-il. Il nous fallait créer une sorte de point de chute pour ceux qui savent à peine d'où ils viennent et contaminent le reste de la population avec leurs hésitations. C'est une question sanitaire, Díaz. Une question de clarté. Les temps qui viennent exigent de la franchise et de la lumière. »

Álvaro contempla la ligne ténue, l'ombre des barbelés dont chaque segment ressemblait à une entaille tracée au cordeau sur la terre. Il lui sembla que les mensonges sortis de la bouche de Davers venaient s'y morceler.

« Il faut considérer notre action comme un geste d'abnégation, un sacrifice moral. Nous avons le courage d'endosser les reproches des bonnes âmes. Nous en avons le devoir, poursuivit Davers. La moindre chose ici a son importance. Quand on pense que vous venez tous de nulle part, quand on pense que vous déambulez tous entre désordre, chaos politique et incertitudes domestiques. »

Álvaro murmura quelques mots inaudibles. Le carnet de sa sœur monologuait à sa place.

> … *Quand nous sommes venus au monde, notre père avait déjà été père, même si cela n'avait pas constitué plus qu'un songe. Quand nous sommes venus au monde, Isaac n'avait-il pas perdu sa capacité à être père ? Nous ne portons pas son nom. Il nous l'a refusé, s'en séparant afin de le léguer à deux fantômes. Une femme et sa progéniture improbable. Afin de le laisser à une tombe au-dessus de laquelle plane l'ombre hystérique et risible de sa presque descendance.*

« Quand on pense que vous savez à peine d'où vous venez, reprit Davers. Quand on pense que ce cinéma permanent, cette nostalgie perpétuelle, ramollit sans cesse vos engagements, vous pousse à choisir la fuite à défaut de l'affrontement, ne faut-il pas un instant vous contenir ? » Il laissa tomber sa cigarette devant lui, attendit que la braise s'éteigne avant de l'écraser. Ses yeux sombres et rapprochés scrutèrent l'entrée du baraquement, dans la direction des trois hommes à présent avachis sur les marches du perron. « Quand on pense que vous vivez et banquetez depuis des millénaires sur cette foutue nostalgie. Ne faut-il pas au moins prendre des précautions ? Ici, à Gurs, nous avons des fiches qu'il faut remplir avec application, Díaz, avec minutie, Díaz. Ici, à Gurs, vous pouvez au moins trouver un accueil, je ne dis pas prendre racine, non, mais au moins… »

… Au moins son premier nom était-il sauf, gravé sur la stèle où reposait sa première épouse. Et maintenant qu'il l'avait, non pas renié, mais s'en était défait comme d'une mue, maintenant qu'il l'avait légué à la postérité d'une tombe, il pouvait poursuivre. Pourtant sa part morte, cette mue ne l'a jamais quitté. C'est de cela que nous avons souffert. C'est de son erreur, car il avait d'abord renoncé à vivre en arrivant à Puerto de Santa María, mais la vie, le hasard, cette force en lui toujours présente, malgré la perte de Ruth, lui ont permis de se relever et de se maintenir debout encore bien des années. C'est de son mensonge que nous avons pâti. Mais c'est également de cette opiniâtreté de la vie à vouloir poursuivre son cours au tréfonds d'un être brisé, que nous avons souffert. C'est de cette farouche obstination qui défie et se moque de la culpabilité et des erreurs qu'elle engendre, que vient le désespoir.

« Et peut-être que tout ça vous guérira de cette misérable nostalgie, peut-être que ces barbelés, cet endroit rude et sain fera son office et vous endurcira et mettra un bâillon sur vos sempiternelles jérémiades, vos quémanderies et votre besoin de trouver asile chez les autres, comme le coucou ou les cafards », prononça Davers, soudain échauffé par son discours, sentant monter en lui cette haine sans objet qu'il savait habiller d'arguments. « Il faudrait cesser de vous plaindre, car nous sommes au seuil d'une guerre dont les effets s'abattront sur nous sans merci. Nous sommes déjà engagés dans une guerre et nous ne pourrons pas tenir deux fronts à la fois », dit-il, constatant que son auditeur ne concevait pas la portée de son discours, saisissant que son interlocuteur ignorait la menace perceptible dans sa voix plus aiguë. « Soit vous êtes avec nous, soit vous êtes contre nous, comme disait l'un des distingués membres de votre fratrie, mais je doute que vous puissiez vous rallier à quelque chose, c'est dans votre tempérament... Il faudra en tirer toutes les conséquences quand nous aurons le temps de faire le bilan. » Il regarda de nouveau en direction des trois hommes et leur fit signe de rentrer dans le baraquement pour n'en sortir qu'à l'heure du repas. Les hommes disparurent. Un simple geste de la main. La crainte efface subitement le ressentiment, pensa Davers en cherchant une seconde cigarette, la peur force la rancune et fait l'autorité.

... Il faut croire que son engagement fut pour lui la tentative de reconquérir cette partie de lui-même qu'il avait seul sectionnée et il faut croire que cet enrôlement

fut pour lui l'occasion de se confronter au maelström de son double, à l'imposture qu'il avait bâtie à son corps défendant, au sein d'une famille dont les fondations n'existaient pas. Le fait que nous ignorons où repose sa dépouille n'est que la suite logique de la vie qu'il mena. Aurions-nous pu l'enterrer sous deux noms ? Lequel des deux incarnait le véritable Isaac ? Isaac deux fois sacrifié. Je veux croire que le combat lui rendit sa capacité à agir sur le cours des événements, à ne plus être dominé par son mensonge. Je veux penser qu'il repose tout entier en bordure d'un chemin, au fond d'une fosse, et que nous comprendrons enfin de quoi nous devons souffrir, nous qui n'avons jamais su quelle était la nature du mal que nous avait alloué notre père.

Davers secoua la tête, observant Álvaro avec un air de pitié mêlée de dégoût. « Je me confie rarement », dit-il. Álvaro le regarda, le visage dur, la mâchoire teintée d'un filet de barbe couleur plomb. « Je me confie rarement et plus rarement encore aux réfugiés. C'est peut-être un tort. »

Un courant d'air saturé d'une odeur de chou, de merde et de cendre passa entre les baraques. Álvaro acquiesça machinalement aux propos de Davers, tandis que la voix d'Esther le quittait peu à peu. Les phrases du carnet qui l'avaient submergé n'étaient plus qu'un faible grésillement dont le sens lui échappait. L'atmosphère commençait à fraîchir quand quelques hommes sortirent des bâtiments afin de se diriger lentement vers le réfectoire. Álvaro regarda vers l'est, en direction d'un amas de nuages mauves, étirés au-dessus de la réserve à bois derrière laquelle le soleil venait de sombrer.

« Vous devriez rejoindre vos camarades. Nous ne servirons plus les repas dehors et les internés ne seront plus autorisés à manger dans les baraques, ni à faire leur cuisine. Ça occasionne trop de saloperies devant les portes et dans les allées. Voilà pourquoi nous avons des rats. Vous semblez sans cesse vous plaindre des conditions de vie au camp, mais quand quelque chose ne va pas, nous nous décarcassons pour y remédier chaque fois et dans la mesure du possible. J'ai fait dire à vos camarades que la salle des repas était désormais ouverte, sa réfection étant achevée. »

Álvaro se leva et regarda Davers dans les yeux, comprenant soudain qu'il avait attendu sa venue sans le savoir. Il regarda le visage légèrement bouffi de cet homme et le trouva presque comique. Il se demanda comment un type accoutré d'un uniforme aussi mal coupé, un type aussi insignifiant que lui avait pu prendre son rôle au sérieux. Il le salua puis lui tourna le dos. Álvaro fit quelques pas et Davers l'interpella de nouveau.

« Le problème avec vous, c'est que vous faites semblant d'avoir l'esprit communautaire. Mais dès qu'il s'agit de supporter un minimum de promiscuité, d'être un minimum solidaires, vous rechignez. Je commence à vous connaître ! »

Álvaro marcha lentement vers le réfectoire. Deux hommes le dépassèrent. « Alors, on fait copain avec cette salope de Davers ! »

La salle bruissait de bavardages inconsistants. L'élocution lente, presque lasse, des réfugiés montait vers les poutres avant de s'éteindre. Álvaro s'installa devant une table en bois encore humide. L'eau avait gondolé la toiture, arraché le carton bitumé et inondé le sol pendant des semaines avant que l'administration ne donne l'ordre d'entamer les travaux. Les hommes posèrent des boîtes en fer-blanc ou des timbales devant eux et patientèrent dans l'odeur de soupe et de moisissure qui émanait des planchers et des murs. Un auxiliaire passa entre les rangs pour servir de la soupe de rutabagas. Álvaro remarqua le visage flou d'un homme assis en face de lui. L'homme se tenait droit et son regard semblait se perdre au-delà des murs de la baraque, loin derrière les limites du camp.

X

Mai 1940

Les nuits et les jours confondus – L'obsession du carnet – Álvaro pense à son fils – Des nouvelles du front – Retour de Zdenek – Projet d'évasion – Álvaro rejoint le baraquement des juifs – Davers lui propose du travail – Álvaro que rien ne brise – Un travail infâme – Restitution du carnet – Le pistolet de Buisard – Le 2 juin

Les premières nuits de mai, obscures et pluvieuses, se levaient sur la grisaille. Ses rêves l'épuisaient autant que de longues insomnies. Simple variation de l'attente et de l'ennui subis le jour durant. Le revers d'un silence quotidien peuplé de ronflements et de discussions absurdes au sujet de la guerre. Pas une fois, son fils ne vint lui rendre visite au milieu d'un songe. Pas une fois, son fils ne vint rompre l'attente qui empesait le cours de ses mornes visions. Ses souvenirs flottaient, dépecés aux vents des heures nocturnes. Il parcourait seul et sans fatigue le cadavre des villes qu'il avait aimées: Cadix, Laredo, Séville, Santander. Capitales de province ou bourgades dépeuplées, grises comme le camp de Gurs à l'aube. Le toit gourd des baraques sous la pluie battait le réveil contre ses tempes. Le jour imprégnait ses vêtements poisseux avant même qu'il n'ouvre les yeux.

Les hommes couchés sur le flanc spéculaient sur la défaite de l'Allemagne. Leur raison s'abîmait en palabres, chancelant d'espoir et de crainte. La France possédait la plus puissante armée du monde. La France et l'Angleterre réunies viendraient à bout de leur capitulation en Espagne. L'alliance de ces deux pays vengerait leur exil et la République pourrait renaître. Il écoutait sans mot dire. La guerre avait toujours été une rumeur dont les conséquences venaient à lui comme vient le souffle d'une explosion lointaine.

L'obsession du carnet grandissait. Reprendre son dû, se réapproprier l'histoire qui l'avait jeté sur les routes. Un matin, il resta debout dans son pantalon blanchi d'urine à l'entrejambe, immobile deux heures durant, tourné vers l'ouest, surveillant un remblai de terre au sommet duquel il s'était persuadé que son fils finirait par apparaître. De petits nuages exténués avaient traversé les confins couleur de cendre.

Le lendemain, il passa la journée à se reprocher de ne pas assez penser à Santiago. Peut-être le haïssait-il. Peut-être déplorait-il simplement son absence. Peut-être l'attendait-il, espérant un retour sans cultiver la moindre rancœur. Peut-être le pensait-il mort. Était-il mort ?

Personne ne lui avait adressé la parole depuis un mois. Sa mort aurait expliqué cette apathie, cette solitude vertigineuse où tombait la grisaille du matin. Le 3 mai, de nouveaux arrivants s'étaient installés dans la baraque.

Une semaine plus tard, ils avaient réquisitionné les hommes valides et organisé un tournoi de foot. Aucun des participants ne lui avait demandé de se joindre à eux.

Il se souvint du concours de sculpture sur glace qui avait eu lieu fin janvier, opposant quelques artistes et artisans appartenant à divers îlots. On lui avait offert d'être membre du jury, mais il avait décliné la proposition. Les œuvres avaient tenu plusieurs jours avant de fondre. Il avait observé leurs formes s'atténuer, revenir lentement au chaos.

Le 17 mai, assis dans l'odeur des latrines, il apprit la capitulation de l'armée néerlandaise par un type qui lisait tout haut, dans un français lent et rauque, un journal daté de la veille. La guerre avait vraiment commencé. Le 20 mai, les Panzer allemands atteignirent Abbeville après une percée à la frontière franco-belge. La nuit du 21 mai, Álvaro se réveilla à de nombreuses reprises à cause du vent froid et des effluves de merde rabattus depuis les communs. Il sortit pour aller uriner et rencontra un groupe d'hommes en train de palabrer devant la baraque. Ombres inquiètes, dissertant sur les cendres du monde à venir comme elles avaient dû parier, quelques mois en amont, sur le vacillement de l'Espagne. Il entendit les mots *impasse*, *combat* et *défaite*, mais ne ressentit rien, ni crainte ni consternation.

À l'aube, il constata que peu d'hommes avaient dormi. Visages alignés, tournés comme de grosses fleurs de chair flasque vers la lueur grise du jour qui filtrait sous l'interstice de la porte d'entrée dont le battant avait cogné toute la nuit. Álvaro chercha sa nourriture enveloppée dans sa vieille chemise et constata qu'elle avait disparu. Il ne dit rien, se leva, sortit et marcha en direction du remblai devant lequel il avait espéré une apparition, sentant un profond découragement descendre en lui. Ce n'était pas le vol. C'était cette absence que la douleur ne comblait pas. Ce n'était pas l'hostilité des internés à son égard, mais la justesse de l'opprobre qu'il sentait peser sur lui. Il regarda le ciel boueux, couche de nuages poussée par un vent d'est. Il jugea la ressource du ciel infiniment décevante.

Zdenek revint dans l'après-midi et Álvaro lui parla longuement. Il lui raconta la mort de son fils, le remercia pour l'argent versé sur son compte.

« Je veux m'évader », dit-il, prononçant cette phrase en français, alors que l'idée ne lui était encore jamais venue dans sa propre langue. Zdenek approuva. « Je sais comment faire, dit Álvaro. Il faut sortir avec le camion de vidange. J'ai vu le camion quitter le camp et je sais que c'est possible », ajouta-t-il, surpris par son audace, étonné car il n'avait jusqu'alors rien prémédité.

La nuit suivante, ils mirent au point un plan. Il leur restait un peu d'argent et Álvaro connaissait un garde facile à soudoyer. Zdenek expliqua qu'il avait été affecté aux cuisines après son séjour à l'isolement. Un des types du personnel pourrait les aider. Il l'avait déjà fait pour plusieurs prisonniers. L'homme ne supportait pas les conditions dans lesquelles on maintenait les juifs et les anciens républicains. « Albert quelque chose, prononça-t-il lentement et à voix basse. Albert Santini. »

Trois jours plus tard, Paco fut affecté dans leur îlot. L'administration redistribuait les réfugiés sur l'initiative de Buisard, toujours conseillé par Davers. Álvaro lui expliqua leur projet d'évasion en espagnol et Paco y souscrivit sans hésiter. L'évasion était prévue pour le 2 juin. Ils restèrent cinq jours ensemble et n'évoquèrent jamais le prénom de Victor.

Tu n'invoqueras pas en vain le nom du fils : cette pensée occupa longtemps Álvaro. Puis elle se disloqua, comme toutes les idées qui s'emparaient de son esprit.

Au terme du cinquième jour, deux policiers à la nuque épaisse et tondue, au visage fade et obtus, vinrent chercher Álvaro sur l'ordre de Davers, afin de le transférer au baraquement où les juifs étaient regroupés. Zdenek protesta et dit qu'il était juif lui aussi. « On s'en fout que t'es youpin. Pas de quoi t'en vanter. Et puis tu travailles aux cuisines. C'est plus pratique que tu restes ici », répondit l'un des flics aux yeux ternes.

Álvaro fit un signe à Paco et lança quelques mots en espagnol. L'invitation pour le 2 juin tenait toujours. « Explique-le à Zdenek ! » Paco acquiesça et le regarda partir, son corps bouffé par la lumière inconsistante de l'après-midi tiède.

Deux rangées de lits contigus, chevets plaqués contre les murs. Baraques plus insalubres encore que celles du reste du camp. Cabanes infestées de vermine et peuplées de rongeurs dont les cavalcades façonnaient les minutes et les heures nocturnes. Álvaro s'installa en haut d'un châlit dont le propriétaire était mort la nuit précédente, des suites d'une morsure de rat. Atteint d'un début de cécité due à la sous-alimentation, son voisin de droite ne quittait plus son grabat depuis plusieurs semaines. Álvaro dormit dix heures sans interruption. Quelques images traversèrent son sommeil. Réveillé, il tenta en vain de maintenir la cohérence d'un visage qu'il avait aimé. Mais son souvenir se désagrégea avec le sourire de sa femme. Et il se demanda, écoutant les internés autour de lui s'exprimer dans une cacophonie de langues, pourquoi les traits de Graciela lui étaient revenus avec tant de force. Les propos tenus par ces hommes n'avaient pas de consistance. Ne subsistaient que les lettres du carnet d'Esther, la rigueur tangible de leur tracé sur la page étroite. Des segments de phrases émergeaient sans erreurs ou modifications de sa part. La page délimitée, de toutes parts cernée de silence, était sa tombe. Álvares n'y gisait-il pas tandis que Díaz attendait, sans espoir que le vent réduise à néant cet assemblage de bois et de barbelés où séchait son âme ? Connaître sa faute et ne pas en souffrir n'est-il pas le pire des châtiments ?

Il y eut des rires dans la pièce. Álvaro les accepta et les laissa flotter au-dessus de lui. D'autres rires se levèrent.

Il avait faim. Il se mit debout. Il n'était plus si maigre mais il était sale et hideux dans ses vêtements en loques. Il marcha sur la terre chauve et glissa dans la boue. Il aperçut Davers en train de discuter avec l'un des policiers qui gardaient l'îlot. Davers le vit et lui demanda de venir. Álvaro s'approcha. Davers semblait ravi. Il raconta que les détenus d'une baraque de Polonais s'étaient plaints d'entendre toutes les nuits un de leurs compatriotes se masturber frénétiquement, et ceci malgré leurs exhortations et leurs appels à la discrétion. La nuit dernière, aux alentours de deux heures, ils s'étaient jetés à quatre sur lui, l'avaient frappé, entièrement déshabillé puis obligé à rester dehors jusqu'au matin.

« Ils supportent tout, dit-il en souriant, la mauvaise bouffe, les rats, la privation de liberté. Ils supportent tout, répéta-t-il, mais ça c'est plus fort qu'eux... Il leur faut les limites de la bienséance. »

Le policier approuva en souriant.

« Qu'est-ce que vous voulez ? » demanda Álvaro.

Davers braqua ses petits yeux sombres sur le visage éteint d'Álvaro.

« Vous faire participer à la vie du camp. »

Le 2 juin, pensa Álvaro en observant le canevas des clôtures tendues dans l'atmosphère grise. Mais le 2 juin ne pouvait pas être une alternative valable pour lui, s'il ne trouvait pas un moyen de quitter cet îlot.

« Vous proposer de ne pas rester oisif, de reprendre un travail par exemple. »

Une bruine froide commença à tomber.

« Cette semaine, vous pourriez rejoindre l'équipe du nettoyage des latrines, vous participeriez au ramassage des ordures autour des baraques. »

Álvaro ne dormit pas la nuit suivante. Il écouta les hommes éveillés autour de lui, devinant qu'ils évoquaient la guerre avec inquiétude. Ils prononcèrent plusieurs fois le nom de la ville de Dunkerque. Une défaite ancienne. Un regret qu'ils semblaient mentionner comme un présage. Les Anglais étaient retournés sur leur île. Les mots voyageaient d'homme à homme, d'un bout à l'autre de la baraque. Certains fusaient, secs et fragiles, avant de se briser dans un tremblement rauque. D'autres s'affaissaient dans la pénombre et mouraient sous la sciure. Chaque phrase transpirait l'attente et la résignation. Chaque parole soulevait un relent d'espoir entêté, une interrogation orpheline.

Il pensa à son père silencieux à l'excès. Son père parfois volubile à l'excès. Janus dont l'expression variait entre désordre et vide. Il se souvint des appels incohérents de son père ivre, lancés depuis le passé comme des jappements. Il se remémora le soir où il était rentré du bar, le visage ensanglanté, marchant à quatre pattes dans le couloir. Il n'y avait pas de différence entre les propos décousus de cet homme et la confusion des langues dans laquelle il sombrait à présent. Esther seule avait su traduire les signes et ordonner le monde. Esther avait apprivoisé le visage de son père. Davers l'avait renvoyé au chaos en lui confisquant le journal. Il gisait, ballotté, assailli d'idiomes improbables. Et chaque syllabe prononcée par les internés reformulait son ignorance. Mais le lieutenant sous-estimait cela. Il n'avait fait que s'emparer d'un objet : il en comprenait la valeur affective intuitivement, en discernait la vocation et la force de témoignage, sans se douter qu'il s'était emparé d'une tombe.

Un type à la voix grave jeta quelques paroles, vives et percutées entre ses dents. Elles retentirent à la volée comme des insultes. Des rires éclatèrent. Álvaro sourit sans comprendre, puis il laissa son sourire se détendre, se défaire en une grimace adressée à l'obscurité. Il s'était simplement amusé de la mauvaise blague que son père et les Français lui avaient faite en le réduisant à n'être plus qu'une cosse vide, dénuée de souffrance.

Vers une heure du matin, les voix se turent. Des chuchotements isolés persistèrent. Son voisin aveugle quémanda quelque chose. Álvaro lui demanda en espagnol de la fermer. L'homme ne prononça plus un mot. Les murmures se propagèrent : récifs de sons lointains où venait s'échouer sa raison. Un type hurla. Une salve de rires couvrit les couinements d'un rongeur affolé, cavalant sur le plancher encombré de vêtements et de boîtes de conserve vides qu'il renversait dans sa course.

Álvaro se leva fatigué et transi. Une douleur tenace à la clavicule. Un interné, couché en face de lui, lisait un journal dont la première page racontait le départ des Anglais de Dunkerque pour l'Angleterre. Opération

Dynamo. Un groupe d'hommes avait évoqué cette retraite, la veille à table, et il en avait rêvé. Une nuit de marée montante, de vagues engouffrées entre les murailles visqueuses d'un port du Nord qu'il n'avait jamais vu. Une nuit de houle froide, sombre et crénelée d'écume. Il avait nagé le long de la coque métallique d'un navire de guerre, percevant des cris, le bruit de corps tombés à l'eau qui le frôlaient, l'éclaboussaient puis disparaissaient. Il s'était accroché à d'immenses filets jetés aux flancs d'un navire, se joignant aux hommes qui les escaladaient vers le pont supérieur, en quête d'un salut aveugle. Un casque lui avait heurté l'épaule. Il avait pensé au retour. Il avait compris que les soldats qui l'entouraient cherchaient à rentrer chez eux. Il les avait accompagnés sur la Manche, grise et démontée, puis s'était réveillé, à mi-chemin du voyage, sans espoir de retrouver un jour sa patrie.

Deux internés et un policier postés dans la cour, près des clôtures, attendaient l'arrivée du lieutenant Davers. L'aube venait, bleu pâle au-dessus des baraques. La multitude des chants d'oiseaux s'élevait avec elle. Il laissa leurs couplets circonvenir la désolation des lieux. Vestiges d'un monde ancien dont ils étaient tous exclus. L'abjection pouvait se laisser déborder par la moindre réminiscence. La fraîcheur aseptisa sa honte pendant quelques instants. Les scrupules qui le hantaient avaient évincé le deuil de Victor. La lumière rôderait bientôt à l'entour des visages et des corps décharnés. La lumière posée sur les joues glabres de la police en patrouille le long des ornières.

Davers arriva une vingtaine de minutes plus tard, accompagné de deux autres internés. La veste de son uniforme était froissée. Ses cheveux lissés en arrière renvoyaient les éclats blancs d'un soleil déjà vif. Il semblait contrarié mais ne dit rien. Il distribua le travail rapidement, désigna deux équipes : l'une déléguée au ramassage des ordures amoncelées au pied des baraques, l'autre au nettoyage des latrines.

« Groupe israélite des latrines, groupe israélite des poubelles », annonça-t-il en traçant un trait dans la terre avec le talon de sa botte.

Álvaro et ses camarades passèrent la matinée à vider et à récurer les cuves pleines de merde. À midi, ils furent conduits aux lavabos. Puis ils attendirent une heure sous le soleil, avant qu'on leur propose un repas composé d'un verre de lait, de pommes de terre bouillies, germées, au goût suave, presque sucré, accompagnées d'une tranche de lard trop salé et racorni. Álvaro mangea, abruti de sommeil, dans ses vêtements imprégnés d'excréments. Il n'y avait plus que cette émanation de merde autour de lui et il l'accepta comme on admet l'excès de zèle d'une fatalité déjà trop lourde ; il la souffrit, impassible, avalant son repas dans une gamelle métallique, incapable d'éprouver le début d'un sentiment de révolte. Un détachement diffus et lent comme la colère. Il se savait assis sur la terre battue, se sentait déglutir après chaque bouchée, immobile, les cheveux souillés, ignorant la reddition de son âme. Il vida sa gamelle et leva les yeux sur les types de son groupe figés devant leurs boîtes à moitié remplies. Il se trouva presque souverain dans sa capitulation. Qu'attendait-il ainsi, sans impatience, trônant au milieu des immondices qu'il avait charriées dans une brouette pendant des heures ? Que pouvait-il attendre qui ne soit déjà advenu, lui que rien ne parvenait à briser, pas même la honte, l'avilissement et le dégoût de soi ?

Ils travaillèrent jusqu'à la nuit. Ils récurèrent d'autres latrines, dans d'autres îlots. Le soir, un gardien les mena à la douche et ils purent se laver de la souillure sans se défaire de l'humiliation qu'ils avaient endurée tout le jour.

Álvaro monta sur sa couche pour s'étendre et écouter le bavardage des hommes préoccupés par les mouvements rapides de l'armée allemande. Son père s'était engagé aux prémices de la guerre civile avec un enthousiasme tranquille, avait écrit Esther. Les quelques jours qu'il avait passés à se battre contre les rebelles l'avaient sans doute mené sur le chemin du retour. Il envia cette révolution intime et tenta de se souvenir avec exactitude des mots consignés par sa sœur. Il ne connaissait pas suffisamment bien le passage pour le retrouver, aller à la rencontre de son père, dont l'image rassemblée, la conscience indivisible, une et cohérente, aurait pu l'éloigner pour un temps du présent et des ombres volubiles qui l'entouraient. Il comprit que tout ce que sa sœur avait écrit s'éventerait comme un pieux mensonge. Il compris que cette fiction, qu'il tenait pour indiscutable, se volatiliserait à cause de Davers.

Le lendemain, il travailla à dégager les ordures amoncelées devant les baraques. À l'heure du repas, soupe de navets et café, un type appartenant à son groupe lui adressa quelques mots dans un français approximatif. L'homme lui expliqua qu'il avait fait le ménage dans plusieurs baraques de l'administration. Il lui confia avoir volé un Browning 7,65 dans le bureau de Buisard. Il désigna un policier de dos, en pleine discussion avec un de ses collègues, et imita à voix basse le bruit d'un percuteur. « Mais j'ai pas de courage, dit-il. Maintenant je veux vendre ça. Si toi connais-tu un homme qui dit oui, tu me dis et il paye l'arme et c'est bien. » Álvaro ne répondit pas.

Dans l'après-midi, alors qu'il ramassait des vêtements humides et moisis jetés à terre, Davers vint le voir. Il tenait le carnet d'Esther dans la main et le laissa glisser entre ses doigts. Le journal tomba ouvert dans la poussière. « Vous auriez pu me dire que vous étiez israélite. Nous avons plein d'ennuis en ce moment et ça m'aurait évité cette petite enquête », dit-il. Álvaro l'observa, incrédule, et regarda le carnet. Davers fit demi-tour, s'éloigna. Il comprit sans pouvoir se l'expliquer qu'il n'y avait rien de surprenant ni de sérieux dans le geste du lieutenant. Rien de tangible ni d'important, rien de raisonnable, se dit-il en le regardant partir d'un pas tranquille, pour disparaître derrière les baraques.

Le matin suivant, Álvaro alla trouver l'homme qui lui avait parlé du Browning. Le 2 juin, il travailla encore aux latrines et s'évada en fin de journée, dans l'un des camions qui sortaient du camp. Zdenek et Paco étaient dans le même convoi. Il quitta Gurs avec son carnet, armé d'un pistolet 7,65 coincé dans sa ceinture.

3

ON NE T'APPELLERA PLUS DU NOM DE JACOB

17 avril 1944

Déportation

Il allait parmi eux et leurs souvenirs l'accompagnaient. Un courant d'air froid entre deux lucarnes traversa le wagon. La nuit venait et le vieux recommença à prier. Ses phrases se propageaient péniblement au-dessus des corps. Ses mots semblaient tissés dans une matière délicate, déchirée par une crise de larmes, un cri d'indignation. Plus la scansion sombrait, ténue, éraillée, plus elle s'opposait à l'arythmie du souffle qui la portait, renouvelant son sens et sa clarté avec une violence douceâtre. Il écouta les phrases du religieux, prononcées plus indistinctement à mesure que le train de marchandises les emportait vers la mort. Jamais il n'aurait pensé qu'un vieillard puisse parcourir autant de distance, suivre la file des déportés avec autant d'obstination.

« On arrivera peut-être dans une gare et après, où nous mèneront-ils ? » questionna une femme perdue dans l'obscurité. Álvaro savait où allait ce train. Il savait à quelle tâche l'administration française s'était volontairement asservie. La locomotive s'arrêta encore et le convoi s'immobilisa dans un crissement d'acier. La fraîcheur augmenta et quelques prisonniers sortirent de leur prostration. L'un d'entre eux se leva pour regarder par la lucarne, juste pour vérifier s'ils étaient arrivés quelque part. Álvaro poussa le vieil homme, se dégagea et rampa vers le seau. Une eau amère, savonneuse, pareille à l'eau de vaisselle au-dessus de laquelle sa mère marmonnait ses prières. Il regagna péniblement sa place.

Ils avaient enduré un de ces rares et chauds après-midi du mois d'avril. Ils avaient marché le long des routes, traversant les campagnes et les villages, ne venant à bout de la chaleur qu'après la nuit. Défilé d'hommes, de femmes et d'enfants conduits par un peloton de la Wehrmacht, fier d'accomplir sa promesse d'obéissance au *Führer* du *Reich* et au peuple allemand. Visages creusés, scrutés par d'autres visages retranchés derrière les portes entrouvertes de leurs maisons au crépi uniforme, ils avaient avancé, ignorant leur destination. Ils s'étaient soumis au rythme des bottes frappant le sol, indifférents à la stupeur des villageois témoins de leur lente agonie, étrangers à la curiosité travestie en compassion d'une poignée de civils venus prudemment leur offrir un peu d'eau fraîche, avant de refluer sous l'œil impassible de la troupe qui avait engagé la vie de ses vaillants soldats au service du *Blitzkrieg* et des *Einsatzgruppen*.

Ils avaient bu sans avoir eu le temps de se désaltérer. Ils avaient poursuivi au-devant des champs oppressés de poussière. Le gravillon bleu des routes, où leurs interrogations s'usaient à longueur de kilomètres, avait enrayé le mouvement de leurs ombres.

I

Début du mois de juin 1940

Après l'évasion – Trois fantômes – Une rencontre – L'hospitalité d'un homme – Les ombres – Des nouvelles de la guerre

Ils suivirent une rivière dont ils ignoraient le nom. Ils en remontèrent le cours toute la soirée et toute la nuit, marchant rapidement en direction du sud-est, s'arrêtant parfois pour se reposer sur des plages de gravier, le long de bancs de sable immaculés. Ils écoutaient l'eau s'écouler entre les galets sans rien dire, libérés de toute inquiétude. À l'aube, ils décidèrent de faire une halte pour dormir quelques heures au fond d'un bois, à proximité de la ville d'Oloron-Sainte-Marie. Ils cassèrent des branches d'arbre et se tapirent dessous pour ne pas être découverts. Ils dormirent tout le jour, se réveillèrent dans leurs vêtements crasseux, fatigués et affamés. Ils émergèrent, comme des animaux sortis d'une longue hibernation, du treillis de feuilles qui les avait protégés. Ils attendirent l'obscurité totale pour se baigner dans la rivière. Pâles fantômes dont les bustes sertis d'eau froide semblaient dériver en surface comme des lampions éteints.

Ils contournèrent la ville et s'éloignèrent du cours d'eau. Ils s'arrêtèrent devant une ferme. Un chien les aperçut et resta couché sans donner l'alerte. Quel danger pouvaient-ils représenter, décharnés et maussades, inaptes à goûter cette liberté salie, clandestine ? Ils trouvèrent des bidons de lait aux portes d'une étable et burent pour se rassasier avant de reprendre leur route. Ils continuèrent vers l'est, surpris de ne rencontrer personne, avançant comme des ombres au-devant de la nuit. Ils suivaient les bas-côtés, sans but, invisibles sous les arbres, traversant de grands bois détrempés où leurs souvenirs pendaient aux branches comme des guenilles. Ils volèrent quelques vêtements dans la cour d'une autre ferme et regagnèrent l'obscurité, passant au milieu des champs, leur butin encore humide entre les bras. Ils se déguisèrent avec les habits à leur taille, abandonnèrent un chemisier de femme, un pantalon trop petit et une chemisette d'enfant.

Ils récupérèrent une route à l'extrémité d'un bois de chênes gris et la suivirent, accoutrés de leurs vêtements disparates. Leurs corps semblaient cousus de fragments d'identité hétéroclites. Pantalons trop courts, chemises rapiécées, débardeurs. Ils voyageaient : troupe de saltimbanques désœuvrés, oublieux de leur texte.

Ils fouillèrent en vain les poubelles d'une maison située près de Labarthe. Dans la cour d'une ferme, ils trouvèrent des pommes de terre crues et flétries qu'ils mangèrent sans en éplucher la peau. Au matin, Paco fut pris de diarrhée et s'arrêta dans un fossé. Les deux autres l'attendirent plus loin, assis au bord d'une route en goudron gris qui sinuait entre des collines cultivées. Un orage les surprit au sortir d'un village désert. Ils marchèrent courbés sous les rafales de vent, leurs frêles silhouettes rognées dans la lumière fuligineuse qui tombait en raies obliques et liquides. Des paquets de jeunes feuilles arrachées venaient se coller à leur visage. Ils peinèrent dans la bourrasque, sous l'opacité des nuages. Ils avançaient au-devant de l'horizon noir et oppressé, quand ils aperçurent une grange délabrée près d'un bois et d'une ancienne ferme en ruine. Ils passèrent l'après-midi étendus sur un matelas de paille pourrie, attendant que la pluie cesse, écoutant les gouttes frapper une plaque de tôle ondulée. Le ruissellement des eaux traversait les tuiles brisées de la toiture. Ils ne parvinrent pas à se reposer, sentant revenir cette inquiétude qui avait imprégné l'air à chaque halte. Une menace dont la présence semblait les avoir accompagnés depuis leur fuite du camp de Gurs, en sourdine, avec la constance feutrée et sournoise d'un animal tapi sous la terre.

Une ombre, peut-être une odeur, se leva de leurs chairs tièdes et de leurs muscles avachis. Ils la laissèrent planer entre les planches ajourées d'où fuyait la chaleur du jour accumulée. L'âme peut-elle pourrir et se décomposer ? Un camion passa sur une route départementale qui menait vers Tarbes. Álvaro écouta le ronronnement du moteur s'éteindre sous l'orage… Le carnet d'Esther. Il le sortit de la poche de son pantalon, en essuya la couverture trempée et gondolée, mais ne l'ouvrit pas.

Plus tard, alors que la pluie avait cessé et qu'ils se reposaient toujours dans la grange, ils entendirent le bruit d'une carriole tirée par un cheval. Álvaro se leva et quitta leur abri en titubant. Il avança vers la route et interpella l'homme qui conduisait son attelage. Le paysan, vêtu d'une chemise beige et d'une casquette trempées, l'aperçut et arrêta sa carriole. Álvaro lui demanda s'il pouvait le conduire, lui et ses amis, du côté de Tarbes. L'homme accepta. Álvaro siffla et ses deux compagnons sortirent de la grange, hirsutes, le visage hâve. Ils avancèrent, hésitants, apeurés, couverts de paille fanée, leurs silhouettes émargées par la lumière vive offrant une impression de vulnérabilité étrange. Ils montèrent à l'arrière de la carriole en remerciant d'un hochement de tête. L'homme leva une main en guise de salut et fit claquer sa langue contre son palais pour que le cheval reprenne sa route.

« Je sais que vous êtes des réfugiés espagnols », dit-il. Álvaro acquiesça. « Mais je vois pas ce que vous allez faire de plus ici chez nous que chez vous. »

Álvaro jeta un œil vers le sud. Le rempart des Pyrénées cicatrisait dans le lointain. Il leva la tête. Quelques hauts nuages blancs voyageaient en direction de l'ouest, poussés par un vent d'altitude qui n'était plus qu'une brise contre les flancs du cheval étique à robe brune, trottant sur la route déjà sèche.

« Croyez que c'est un sacré bordel dans le nord de la France. Mon fils est mobilisé et m'est avis qu'on est dans de sales draps, vu que les boches sont entrés par la Belgique, où c'est qu'on les attendait pas, et vu aussi que les Belges ont pas tenu le coup. »

La chaîne des sommets se dissipait en névés, en glaces aux reflets arides. Le cheval avançait au trot. Des éclats argentés et colorés comme la surface des ailes d'une mouche posée au soleil se répondaient et s'aveuglaient. Álvaro n'écoutait pas l'homme. Il observait la lumière courir le long de la frontière espagnole, lointaine et isolée entre les cimes. Il suivait juste la découpe des montagnes, tessons d'ardoises brisées où ses souvenirs se déchiquetaient. Il songea aux manigances de son beau-père, à sa vie ancienne qui n'avait pas disparu, dont les images ne l'avaient pas déserté mais gisaient en lui comme des fossiles.

« Je dis souvent qu'il faut se demander exactement quand un pays tourne plus rond, déclara l'homme en lâchant les rênes et en ôtant sa casquette afin de s'éponger le front. Je pense que faut peut-être pas chercher une date précise et une heure précise et un coupable particulier et dire : "C'est à ce moment-là que tout a changé, à cause de gens qui comprenaient rien ou se foutaient de nous, parce que tout le monde se fout de tout le monde en général." Mais j'imagine que ça remonte à longtemps et que personne n'a vu venir les problèmes qui nous attendaient. Et je pense que les militaires y sont pour quelque chose. Je dis rien des juifs, ou des communistes, ou des instituteurs, parce que là tout le monde serait d'accord avec moi pour leur tomber dessus. » Il jeta un œil sous le banc sur lequel Álvaro et lui étaient assis. Un siège étroit dont les suspensions à lamelles grinçaient à chaque soubresaut. « Mais l'armée, et je pense ça depuis longtemps parce que j'ai fait la guerre et que j'ai vu nos militaires à l'ouvrage, l'armée française m'inspire pas plus confiance que les hommes politiques. » Il tourna son visage rougi par la chaleur vers Álvaro et lui sourit de ses dents grises et régulières. Un collier de transpiration brillait à la base de son cou. « Regarde sous le banc, j'ai une bouteille si toi et tes camarades vous avez soif. »

Álvaro se baissa, récupéra la bouteille puis la donna à Paco dont le visage cuivré luisait un peu. Ils longèrent une route bordée de platanes. Le feuillage épais et mobile ressassait des chants d'oiseaux. Álvaro se demanda si quelque chose avait basculé dans sa vie ou s'il n'avait fait que subir la progression mensongère du temps et son cortège de révélations frelatées. Pouvait-on définir un point de décadence en amont de sa propre vie, trouver une origine à son propre déclin, comme on peut lire les prémices du basculement d'une nation ? Zdenek lui tapota l'épaule. Il se retourna afin de récupérer la bouteille et boire à son tour. Il engloutit le reste de vin en trois longues gorgées, sentant croître en lui le goût amer du raisin. Le paysan observa le liquide noir descendre rapidement le long de la bouteille. « À croire que t'étais mort de soif », dit-il en souriant. Álvaro garda la bouteille entre ses mains et baissa les yeux sur la croupe du cheval. Ses pensées se morcelaient sous le pilon des sabots. Une longue chaîne d'événements l'avait emporté loin de son histoire, de l'histoire de son pays, loin de la folie de son père et de l'avidité d'Hernández. Un lacis de craintes indéfinies s'éroda sur l'asphalte parcouru de sombres auréoles. Une joie impure l'envahit et il leva son regard sur la campagne, sentant aussitôt l'amertume du vin descendre en lui comme une onction.

« Quelques mois encore de ça, et j'vous aurais dit que l'armée la plus puissante du monde allait ratatiner les Germains. Quelques mois encore de ça, et j'étais derrière les nôtres sans moufter. Mais le front fuit comme une passoire et on mérite bien une bonne raclée pour notre crânerie, pour s'être laissé avoir en Belgique, avec les Anglais qui se sont défilés à Dunkerque, pour s'être laissé envahir alors que les moissons sont pas arrivées », renchérit le paysan.

Álvaro acquiesça et leva la tête afin de délasser sa nuque raide. Sa jubilation s'exténua entre les branchages. Il baissa les paupières, resta un instant au bord des larmes, en lisière d'une espérance étrange qu'il sentit s'emparer de lui comme un relent de nausée. Mais cette bouffée de chagrin avorta et il régressa au sein d'un temps filandreux. Cortège d'heures abstruses parmi lesquelles il n'avait jamais cessé d'errer. Il se souvint que tout avait été si simple, monter dans le camion Berliet avec la dernière cuve à merde, se placer vers l'avant, entre les autres cuves et contre la bâche, s'accroupir, souffrir l'odeur infâme. Il n'avait pas adressé la parole à Zdenek et à Paco en les apercevant recroquevillés au fond de l'obscurité. Un interné avait refermé le hayon, et le camion était parti. Álvaro avait maintenu une main crispée sur la crosse de son pistolet avant de passer les portes de Gurs. Il n'y avait pas eu de contrôle. Ils avaient attendu quelques minutes avant de sauter hors du véhicule, à un croisement. Ils s'étaient égaillés au bas d'un coteau défendu par des ronces. Ils s'étaient dispersés, aussi désorientés que des cloportes en quête d'un abri après avoir été surpris sous une pierre plate. Puis s'étaient rassemblés, haletants, sur les berges de la rivière, près d'un banc de sable jonché de bois flotté. Reprenant leur souffle avant de célébrer la première étape de leur évasion, accueillant la fraîcheur contre leur nuque en sueur. Le coude saillant de branches charriées par le courant luisait en surface, frangé d'un mince galon d'écume, comme les articulations d'un immense squelette éparpillé sous la lune.

« M'est avis que vous devriez prendre un bain en arrivant, dit le paysan. Si vous voulez, vous pouvez dormir à la ferme ce soir, on vous mettra une baignoire dans la cour et vous pourrez manger avec nous. Je m'appelle Fernand. »

Ils s'étaient lavés chacun leur tour, dans une baignoire en fer gris, frottant leurs corps amaigris et couverts de piqûres de tiques à l'aide d'un gros morceau de savon vert et sec qui leur irritait la peau. Ils s'étaient rasés avec le même savon. L'homme leur avait donné des draps pour s'essuyer et de nouveaux vêtements en attendant que les leurs, confiés au soin de sa femme, sèchent derrière l'un des petits bâtiments en briques rouges de la modeste ferme où ils étaient arrivés une heure plus tôt. Ils s'étaient attablés, propres et glabres, débarrassés de cette patine de crasse à laquelle ils s'étaient habitués, se découvrant soudain vulnérables lorsqu'ils échangeaient des regards furtifs autour de la table dressée dans la lumière jaune d'une lampe à huile.

La femme leur servit une soupe de viande et de pommes de terre et Álvaro confia au paysan combien son père estimait les Français, les jugeait comme des exemples de générosité et d'intelligence. L'homme sourit et répondit qu'il s'agissait d'une exception. L'exception serait désormais plus rare. Álvaro baissa les yeux vers son assiette. De petites flaques de graisse flottaient entre les pommes de terre immergées. Álvaro, Zdenek et Paco mangèrent peu et lentement, tremblant, mastiquant chaque bouchée de bœuf avec application. Leurs cuillères cognaient parfois contre la porcelaine épaisse lorsqu'ils s'interrompaient un instant pour ne pas suffoquer sous l'abondance de nourriture. Ils se levèrent à la fin du repas, sans terminer leur portion, et l'homme leur proposa de partager les chambres de leur fils et de leurs deux filles mariés depuis quelques années. Álvaro hérita de celle du fils, simple cellule aux murs tapissés d'un papier usé sur lequel persistait le tracé des rayures. La pièce était meublée d'un lit, d'un tabouret et d'une petite armoire en chêne clair. Il ne garda que son caleçon pour se mettre au lit. Il se glissa entre les draps rêches et posa la tête sur le traversin, observant les poutres onduler au plafond comme des algues dans le courant d'une rivière peu profonde. Il resta de longues minutes, le corps exaspéré par les démangeaisons, suant sous l'édredon, dérivant, couché sur ce matelas trop mou qui menaçait de l'absorber, tanguant et gîtant jusqu'à l'écœurement à cause du vin. Il décida de se lever, enfila ses vêtements, récupéra le carnet de sa sœur qu'il avait laissé par terre à côté du pistolet de Buisard. Il ouvrit le carnet et constata que l'encre avait coulé par endroits, rendant illisibles une dizaine de pages. Il n'osa pas recenser les passages endommagés. Il hésita à sortir de la chambre.

L'obscurité du couloir, dense et feutrée, saturée d'odeur de viande et de soupe froide, l'enveloppa. Il progressa à tâtons vers la pièce principale, scruté par les ombres qui séjournaient dans les ténèbres, n'éprouvant pas la moindre appréhension, sentant juste leur indifférence glisser contre lui avec la légèreté d'un souffle. Il trouva la porte d'entrée ouverte et sortit dans la cour de la ferme. Fernand était assis sur un banc en pierre taillé dans le mur. « T'arrives pas à dormir ? Dame, moi, ça fait des années que j'ai du mal, dit-il. Alors je viens m'en griller une le soir, ici, avant d'aller rejoindre ma bonne femme. »

Fernand lui proposa une cigarette roulée et ils fumèrent ensemble, sans prononcer un mot. En face, sur la route qui passait devant la ferme, de grands peupliers tremblaient sous la mitraille des étoiles jetées comme du gravillon au fond d'une mare. Ils perçurent les hululements d'une chouette sans doute perchée sur le toit d'un grand bâtiment qui courait sur le flanc gauche de la ferme. Un bleu de Gascogne somnolait aux pieds de Fernand. Le chien se redressa, traversa la cour en trottant et disparut dans l'ombre d'une porcherie. Álvaro pensa qu'il serait peut-être bientôt sans mémoire. Il n'y aurait plus de Díaz ni d'Álvares, de Victor ou de Santiago, plus de dilemme entre ce qu'il avait failli être et la façon dont il survivait à son interminable exil. Peut-être irait-il rejoindre la petite assemblée des spectres qu'il avait rencontrés dans le couloir ou dans les montagnes, entre la France et l'Espagne. Fernand se leva et dit à Álvaro qu'il y avait des journaux récents sur le buffet de la salle à manger.

« Mais c'est sans doute pas le genre de nouvelles qui aident à dormir. »

Álvaro remercia Fernand pour son hospitalité.

« Je n'ai rien à vous donner en échange », marmonna-t-il.

L'homme fit un geste de la main en disant que ça n'avait pas la moindre importance. Il choisit un exemplaire de *La Croix* sur la pile de journaux en équilibre sur le buffet et regagna sa chambre. Les séquelles de l'alcool s'étaient estompées et il entreprit de lire un peu et pensa à son père, ses discours sur Dreyfus et la France progressiste. Il ne parvint qu'à décrypter les gros titres. L'Italie était entrée en guerre contre la France depuis deux jours. Il s'attarda sur une photo en première page. File de réfugiés jetés sur les routes. Les points cardinaux du monde s'effrangeaient, précipitant dans la fuite des millions d'êtres humains. Ils erraient, telles des tribus égarées sur un ruban de route déroulé depuis les confins désertés de la terre. Ses camarades et lui-même s'étaient embourbés sur le même chemin. L'Espagne entière s'y était enlisée mais son exemple n'avait servi à rien. Il distinguait une dizaine de visages légèrement flous, dont celui d'une femme qui marchait, exsangue et sans colère.

Il laissa tomber le journal au pied du lit et souffla la lampe posée sur le tabouret. L'odeur de la mèche brûlée, mêlée à celle d'encaustique et de moisissure, infusa dans l'obscurité. Il garda les yeux ouverts, discernant des formes qui passaient au-dessus de son corps. Elles venaient à lui avant de se défaire rapidement. Il sentait leur embuscade se dissoudre contre son visage. L'inconsistance de leur charge ne l'amusait pas plus qu'elle ne l'épouvantait et les battements de son cœur, plus réguliers à mesure qu'il sombrait dans le sommeil, eurent raison de leur harcèlement.

Il rêva de foules et d'exode, de populations défilant en silence. Plusieurs milliers de kilomètres de chaussée carrossable perdue au milieu des champs et des bois. Il voyait des femmes, des vieillards et des enfants décrire un vaste cercle qu'ils n'auraient sans doute jamais le temps de boucler. Les femmes levaient les yeux au ciel, soupçonnant une menace cachée derrière les nuages qui voyageaient au-dessus d'eux. Ils entendaient des bruits de moteur, des hurlements de sirène aussitôt étranglés qui résonnaient comme les prémices d'une hécatombe sur cette campagne qu'Álvaro n'avait jamais vue autrement qu'en songe.

Il se réveilla et sut immédiatement où il se trouvait. Un

rai de soleil filtrait sous les volets clos de la chambre. Il essaya d'avaler sa salive afin d'évacuer le goût de chair brûlée qui imprégnait son palais. Il avait faim et soif. Il se leva brusquement et ouvrit les volets. Une lumière chaude l'enveloppa, estompant un instant la sensation de faim.

Ils furent en route une heure plus tard. Ils arrivèrent à Bordes le 13 juin dans la soirée et demandèrent à une vieille femme au visage impassible où vivait Émile, un cousin de Fernand. Émile les hébergea et leur apprit que le gouvernement français avait fui l'avance ennemie : après Tours, on parlait de Bordeaux. L'armée française était défaite. Une raclée, les lignes enfoncées sur la frontière belge, des millions de civils et de militaires marchaient vers le sud. Les Allemands étaient à quelques kilomètres de Paris.

Le lendemain ils sortirent tôt et aperçurent à nouveau la vieille, immobile, assise devant sa porte comme une pythie en mal de clientèle. Álvaro pensa à la femme à qui il avait volé des vivres à Ochagavía. Il sentit un vestige de honte lui humecter les épaules comme un crachin froid. Il salua la vieille mais elle demeura indifférente.

II

Fin du mois de juin 1940

De Saint-Gaudens vers Saint-Bertrand-de-Comminges – Un prêtre – Louise rencontre Álvares – Une offre – Pétain, le 17 juin – Près du lavoir – Pourquoi Álvares ?

Zdenek sortit le premier de la Renault KZ qui les avait conduits de Bordes jusqu'à Saint-Gaudens. La gencive bleue des Pyrénées consacrées de neige courait le long du promontoire de la ville. Álvaro et Paco descendirent de la camionnette en remerciant le chauffeur. Zdenek observa le chaos des obliques, la ligne brisée des versants cuirassés de glace entailler le ciel bleu et sans profondeur. La frontière qui passait au-delà des roches n'avait jamais eu la moindre importance pour lui, mais il comprit la nature du mal qu'enduraient ses deux compagnons. Leur exil se mesurait sans cesse à cette présence de pierre qui bourrelait la terre de sa plaie blanche. Álvaro et Paco tournèrent le dos aux montagnes et il les suivit, marchant derrière eux lorsqu'ils pénétrèrent dans les rues, se glissèrent entre les bâtisses dont les corniches baignaient dans la lumière safran des dernières heures du jour. Les pavés gris supportaient son pas, supportaient le poids de sa mélancolie. Il avançait, soumis aux regards ankylosés des femmes et des vieux sortis sur leurs paliers, la populace dont les conversations cessaient sur leur passage. Il ne les regardait pas, affichant cet air de rigueur et de confiance qui n'était pas distinct du renoncement ou de la défaite assumée. Il fixait les épaules de ses deux camarades. Álvaro marchait devant, au rythme apaisé de celui qui ne cherche pas un endroit où faire halte, mais subit l'inertie d'un effort ancien. Paco roulait lentement des épaules, ajustant sa cadence à celle d'Álvaro, docile et sans exigence. La fermeté des souffrances annihilées dans l'épreuve émanait de tout son être. Zdenek devinait qu'une assurance désabusée et taciturne liait Álvaro à Paco, une fraternité silencieuse qui n'avait pas besoin de la confidence pour s'installer dans la durée. Ils traversèrent une rue étroite et sinueuse, puis se retrouvèrent devant une église. Álvaro portait sur les épaules un sac de nourriture approvisionné par Émile. Ils étaient descendus ensemble au royaume des morts et quelque chose de la raideur cadavérique des hommes, des femmes et des enfants qu'ils avaient déposés en terre s'était insinué en eux. Ils longèrent l'église, passèrent devant de hautes bâtisses dont la pierre buvait la clarté moribonde de l'après-midi. Une lumière distincte des jours gaspillés entre les tombes du cimetière de Gurs. La journée s'achevait avec la fin d'un monde dont ils avaient les premiers enduré la convulsion. Il pensa à la prophétie de Gad, le juif allemand qu'ils avaient enseveli au camp, et comprit que sa voix ne s'éteindrait jamais. Il savait la guerre perdue. Les habitants qu'ils croisaient les jaugeaient comme des étrangers de mauvais augure. Il les entendait parler sans cesse de la déroute, évoquer leurs soldats égarés, bandes molletières défaites, uniformes fatigués. Il imaginait le hurlement des Stuka qu'il avait vus choir sur la débâcle civile et militaire, à la une des journaux entrevus dans les villages traversés. Il sentait un soulagement mêlé à la stupeur et cet apaisement qu'il devinait lui lacérait l'échine lorsqu'il dépassait le sourire d'un Français satisfait de la rapidité avec laquelle le dénouement des combats était advenu.

Ils marchèrent au bord d'un trottoir étroit afin de laisser passer une carriole remplie d'herbe, tractée par une jument grise et ventrue. L'homme chauve et corpulent, en bras de chemise, tira sur le mors de la bête. Álvaro s'approcha et lui demanda où l'on pouvait trouver du travail. L'homme le regarda un instant, puis leva les yeux vers Zdenek et Paco, comme on évalue la ressource d'un groupe de convalescents. « Oui… Ben pourquoi pas ? lâcha-t-il dubitatif, fixant sans compassion le visage décharné de Paco. Vous en trouverez partout du travail à la campagne, vu que les fils sont partis, mais ça durera peut-être pas, vu qu'ils reviennent. » Álvaro remercia. Le paysan s'attarda sur cette trinité défroquée. « Vous pouvez aller à Saint-Bertrand. Dame oui, de ce côté-là je crois que plusieurs familles ont besoin d'aide. » Il jaugea l'aspect provisoire et singulier d'Álvaro, impavide, habitué à rencontrer nombre d'étrangers dérivant de verdict en sursis sur les routes de son pays atone. Il fit claquer sa langue contre son palais et la jument reprit son chemin.

Álvaro, Zdenek et Paco quittèrent Saint-Gaudens au son de l'angélus, dont les notes fêlées annonçaient une antique promesse de naissance et de rédemption à laquelle Paco avait cessé de croire. Ils firent halte au bord d'une route, devant un champ de blé couché au pied d'un massif de roches brunes que la lumière ambrée des dernières heures poursuivait sans jamais l'atteindre. Ils mangèrent en regardant la paroi couleur de suif, prisonniers d'une certitude qu'ils enduraient depuis des semaines. La brièveté d'un crépuscule et l'imminence d'un désastre dont ils avaient essuyé les semonces leur semblaient maintenant sans équivoque. Ils n'avaient jamais parlé de la guerre entre eux, comprenant sans avoir besoin de l'exprimer l'aspect dérisoire de toute conversation. Ils se levèrent à la fin du repas et Zdenek désigna le mur effondré d'un vieux corps de ferme dressé aux limites du champ. Ils gagnèrent la ruine et en inspectèrent les alentours : conjuration de trois ombres s'affairant autour des caillasses. Ils se couchèrent sur la terre nue, accueillirent la nuit comme ils l'avaient fait chaque soir depuis leur évasion, la laissant les abrutir de rêves inédits qu'ils oubliaient au matin.

Zdenek sentit poindre la première lueur du jour. La clarté s'affirma lentement puis versa sur la campagne, appuyant contre ses paupières closes. Le visage de sa mère se présenta à lui, icône désaffectée, baignant dans la banalité du souvenir. Il ouvrit les yeux et se redressa. Ses deux camarades dormaient encore. Il avait quitté la Hongrie pour tenter sa chance ailleurs, peut-être gagner l'Amérique. Sa mère l'avait approuvé. Il avait échoué. Gad avait échoué avant lui. Il avait enterré l'échec de Gad, déposant sa propre ambition entre les flancs de la terre détrempée. Il avait voulu s'y coucher, corps et âme, afin de laver l'échec. La boue de Gurs l'avait régurgité. La boue n'avait fait que déglutir son rêve d'Amérique et l'assentiment de sa mère.

Les montagnes émergeaient d'une brume léthargique et froide. Il regarda la poche d'Álvaro et constata qu'elle contenait toujours le carnet. Il ne s'était jamais demandé quelles informations recelait le journal que son compagnon d'errance consultait tel un livre d'heures. Car tout était lisible dans les gestes et les attitudes d'Álvaro, et la distance qu'il préservait entre lui et la douleur n'était qu'un fardeau de secrets brièvement révélés, griffonnés dans ce carnet. Les litanies nocturnes, expulsées entre les lèvres d'Álvaro, n'avaient pas besoin d'être distinctement formulées. Il suffisait de les entendre pour comprendre, sans conjectures inutiles et sans exactitude, les fragments inconciliables de sa vie passée.

Paco se réveilla, salua Zdenek et se retourna vers Álvaro encore assoupi. Au nord, l'horizon limpide découpait peupliers et cyprès dans la lumière. Ils se levèrent et Paco épousseta ses vêtements avec la délicatesse d'une vieille femme. Álvaro ouvrit les yeux à son tour, constatant que de longs nuages apathiques et roses se déchiraient sur les montagnes.

Ils mâchèrent un petit déjeuner de pain et de fromage, progressant l'un derrière l'autre, pénitents obstinés en quête d'un hypothétique sanctuaire. Ils prirent la direction des Pyrénées. En fin de matinée, ils découvrirent un piémont de collines ceintes de pâturages et couvertes de chênes aux troncs frêles et à l'écorce grise. Posées comme des tumulus sur la plaine nivelée et grasse, leurs silhouettes dominaient quelques moutons émaciés, rassemblés à la lisière d'enclos rudimentaires, ou agglutinés autour d'abreuvoirs creusés dans du schiste. Ils suivirent un étroit sentier en contournant l'une de ces éminences boisées, avant d'apercevoir le village de Saint-Bertrand enroulé comme une citadelle sur son pain de sucre. Paco remarqua la flèche grise et aveugle de la cathédrale – mégalithe de grisaille dont la pointe, bâtie en bois, se découpait contre le ciel pâle et sans promesses. Il n'y aurait pas de rétribution pour les bons, ni de châtiment pour les êtres iniques et les parricides de son espèce. Il porterait sa faute jusqu'à son terme et souffrirait la sentence qu'il était capable de s'infliger. Ses parents l'avaient accompagné durant sa fuite sans jamais l'accabler. Ses parents avaient toujours été bons pour lui. Les moellons aux reflets bleus de l'édifice n'avaient pas plus de sens que les fondations du temple romain sur lesquelles des hommes, convaincus de détenir la clef du rachat, les avaient sans doute empilés. Il allait vivre ici pendant quelque temps, comme des milliers d'autres avaient vécu avant lui, au cœur de ces collines bardées de chênes. Il le savait, s'approchant du village fortifié, laissant venir à lui l'architecture massive de l'église.

Ils entrèrent dans l'ombre et commencèrent leur ascension en suivant une haute muraille de pierres rousses, au flanc de laquelle des maisons reposaient. Humant l'odeur ancestrale de la roche usée par les pluies, ils pénétrèrent dans Saint-Bertrand, tels des pèlerins dépenaillés et aphasiques. Ils rencontrèrent le regard suspicieux d'hommes et de femmes affairés, parcourant le dédale des ruelles. Vers la cathédrale, ils croisèrent un curé à qui ils demandèrent du travail et un gîte. L'homme au visage triste et rond, aux petits yeux écartés et creusés de cernes, le nez chaussé de lunettes sales, les invita à le suivre dans l'édifice. Ils accompagnèrent la robe noire qui glissait sur les dalles. Zdenek remarqua les pans de bois, les lambris sombres et travaillés d'une seconde église, enfermée sous la nef de pierre. Le prêtre sortit par une petite porte dérobée et ils se retrouvèrent tous les quatre dans un cloître à l'abandon. L'homme s'approcha d'une des ouvertures rectangulaires qui donnaient sur les collines et les forêts et leur indiqua un chemin. Un peu plus loin vivait une femme devenue presque folle à la mort de son mari, qui était tombé près de la frontière belge. Cela faisait deux semaines à présent et le corps avait été enterré sur place.

« Elle tient une petite ferme avec son beau-père, un homme âgé. Elle n'a pas vu la tombe et le corps et ça la bouleverse. Nous avons célébré une messe pour son époux, annonça le prêtre en s'adressant à Álvaro. Le beau-père passe son temps à boire et les quelques moutons qu'ils possèdent paissent à l'abandon, sur des pâtures qui ne leur appartiennent pas. Ces gens-là ont besoin de main-d'œuvre. »

Le prêtre leur expliqua ensuite que la défaite et la guerre l'affectaient terriblement. Ils l'écoutèrent s'excuser d'avoir l'air si peu disponible et soucieux. Ses phrases s'altéraient sous les chapiteaux du cloître.

« J'ai célébré une messe pour son mari ainsi que pour d'autres disparus, perdus sur les routes, sans doute morts au combat, une grand-messe pour des hommes que nous connaissions mais dont la sépulture nous est encore cachée. Vous pourrez venir prier avec nous. Je pense que le pire maintenant pour les familles sera de rester dans l'incertitude. Il n'y aura peut-être jamais de lieu où se recueillir. »

Álvaro sourit. Les justifications du prêtre s'asphyxiaient au creux de sa poitrine. L'homme d'Église l'observa sans manifester de surprise. Il n'éprouvait pas la moindre trace de sympathie ou de mansuétude à l'égard de cet individu immobile et muet, souriant d'un air entendu à ses propos.

« Bien sûr, s'empressa-t-il de reprendre, l'incertitude est mon métier. Enfin cette incertitude qu'on appelle l'espérance. »

Il se tut. L'étiolement de la grâce était perceptible dans le regard d'Álvaro et il y reconnut la lente érosion de sa foi. Quelque chose mourait sur la pelouse du cloître blanchie par le soleil. Il avait entendu la respiration de cette chose diminuer et s'assoupir comme il avait entendu les battements de son pouls faiblir chaque nuit. Quelque chose n'en finissait pas de s'éteindre en lui et autour de lui, à chaque coin de rue, sous la nef de la cathédrale, sous les lambris de l'église en bois. Il sourit à son tour et promena son sourire comme une caution à la face de ces trois spectres venus lui rendre visite depuis les confins de sa honte.

Les trois hommes le remercièrent. Le prêtre éprouva un bref soulagement à les voir quitter le cloître. Il s'accouda à l'une des ouvertures et fixa son attention sur le chemin qu'il leur avait indiqué. Il attendit et finit par les apercevoir, derrière l'écran sale de ses lunettes, arpentant le chemin avec lenteur. Il les regarda longtemps s'éloigner, surveillant leur allure monotone. Les empreintes de doigt sur les verres de sa monture finirent par le gêner et il renonça à les accompagner plus loin.

Ils atteignirent une maison de maître isolée, haute et grise. Une femme étendait des draps entre deux poteaux de bois plantés sur l'un des flancs de la bâtisse. Elle cessa dès qu'elle les aperçut, abandonna son linge dans une bassine et vint à leur rencontre. Álvaro lui expliqua que le prêtre les avait envoyés vers elle, car il pensait qu'elle leur donnerait du travail, peut-être un gîte. Elle le regarda parler sans esquisser le moindre geste, lui offrant son visage étrangement calme. La maison s'élevait, maussade et incongrue, perdue au milieu des pâturages, son crépi fissuré en arrière-plan des épaules menues de la femme. Elle lui demanda son nom. Álvares. Elle cligna des paupières, comme pour chasser une pensée, le relief d'un souvenir exaspérant, et leur dit qu'elle n'avait pas besoin d'aide mais de main-d'œuvre. Ses cheveux châtains renvoyaient un peu de la lumière ternie par l'ombre du bâtiment.

Une atmosphère rance régnait sur le désordre. Les pièces hautes et sommairement meublées de la maison étaient plongées dans le clair-obscur des volets mi-clos. Les murs tapissés d'un antique papier aux motifs délavés retenaient l'odeur froide de l'âtre éteint. Elle proposa à Álvaro de loger dans la pièce principale, sur une banquette en velours à l'assise étroite, puis elle invita Paco et Zdenek à la suivre. Elle traversa plusieurs pièces en enfilade, son corps ferme pris dans ses vêtements noirs et simples, parfois englouti dans la pénombre syncopée d'un couloir. Elle les guida vers le sous-sol, dédale dont elle semblait être la seule à connaître l'issue. Ils descendirent à sa suite, hôtesse et geôlière, dépositaire d'un savoir dont les fins leur échappaient. Elle désigna deux pièces séparées par un mur de parpaings, deux box contenant chacun un lit en fer.

« Mon mari logeait ses ouvriers ici », dit-elle en s'adressant à Álvaro.

Elle apparut la première nuit, dans le salon tapissé de minuscules fleurs de lys, pâle, nue, les seins hauts et les hanches larges, avança jusqu'à la banquette, faisant grincer sous ses pieds les lattes en chêne du plancher. Álvaro la repoussa doucement, éloignant avec elle le souvenir de Rébecca, le visage et l'odeur de sa femme. Elle émit une plainte qui n'était pas plus une protestation qu'un repentir et s'éloigna. Álvaro l'écouta déambuler quelques instants, saisi de regrets, éprouvant un reste de concupiscence mêlée à un sentiment de soulagement. Il entendit une porte s'ouvrir et comprit qu'elle descendait au sous-sol. Il l'imagina marcher sur la terre sablonneuse et se diriger vers le lit d'un de ses camarades.

Ils travaillèrent pendant plusieurs jours à la réfection d'une clôture. Le beau-père leur apportait leur repas chaque midi et discutait avec Álvaro. Il lui confiait son inquiétude concernant le nombre croissant de soldats qui gagnaient le sud de la France et menaçaient de les envahir, menaçaient de puiser sans vergogne dans leurs réserves de vivres, afin de poursuivre une lutte contre l'Allemand, un combat sans issue, disait-il, susceptible de compromettre les récoltes.

« Après vous, les étrangers, nous allons devoir subir les méfaits de nos compatriotes. »

Paco écoutait, étonné de comprendre les propos de l'homme sans difficulté, plus étonné encore en constatant qu'Álvaro avait presque perdu son accent.

Le 17 juin, Pétain appela à cesser le combat. Le soir à table, le beau-père leur avoua son soulagement. La guerre n'était pas bonne pour les paysans. Il reprenait confiance. Le Maréchal était un vieux soldat. Il espérait juste qu'il ne s'agissait pas d'une ruse, espérait que les taxis de la Marne n'allaient pas déferler de nuit sur Berlin. La paix allait pouvoir régner malgré les compromissions d'usage. Au fond, ce n'était pas une défaite, mais une occasion de remettre la France en état, la chance de la débarrasser des parasites qui l'avaient abîmée.

Dans la soirée, Álvaro, Paco et Zdenek se retrouvèrent sur le chemin qui menait au village. La chaleur s'estompait dans le vent, dans l'odeur paresseuse des herbes et de la poussière soulevée. Le crépuscule s'éternisait sur les monts. Ils n'avaient pas vu la femme depuis la veille. À table, au dîner, ils l'avaient pourtant sentie déambuler dans la maison, non loin de la grande cuisine, certains de l'avoir entendue murmurer un serment défraîchi et incohérent. Zdenek avait demandé à Paco s'il connaissait son prénom.

« Elle ne m'a rien dit. »

Álvaro comprit qu'elle avait rejoint plusieurs fois Paco au sous-sol. Paco lui demanda pourquoi il avait menti au sujet de son nom.

« Je n'ai pas menti, dit Álvaro. Je m'appelle également Álvares. »

Paco acquiesça comme on admet une hypothèse, revoyant soudain le visage impassible de la femme dressée au-dessus de lui, reconnaissant son corps éclairé par la faible lueur qui s'écoulait depuis la fenêtre, sur son lit et ses couvertures.

« Bon, dit-il, faut t'appeler comme ça maintenant ?

– Je ne sais pas encore », répondit Álvaro.

Ils trouvèrent un lavoir situé au pied du village et s'assirent au bord de l'eau sous un abri de tôle, tandis que la pénombre se dilatait entre les monts.

« Leur République est morte, comme chez nous, et ces imbéciles semblent contents qu'un militaire prenne la tête du pays. C'est une chose que je comprends pas, dit Paco.

– Qu'allons-nous faire à présent ? demanda Zdenek.

– Attendre, je suppose, répondit Álvaro, attendre que la guerre vienne à nous car je doute que les choses s'arrêtent ainsi.

– Pourquoi Álvares ? » insista Paco.

Álvaro sortit le carnet de sa sœur et le lui donna. Il se souvint de ce que Davers avait dit à propos des millénaires de nostalgie qu'il portait avec lui.

« Ma sœur prétend que je m'appelle ainsi », dit-il.

Paco soupesa le carnet avant de l'ouvrir. Les pages semblaient contenir une somme d'informations intimes, langage crypté, dialecte de la peine et du désarroi tracé d'une main de femme. Il le referma sans le lire, le lui rendit et le remercia.

« Ben, on peut dire que tu me connais un peu mieux maintenant. »

Ils rirent tous les trois.

« Elle s'appelle Louise, dit Paco.

– Qui, la sœur d'Álvaro ? demanda Zdenek.

– Non, la femme chez qui nous vivons. Elle est venue me rendre visite deux soirs de suite. Je sais qu'elle est passée te voir avant de descendre, reprit Paco en regardant Álvaro. Elle m'a donné des cigarettes. » Il sortit un paquet de Gauloises de son pantalon et les proposa aux deux autres. « Ça devait appartenir à son mari. J'ai l'impression qu'elle veut se débarrasser de tout ce qui vient de lui. »

Álvaro préleva deux cigarettes et en donna une à Zdenek. Ils fumèrent. Leur image inerte à la surface des eaux du lavoir périclita avec la fin du jour. Paco confessa qu'il avait cru voir des larmes sillonner le visage de Louise, tandis qu'il la besognait en silence.

« Tu vas rester et t'installer avec elle ? » demanda Zdenek.

Paco ne répondit pas. Il laissa tomber sa cigarette dans le bassin, écouta le bref chuintement de la braise saisie par l'eau froide. Les deux autres inhalèrent une dernière bouffée et leurs visages s'illuminèrent avant de se rétracter dans l'obscurité. La fraîcheur descendue des montagnes enveloppait maintenant leur poitrine comme un cataplasme de feuilles mortes.

Álvaro laissa le visage des femmes qu'il avait connues investir sa conscience. Elles venaient à lui, traversaient l'instant et s'éloignaient en égrenant quelques murmures au fond de sa mémoire contusionnée. Sa mère, sa sœur, Graciela, Rébecca, la vieille d'Ochagavía et leur hôtesse. Un oracle tressé de chuchotements pareils à ceux que Louise semblait promener en permanence au bord de ses lèvres. Leurs visages et leurs corps jalonnaient la distance et le temps qui le séparaient de son enfance. Des kilomètres de poussière déposés en lui comme un limon. Sous ce limon gisaient l'abandon et la faute, l'avenir, l'infortune et l'amour de son fils étendu dans la tombe.

III

18 juin

La douleur enfin – Paco a un peu d'avance sur Álvaro – L'appel d'un général – Les Français – Pétain le sauveur – Paco fréquente le prêtre et l'église – Le deuil d'Álvaro – Le prêtre résistant – Álvaro accompagne son père

Le matin du 18 juin, Álvaro se réveilla un peu avant le jour. Il rejeta sa couverture à ses pieds afin de laisser la fraîcheur de la nuit finissante anesthésier l'anxiété qui l'avait maintenu tard éveillé. Vers trois heures du matin, il avait entendu le pas de Louise dans le couloir qui jouxtait le salon. Son errance s'était interrompue en haut de l'escalier qui menait à sa chambre et il était longtemps demeuré attentif, cherchant dans le silence l'écho de son passage, sans comprendre ce qu'il avait espéré y retrouver.

Il s'assit au bord de la banquette et attendit que l'aube dissipe la cavité de pénombre au-dessus de laquelle ses jambes pendaient mollement. Une clarté encore grise se dessina et les lattes du plancher apparurent, leurs interstices graisseux fuyant devant lui, sous un tapis élimé. Il se leva, le désordre de la pièce vacilla. Par la fenêtre il pouvait voir la ligne des monts hésiter dans la brume. Il s'avança et posa le front contre les carreaux. La porte de la cabane des lieux d'aisance était entrouverte. Le beau-père de Louise en sortit, boutonna son pantalon et leva les yeux vers la maison. Il aperçut Álvaro et lui adressa un signe de main.

Álvaro recula doucement et sentit l'odeur aigre de sa propre sueur se déplacer avec lui. Il se maintint un instant en retrait, ne distinguant plus qu'un pan du toit de la cabane. Immobile, soudain saisi par la déflagration silencieuse d'un malaise qu'il avait réprimé toute sa vie. Il recula encore, alourdi par le poids d'un remords qui précédait sa naissance et s'imposait à lui sous les traits de son fils mort. Éprouvant une pitié mêlée de haine pour son aveuglement, il laissa la panique saborder cette méprisable quiétude au sein de laquelle il avait survécu. Il tenta de se retourner pour sortir de la pièce, mais bascula légèrement. Ses paupières agitées cisaillaient le jour pâle. Il appuya la paume de ses mains contre ses yeux, attendant que les séquences de lumière qui pulsaient contre sa rétine s'apaisent.

Il ouvrit les yeux et rencontra le reflet de son visage décapité, stupéfait et livide au-dessus d'un buffet. Il se détourna de l'unique miroir suspendu dans le salon et décida de regagner le canapé. Il s'assit, épuisé, conservant au coin de l'œil l'éclat du miroir imprimé comme un poinçon de chaleur indélébile. Il patienta, front incliné vers le sol, observant ses pieds sales sur le bois noueux. Victor saignait près de lui sur la banquette. Álvaro saignait sur le siège arrière de la voiture de Carlos, à la place de Victor. Il posa les mains à plat sur le velours râpé de l'assise, décidé à se mettre debout. Il voulait marcher jusqu'au lavoir, se raser et laver son visage.

Louise attendait, immobile dans l'encadrement d'une porte qui ouvrait sur un long couloir sombre. Il la vit et acquiesça sans surprise, puis, répondant à un ordre qu'elle n'avait pas énoncé, cambra légèrement les reins et se leva. Elle se détourna et s'éloigna dans le couloir.

Álvaro ficha en terre les piquets de bois d'une nouvelle clôture durant toute la matinée. Vers treize heures, il alla s'asseoir seul sous le feuillage éventé d'un vieux châtaignier. Il ne parvint pas à finir le pain et le morceau de poulet que Louise lui avait donnés pour son repas. Zdenek voulut le rejoindre, mais Paco l'en dissuada. Ils s'installèrent de l'autre côté de la pâture, à l'ombre des chênes gris.

« Pourquoi il reste pas ici ? » demanda Zdenek.

Paco chassa une mouche sur le goulot de la bouteille de vin.

« Je crois qu'il vient de réaliser quelque chose.

– Réaliser quoi ? »

Paco hésita, se souvint des aboiements éraillés de la vieille chienne aveugle. La vieille carne l'avait maintenu éveillé pendant des mois. Une prédication froide et maligne que la nuit colportait à son chevet. Il songea au supplice engendré par la plainte échappée d'entre les babines décolorées, posées comme deux joints de caoutchouc contre les gencives de l'animal.

« Réaliser qu'il change, ou que quelque chose l'oblige à le faire », répondit-il.

Le désaveu d'un christ perché au-dessus du virage de Saltacaballo et la mort de son père n'avaient plus rien à voir avec les épreuves endurées dans l'exil. Le désespoir avait cautérisé son passé. Álvaro goûterait bientôt cette rémission paradoxale. Louise pouvait venir chaque nuit, saturer les draps de soupirs, de voix et de prophéties défuntes, rien ne parviendrait à bouleverser le choix qu'il avait fait en sautant du camion des fascistes.

« Álvaro est comme moi, dit-il, j'ai juste un peu d'avance sur lui. »

Il regarda son camarade enfoui sous le poids d'ombre qui frangeait l'herbe grasse et luisante au soleil. Il le distinguait à peine, mais le veillait comme la chienne l'avait veillé au seuil de l'insomnie.

Les jours suivants, ils travaillèrent chez d'autres paysans, serviles et silencieux, glanant quelques mensonges à propos de la guerre, les rejetant aussitôt avec mépris, confiant leur foi en l'expérience du désastre espagnol. Ils entendirent parler de Limoges et de Lyon assaillies par des hordes de gueux fuyant l'avancée allemande, mais la débâcle civile annoncée, la prédiction affirmant qu'un peuple grégaire allait se replier dans l'exode, vivre dans la promiscuité et l'anarchie pour toujours, se délita dans la torpeur et dans l'oubli.

Premier jour d'été. Ils fauchèrent un carré de luzerne appartenant au prêtre qu'ils avaient rencontré en arrivant à Saint-Bertrand. Le prêtre leur apprit qu'un général français, réfugié à Londres, dont il avait oublié le nom, avait appelé à résister, rejoindre la Grande-Bretagne et s'opposer à l'occupant. « Un message diffusé sur les ondes de la BBC ! » dit-il, enthousiaste.

Cette nouvelle les laissa froids. Si le visage des Français chez qui ils travaillaient se dissimulait parfois sous un masque de componction courtoise, lorsqu'ils évoquaient la défaite, la plupart des hommes leur opposaient une défiance travestie de railleries chauvines. Ils n'avaient jamais rencontré la moindre trace de sédition dans la population. Leurs protestations n'étaient qu'un vague ressentiment à l'égard du Parlement, de l'administration et de l'armée, un discours atrabilaire conforme aux coutumes et aux mœurs d'hospitalité délétères d'un pays à présent scindé par une ligne de démarcation, balafre au nord de laquelle les Allemands s'étaient établis en conquérants. Zdenek demanda un soir à ses deux compagnons si les Espagnols avaient témoigné la même insouciance au début de la guerre civile. Paco secoua la tête, agacé, et lui répondit qu'il avait sans doute rencontré les types les moins impliqués de la Péninsule. Álvaro évoqua l'engagement et la mort de son père, puis se retira dans le silence, incapable de poursuivre son récit, asphyxié par le souvenir du fils qu'il avait abandonné.

Le 25 juin, Philippe Pétain annonça l'entrée en vigueur des armistices et Paco accueillit la nouvelle avec un sourire nerveux. Ils écoutèrent la voix du vieillard chevroter son dévouement à la radio. Plénitude sénile et soumission martiale. La défaite annonçait une revanche morale sur la décadence qui avait affaibli la nation. La voix nasillarde, crachotée depuis le corps chenu du militaire, autrefois victorieux, maintenant invisible et glorieux, pourrait seule administrer l'onction et gouverner le repentir national. Le poste à galène grésilla, réceptacle du recueillement et de l'espoir incoercible. La radio postillonna la litanie catholique et romaine de la rédemption par le martyre, tranquillisant la fille aînée de l'Église en contrition, offerte aux compétences et à la rectitude teutonnes. Le beau-père de Louise, imbibé de gnole, résuma le discours du vieillard d'une voix émue : « Un ordre nouveau s'installe pour le plus grand bien du pays en disgrâce. »

Álvaro, Paco et Zdenek se retrouvaient parfois autour du lavoir. Álvaro venait de plus en plus rarement. Sa barbe avait poussé, il ne se lavait plus, ne changeait plus de vêtements et passait son temps à travailler. Paco lui parlait de l'inconscience des Français face à la menace allemande, afin de le distraire du remords et de la folie. Álvaro répondait invariablement que tout cela n'était qu'un vaste bordel qui les dépassait tous, et que les Français, même pour de mauvaises raisons, avaient fait le bon choix. Son père avait aimé une France magnifiée, cela l'avait mené à la révolte et au suicide patriotique. Ce n'était que foutaise romantique. Il appréciait la France pour sa couardise, son obsession des semailles et des récoltes, cet attachement presque païen aux saisons et aux cycles.

Bientôt, Paco et Zdenek ne le croisèrent plus que de loin, silhouette voûtée et crasseuse bâtissant une cabane au bout d'un champ pour le compte d'un couple de fermiers trop vieux dont le fils était absent ou estropié, ramassant du bois sur les hauteurs qui entouraient le village et se récitant pour lui seul un texte qu'il connaissait par cœur, le récit d'un autre deuil, rassemblé au creux du carnet dont il ne se séparait jamais, comme il ne se séparait jamais du pistolet dérobé à Gurs. Paco l'entendit glapir sa douleur dans les bois, un dimanche matin, en revenant de l'église qu'il fréquentait à nouveau. Il lui sembla reconnaître les gémissements de la vieille carne aveugle. Il en parla au prêtre comme il lui avait confié l'épuisement de sa foi et la simagrée de sa présence parmi les fidèles. Le prêtre ne trouva pas de réponse.

L'ecclésiastique les employait souvent pour de menus travaux à l'extérieur de la cathédrale. Álvaro ne venait jamais, préférant se consacrer à des ouvrages plus harassants, moisson ou terrassement. Paco entraînait Zdenek avec lui. Après le labeur, le curé les invitait à partager son repas au presbytère. Paco le considérait comme une voix divergente au milieu de l'apathie générale. Ses discours antédiluviens sur l'amour universel, le devoir de l'homme envers son prochain transpiraient une angoisse plus subtile que celle du patriote ou du pacifiste déchu. Le délitement de sa foi en l'être humain émergeait de ses monologues et de ses sermons en une colère contenue. Paco accueillait cette exaspération avec une condescendance coupable, devinant qu'une autre croyance s'érodait en secret. Le prêtre, plus pâle et plus contrarié à chaque nouvelle invitation, débitait son discours sur un ton morose, dans la froideur sans écho de sa salle à manger, énumérant avec lenteur les méfaits de la guerre, la mollesse de ses compatriotes. La hiérarchie ecclésiale le préoccupait. Il sentait poindre un début de compromission, un manque de fermeté et cette neutralité qui n'est qu'un acquiescement discret mais indélébile à la haine ambiante. Il évoquait parfois ces Français qui avaient pillé leurs villages ou les villages voisins devant l'avancée allemande, observant un coin de tapisserie décollé près de la fenêtre qui donnait sur un mur de la cathédrale, comme on regarde impuissant l'usure et la débâcle d'une nation contaminer son propre foyer. Il paraissait s'excuser en permanence, et Paco recevait ses excuses comme une revanche sur le calvaire de Saltacaballo et la malédiction de la femme du notaire autrefois vociférée. Une rédemption impure pour la mort de son père. Ce sentiment de réparation sourde se colorait souvent de méfiance, et il lui semblait que le prêtre le testait à son tour, évaluant le potentiel de sa colère. Quittant le presbytère, traversant les ruelles labyrinthiques du village fortifié pour regagner la plaine, la demeure antique et la cave où Louise le rejoindrait bientôt, il estimait l'absurdité de son orgueil et s'en détournait. Il marchait au côté de Zdenek, fumant du tabac à rouler, percevant quelques oiseaux de nuit, dont le chant émargeait sa solitude.

Zdenek ignorait les raisons qui poussaient parfois Álvaro à sortir avant l'aube. Il l'entendait se lever et quitter le salon, passer par la cuisine et s'esquiver par la porte de derrière, sans prendre de petit déjeuner. Álvaro pouvait disparaître pendant plusieurs jours. Il franchissait la plaine humide derrière la maison et s'enfonçait dans les bois. Il montait entre les arbres, emportant avec lui le souvenir du cauchemar qui l'avait éveillé. Il furetait à la lisière du jour en gestation, au seuil de son propre sommeil, guidé par sa seule intuition. Il s'agrippait aux troncs des chênes dont le chuintement rauque contre ses paumes l'irritait. Il cherchait à distancer les images d'un songe récurrent qui l'avaient assailli pendant la nuit. Il s'était rêvé assis, enfermé au fond d'un wagon plombé, écrasé sous un amoncellement de cadavres, et fuyait l'odeur de sa vision, s'écorchant à l'écheveau bistre des ronces. Le grincement prémonitoire d'une porte coulissante, brutalement ouverte sur un hurlement, un ordre bref et guttural, prononcé dans une langue étrangère, l'avait obligé à se relever d'entre les morts et l'intonation corrosive avait réduit les corps en cendres autour de lui. La lumière opaque et blanche du dehors, constituée des milliers d'âmes qui s'y étaient dissoutes avant la sienne, l'avait aveuglé.

Une nuit, précipité hors de son rêve, Álvaro s'habilla et quitta la maison en hâte afin de gagner les hauteurs.

Il emprunta les sentes arides qu'il connaissait par cœur à force de déambulations. La fatigue abrasait l'envers de ses paupières. Il s'enferra dans la pénombre, cherchant à se défaire des remugles de son cauchemar. Il traversa la futaie engourdie, frôlant le souvenir de ceux qu'il avait mis en terre au camp de Gurs, sentant leur haleine froide et coupante comme du givre entre ses poings quand il les contractait. Arrivé au sommet d'une colline, il marcha plus rapidement le long d'un chemin étroit et rectiligne, bordé de chênes sans âge. Il parcourut un kilomètre environ et ralentit, quitta le chemin, avança sur un tapis de mousse tellement épaisse qu'elle se disloquait à la pointe de ses chaussures. Il s'arrêta au bord d'un ravin, distingua la masse grise et confuse des bois étendus devant lui. Elle ondulait entre les monts pétrifiés sous un ciel de granit noir. Un vent glacé montait du versant est, s'engouffrait dans une combe, non loin de laquelle passait un chemin qui menait en Espagne. Quelques éclats de voix sortirent de la combe, mais il ne comprit pas un mot de ce qu'il entendait. Il ferma les yeux. Il ne lutterait pas, ne chercherait pas à délier le sens des paroles charriées par le vent.

Plusieurs phrases lui parvinrent plus distinctement. Il ouvrit les yeux et surveilla la partie du chemin visible entre les arbres, comprenant qu'il ne s'agissait pas du harcèlement habituel de son esprit malade. Il vit deux hommes avancer d'un pas leste. Une bribe de leur conversation en anglais lui parvint et une voix familière leur ordonna de parler moins fort. Il reconnut le prêtre, qui fermait la marche. Il guidait sans doute des soldats anglais hors de France. Álvaro attendit l'extinction de leurs pas sur le sentier et se retrouva seul au bord du ravin, soudain libéré de ses inquiétudes et de ses réminiscences. Il s'adossa à un arbre et laissa le sommeil le stupéfier.

Au matin, une pluie d'orage le surprit étendu au pied d'un chêne, à plusieurs mètres de l'endroit où il s'était endormi. Le crépitement de l'eau contre son visage l'exaspérait mais il ne se leva pas, cherchant seulement à reconstituer les fragments de la journée précédente. Il ouvrit la bouche afin de sentir la fraîcheur des gouttes exploser lourdement sur sa langue. Il passa une main sur son front, puis essora sa barbe détrempée. Un filet d'eau froide coula dans son cou. Il avait identifié l'intonation du prêtre et cela ne l'avait pas surpris. Il roula sur le côté et se mit debout. Il avait faim. Il regarda autour de lui et ne reconnut pas l'endroit. Il entama une pente bourbeuse. Les sangliers avaient retourné la terre au pied de souches mortes. Il dévala entre les arbres, s'orientant un peu au hasard, puis se repéra en traversant une partie de forêt plus dense. Il pensa au prêtre, puis il repensa à son père, interloqué par la détermination de certains hommes et leur engagement précoce. Une forte odeur de gibier stagnait sous la ramure d'un boqueteau de pins. Il chuta plusieurs fois, s'écorcha aux coudes, se fêla une côte contre le tranchant d'une caillasse. La pluie atténuait ou relevait la puanteur de son corps, de ses vêtements plaqués sur ses hanches et sa poitrine. Il pleura, s'efforça de ne plus pleurer. Il cracha parmi les aiguilles de pin, pensa soudain à son père enrôlé chez les loyalistes. Il était à Cadix et la pluie le frappait encore. Il était investi du chagrin de son père enfoui sous les mots de sa sœur. Les phrases de cette saloperie de journal ficelaient sa mémoire et lui lardaient l'âme. Il était la douleur de son père aux premiers jours de sa fuite dans les rues de Santa María. La pluie le frappait toujours. Il palpa sa côte fêlée, aborda une lisière de chênes gris et déboucha dans une vaste clairière semée de fleurs sauvages, pourpres, jaunes, orange et bleues, inclinées sous le déluge. Il pensa aux os de son père fracassés par les balles puis se demanda à quel endroit la balle avait atteint son fils. Sa côte était de plus en plus douloureuse quand il respirait. Il était de retour, si loin des Pyrénées et si loin de la France, sous le soleil de Puerto de Santa María. Il accompagnait son père, discret et souple comme son ombre. Il glissait le long des palissades, dont le crépi écaillé par la mitraille s'égrenait en poussière.

Isaac ne m'a jamais paru plus heureux qu'en ces premiers jours de guerre. Il embrassait notre mère et sortait avec son fusil et ses convictions en bandoulière pour rejoindre ses camarades, sans doute débarrassé du mensonge qui l'avait déchiré toute son existence, se tenant au chevet de sa mort embusquée à l'angle d'une rue, d'un boulevard ou sur le quai du port. Il m'embrassait aussi, puis disparaissait dans l'escalier, se précipitait dans la lumière ardente qui dévore le mensonge ou la vérité, réduit les os en poudre et ne connaît pas d'autre postérité que l'héroïsme.

Il allait au-devant de la fusillade, marchant avec son père, écoutant l'éclat des rafales de mitrailleuses fracasser la farce révélée par sa sœur. Il était couché près de son père, allongé sur le macadam brûlant, fusil braqué en direction de l'ennemi, caché entre un matelas et un amas de chaises agencées en barricade. Il était sur son flanc, le secondait dans le combat. Il secondait sa liberté recouvrée malgré l'herbe coupante de la clairière sur son pantalon trempé, malgré la pluie et malgré cette putain de côte fêlée. L'héritage délétère avait été aboli dans le fracas. Álvares était mort. Díaz n'avait plus la moindre importance. Il se demanda encore à quel endroit s'était logée la balle qui avait tué Victor.

Les jours de désarroi n'étaient plus qu'un souvenir falot en regard de la probabilité de vraiment disparaître, fauché dans la bataille, ou retenu captif des rebelles. Ce départ n'aurait plus rien à voir avec la clandestinité, les faux papiers qu'il avait dû se procurer chez un imprimeur sévillan véreux, afin de poursuivre une existence insipide, une vie de couard plébiscitée par les deux commerçants philanthropes qui l'avaient recueilli, nourri, je n'ose pas dire ressuscité. La cause changeait tout. Elle lui permit de s'étourdir aux avant-postes d'une

République malade. La cause était lumière, aveuglante clarté, incendie où sa faute se consumerait.

Álvaro accompagnerait son père jusqu'aux arènes. Son père le précédait parmi les herbes hautes et grises de la prairie, les poignets de sa chemise tachés de pollen.

17 avril 1944

Déportation

Le jour se leva lentement et le train ralentit. Il s'interrogea sur les raisons qui l'avaient poussé à continuer sur le bas-côté d'une départementale, éprouver son endurance au fil d'une bordure en terre, longer un fossé sur des kilomètres. Il n'avait cessé de lutter durant ces dernières années, déterminé à endosser le récit de sa sœur, sans doute afin de survivre au délire d'éradication fomenté par la horde en brassard, cousu sur des uniformes noirs dont l'emblème argenté, épinglé sur leurs casquettes, affichait un éternel ricanement en guise de solution.

Le train s'immobilisa à l'orée d'un bois. Álvaro ferma les yeux, soudain assiégé par la multitude d'épaules, de clavicules et de coudes tournés vers lui. Enchevêtrement de membres, préfiguration d'une arborescence macabre. La contusion des corps entassés dans le wagon fut traversée d'une lente respiration. Fracas de toux dans le silence. Álvaro dégagea un de ses bras engourdi, replié entre son buste et le dos du religieux qui respirait bruyamment.

Et nous les os devenons cendre et poudre. Le vieux remua les lèvres pour parler. Un vague grognement s'échappa de sa bouche. Álvaro s'appuya sur la porte afin de se redresser un peu. Une secousse ébranla les premiers wagons. Le convoi pénétra lentement dans le bois et accéléra. *De notre mal personne ne s'en rit*, se dit-il à voix basse. Il sentit son bras engourdi le lancer de nouveau. Il bascula la tête en arrière, ferma les yeux et laissa la douleur se propager le long de son flanc. Il toussa, percevant entre chaque quinte la présence d'une improbable quantité de poussière accumulée au creux de sa poitrine. Chaque corps enfermé dans ce wagon recelait cendre et poudre. L'innombrable variété des promesses que les morts font aux vivants avait été condamnée, scellée dans le silence et l'oubli.

Le vieil homme émit un gémissement, une plainte interrogative et désespérée, puis prononça quelques mots en hébreu. Il garda le silence un instant avant de poser une question en français. Álvaro se pencha en avant pour comprendre.

« Je ne vous entends pas ! »

Percussion des bogies. La locomotive aborda un virage serré à gauche. Les wagons penchèrent sous l'effet du ballast mal renfloué à l'intérieur de la courbe. Álvaro sentit le poids du vieux s'ajouter à la masse des autres déportés renversés contre lui. Il essaya de se dégager. Sa cuisse était douloureuse. Les essieux de la voiture grincèrent sous le châssis. Des plaintes s'élevèrent dans l'espace confiné.

« Où va-t-on ? » demanda le religieux.

L'équilibre du train rétabli, l'effet centrifuge s'estompa, diminuant la pesanteur des hommes oppressés flanc contre flanc. Álvaro trouva un moyen de soulever sa cuisse et replia sa jambe. Il se demanda combien pesait le chargement humain et le vieux réitéra sa question plus distinctement.

« Où va-t-on ? »

Combien pèse-t-on ? répliqua silencieusement Álvaro. Train à bestiaux. Train de marchandises. Le quantifiable abolit la mesure d'un seul être, se dit-il en considérant le relief des corps entremêlés dans l'ombre. Le vieil homme voulut répéter sa question, expira et mourut.

IV

Octobre 1941

Premiers pas dans la Résistance – Pacte avec Franck le proxénète – Paco devient Charles – Le réseau Alexandre baptise et rase gratis – Louise enceinte – Buisard aperçu au hasard dans Toulouse – Dociles Français – Une dose de corruption donne les moyens de lutter – Paco déteste Álvaro

Ils descendirent du train en gare de Toulouse et marchèrent longtemps avant d'atteindre un square situé au centre de la place Wilson. Ils choisirent un banc à l'ombre d'un arbre aux feuilles rouges. Le prêtre déposa sa serviette en cuir entre ses pieds. Leurs visages luisaient d'une mince pellicule de sueur. Leurs traits creusés n'exprimaient rien d'autre que la fatigue et l'attente. Le prêtre se tourna vers Paco, observa son profil, cet air paisible, masque d'opiniâtreté encore dénuée d'objectif. Il le reconnaissait à peine, vêtu de l'accoutrement sacerdotal qu'il lui avait prêté, mais il sentait que ce déguisement lui convenait au-delà de la mission qu'il devait accomplir. Cette pensée lui sembla sacrilège et il sortit un mouchoir d'une des poches de sa soutane afin de s'éponger le front.

Paco regardait un coupon de lumière franger les corniches en briques rouges des bâtiments austères. C'était la première fois qu'il accompagnait le prêtre à Toulouse. Thomas lui avait accordé sa confiance et il s'était confessé dans le train, lui racontant le meurtre du notaire et la mort de son père. Thomas avait baissé les yeux, embarrassé, un déni pathétique, le reflet d'une impuissance et d'une incompétence propre à entretenir le remords. « Je ne souhaite pas recevoir votre confession, avait-il dit. Je n'ai nul besoin d'interférer pour vous. » Paco avait laissé la phrase stagner en lui pendant le reste du voyage. Il était resté abasourdi, secoué sur la banquette en bois du wagon dans lequel montait et descendait à chaque arrêt une population de femmes et d'hommes de condition modeste. Les gens s'étaient assis en face d'eux, les saluant avec cette superstitieuse déférence que la femme du notaire assassiné aurait témoignée envers n'importe quel curé.

Un homme large d'épaules, mince et de petite taille, vêtu d'un élégant costume bleu marine, d'un pardessus beige et d'un feutre gris perle, passa devant eux et leur fit un léger signe de la main, une révérence ambiguë, presque imperceptible. Il poursuivit sans modifier son allure, traversa le jardin puis la rue, évaluant d'un œil discret le physique des femmes qu'il croisait au hasard. Thomas et Paco se levèrent et le suivirent à distance, recueillant de nouveau la considération des passants avides de bénédiction. Aux carrefours, les voitures s'arrêtaient afin de les laisser traverser. Thomas remerciait d'un geste bref et cordial que Paco s'amusait à reproduire. Ils allaient entre les murs de briques dont les teintes variaient : ocre, orange poudreux, parfois crème. Ils progressaient au cœur de Toulouse : le simulacre et le missionnaire blasés, préoccupés par le devoir plus que par l'espérance. Ils patronnaient le complot dans les venelles, le diffusaient entre les murailles de terre cuite, descendant vers le fleuve, circonspects et nerveux. Ils pénétrèrent dans l'église de la Daurade, située sur l'une des berges de la Garonne. Leurs pas résonnèrent dans la nef déserte. Une hampe de lumière crayeuse éclairait les dalles, délavait le dos de leurs soutanes. Ils entrèrent dans l'ombre du transept, puis poussèrent une porte qui menait à une sacristie éclairée par une ampoule électrique. L'homme qu'ils avaient suivi les attendait, debout, son chapeau en feutre gris perle légèrement incliné sur le front. Il leur demanda de s'asseoir et de patienter quelques instants. Il sortit de la pièce et revint avec une bouteille de vin qu'il posa sur une petite table habillée d'une nappe brodée. Il invita Paco et le prêtre à s'asseoir et disposa trois verres devant eux.

« Désormais, nous nous donnerons rendez-vous dans des endroits différents, une fois par semaine, à Toulouse, Saint-Gaudens et Saint-Bertrand. Je vous indiquerai le point de rendez-vous suivant à chaque rencontre. Je me déplacerai rarement jusqu'à Saint-Gaudens. Quelqu'un viendra à ma place. Vous ne ferez passer la frontière qu'à des hommes sur lesquels je vous aurai préalablement renseignés. »

Il s'interrompit et versa du vin dans les verres. Thomas se servit.

« Paco, je vous présente Franck, dit le prêtre. C'est grâce à lui que j'ai obtenu de faux papiers. Franck n'appartient pas à l'Église. Vous n'appartenez pas à l'Église, n'est-ce pas, Franck ? »

L'homme dévisagea Thomas, ses yeux bleus et fixes dépourvus d'intentions plissèrent légèrement et il passa une main sur la nappe blanche, couverte de miettes de pain.

« Ce que je suis ou à qui j'appartiens n'a pas la moindre importance pour vous. Mais à ma façon, oui, ça serait pas faux de dire que je suis de la maison. J'ai moi aussi mes ouailles et mon couvent.

– Même si ça n'a pas la moindre importance, pouvez-vous ôter votre couvre-chef, s'il vous plaît ? » demanda Thomas.

L'homme sourit, retira son feutre. Ses cheveux sombres et gominés réfléchirent la lumière cireuse de l'ampoule. Il rassembla un petit monticule de miettes avec la paume de sa main, puis les éparpilla de nouveau sur le tissu maculé de taches de graisse.

« Vous avez les papiers ? » s'enquit Paco.

L'homme acquiesça. Il s'adossa contre sa chaise en bois, la veste de son costume fronça au niveau du col et des épaules. Un parfum frais et musqué émanait de ses vêtements. Son élégance tranchait avec la soutane négligée du prêtre.

« Travailler pour le réseau exige que vous perdiez votre accent », dit-il.

Le prêtre scruta Franck derrière les carreaux de ses lunettes sales, notant la blancheur et la qualité du tissu de la chemise qu'il portait.

« Ce n'est pas un problème. Il le perdra. Nous ferons comme vous voudrez. Mon collègue m'est indispensable car il connaît bien la montagne et peut parler avec les passeurs sans difficulté. Pouvons-nous voir les papiers ? »

Le craquement des miettes écrasées sous la paume de Franck précéda sa réponse.

« Bien sûr... »

Il sortit une enveloppe de la poche intérieure de son imperméable et la posa sur la table.

Le prêtre avança une main calme au-dessus de la nappe et s'en saisit.

« Évidemment, je vous donnerai ceux du type dont vous avez mentionné le nom quand vous me passerez une photo valable. C'est Álvares, je crois ?

– Oui.

– T'es espagnol ? » demanda Franck à Paco d'un ton brusque.

Paco ravala sa salive avant de répondre.

« Si.

– Tu comprends tout ce qu'on te dit en français ?

– Un peu.

– Faudra que tu perdes ton accent. En plus, avec ce vêtement, si les gens s'adressent à toi, tu feras pas bien longtemps illusion.

– Ils sont parfaits, dit le prêtre, inspectant la qualité

du papier et de l'encre à la lumière de l'ampoule nue dont le verre était couvert de chiures de mouches.

– Notre tailleur juif travaille pas trop mal. »

Il sourit, ses yeux bleus et sarcastiques plissèrent de nouveau.

« Ce sacré youpin est un excellent faussaire, mais il voulait aller à la mairie se signaler comme youpin à cause des nouvelles lois. J'en ai vu des centaines comme lui, faire la queue bien sagement pour s'inscrire sur les registres de l'administration. Même ici, en zone libre, même les juifs étrangers. Vichy leur demanderait de porter plainte contre eux-mêmes, qu'ils iraient le faire par respect des lois françaises et par loyauté. J'ai vu plusieurs types, place du Capitole, fringués avec leurs uniformes d'anciens combattants, en train d'attendre pour se faire recenser. Comme si les services rendus à la nation servaient à quelque chose avec les fonctionnaires de Pétain ! On lui a dit de ne pas faire ça, à notre youpin. On lui a dit de ne pas s'inscrire sur leurs listes à la con parce qu'on a besoin de lui et que Dieu seul sait ce qu'ils vont faire de ces fichiers, ces maniaques de la paperasse et du léchage de culs allemands. On a même dû le menacer. J'ai même dû lui dire que s'il faisait cette connerie, j'irai moi-même le sortir du lit un de ces matins pour l'emmener faire une promenade à la campagne. »

Il se tut, sortit un paquet de cigarettes de son imperméable et le tendit avec nonchalance. La veste de son complet bleu s'ouvrit légèrement, laissant apparaître la crosse d'un revolver. Paco le fixa sans répondre et le prêtre refusa courtoisement. L'homme haussa les épaules et s'affaissa de nouveau contre le dossier de sa chaise.

« Vous avez tort, c'est de plus en plus rare, les bonnes cibiches. »

Le soufre de l'allumette chassa les odeurs d'encens et de viande bouillie qui flottaient dans la pièce.

« Un capitaine français et deux soldats anglais vous attendront demain, au sud de Saint-Bertrand, près du lavoir. Une fois en Espagne, ils gagneront la Cantabrie et prendront sans doute un bateau pour Londres. Je dirai au capitaine de vous renseigner sur notre prochain rendez-vous. »

Il remit son chapeau.

« Vous permettez ? fit-il en l'ajustant.

– On est dans la maison du Seigneur, répéta le prêtre en fixant le côté de la veste à peine renflée par le revolver.

– Ben justement, c'est le moment de se faire plaisir », répondit-il en souriant.

Il porta la cigarette à ses lèvres.

« Un homme d'Église important connaît l'existence de notre réseau. Mais on peut pas dire que les hautes instances de votre club du Vatican soient vraiment décidées à nous donner un coup de main. Faut voir les sympathies du cardinal Baudrillart. »

Le prêtre trembla imperceptiblement lorsqu'il entendit le nom de ce collaborateur zélé. L'homme, immobile sur sa chaise, toujours souriant, leur indiqua la porte d'un geste du menton. « L'entretien est terminé. » Un filet de fumée accumulée au bord de son feutre se délita et monta vers l'ampoule qui grésillait au plafond. Le prêtre se leva, baissa les paupières sur sa soutane, observant le revers du vêtement se balancer au-dessus de ses chaussures cirées. Paco repoussa sa chaise derrière lui.

« On aura besoin de plus en plus de faux papiers. Pourrez-vous augmenter les cadences de fabrication ? demanda Thomas.

– Je m'en charge, répondit Franck. Je garde mon juif à l'œil, ma petite abeille laborieuse... »

Le prêtre et Paco marchèrent lentement le long des quais. Le fleuve réfléchissait les rares nuages gauchis qui semblaient suivre son cours.

« Cet homme est un maquereau, dit Paco.

– Sans doute. Il y a beaucoup d'excentriques dans notre réseau, répondit le père Thomas. Toujours beaucoup d'excentriques aux avant-gardes. »

Un des dégueuloirs du Pont-Neuf était encombré de branches mortes. Thomas dit qu'il se sentait fatigué et ils s'appuyèrent au parapet du quai de la Daurade. Le prêtre remarqua un fagot abandonné par une crue. Au-delà du pont et sous les arches, la Garonne grise et martelée d'éclats blancs semblait repousser les quais pour se perdre en lacets neurasthéniques. Le prêtre laissa son attention dériver au gré du courant. Il accompagnait le mouvement tiède des eaux puis revenait à la vision de ses mains posées sur le parapet, sentant les relents amers du vin refluer sur sa langue. L'eucharistie saumâtre du vin de messe baignait sa bouche et sa conscience ensuquée. Il observa encore les branches burinées, imaginant le grondement boueux du fleuve. Il ne voulait pas perdre la foi, surtout ne pas perdre la foi, se répéta-t-il.

« Ce type a raison, il faut que toi et Zdenek perdiez votre accent. Je ne sais pas comment Álvaro a fait pour s'en débarrasser aussi rapidement, c'est dommage qu'il ne veuille pas se joindre à nous. »

Paco acquiesça.

« Je crois que le vin m'a rendu un peu malade », reprit le prêtre.

Paco s'écarta du parapet en pierre.

« Ce vin était une vraie saloperie.

– Désormais, ton nouveau nom est Charles Menon. Je t'appellerai toujours Charles. Il faudra t'y habituer, dit le prêtre en lui tendant sa carte. Il faut que ton accent soit aussi irréprochable que ta nouvelle identité. »

Ils mangèrent rue du Taur, dans un petit appartement qui donnait sur une église, convié par un homme qui venait de se joindre à leur réseau. L'homme prétendait se nommer Patrick. C'était la première fois que le prêtre le rencontrait. L'homme leur raconta qu'il avait quitté la zone Nord, passé la ligne de démarcation de nuit grâce à leur organisation, dont certains membres œuvraient à Paris. Il avait fait toute sa carrière d'enseignant en mathématiques à l'université, mais le nouveau régime, avec sa révolution nationale, l'avait limogé parce qu'il était juif. Il était venu ici et logeait chez son cousin. Il était disposé à utiliser la Panhard et Levassor de son parent afin de conduire plus rapidement les hommes qui franchiraient la ligne de démarcation aux divers lieux de rendez-vous fixés par le réseau Alexandre. Paco fut surpris d'entendre prononcer le nom de l'organisation par un inconnu. L'homme ajouta que nombre de ses connaissances étaient déterminées à lui faire confiance. Beaucoup de juifs souhaitaient quitter la capitale. Certains d'entre eux ne pouvaient plus exercer leur profession. Ils finiraient par mourir de faim si on ne les aidait pas à fuir et à camoufler leurs origines. « Vous allez devoir rebaptiser pas mal de monde, monsieur le curé », prononça l'homme en laissant traîner un rictus fataliste et inquiet à la commissure de ses lèvres fines. Le prêtre plongea les yeux dans son assiette encombrée d'épluchures de poire et répondit que les temps étaient difficiles. Il songea que personne, autour de cette table, n'avançait à découvert. Victimes d'une étrange apostasie, pensa-t-il.

En fin d'après-midi, sur le chemin de la gare, Paco annonça au prêtre que Louise était enceinte. « Je suis le père, dit-il, enfin je crois. » Le prêtre n'eut pas l'air surpris et ne répondit rien.

Devant la station, Paco aperçut un homme vêtu d'un costume sombre descendre d'une Delahaye modèle 1934, garée devant un kiosque. L'homme fit quelques pas et sortit son portefeuille pour acheter un journal. Paco le reconnut immédiatement. Buisard, visage osseux, menton proéminent, retourna à la voiture d'une démarche rapide, presque féminine, et monta côté passager. La voiture, conduite par une femme coiffée d'un chapeau et d'une voilette, démarra en laissant un nuage bleuâtre sur la chaussée. Elle fit un rapide demi-tour devant le bâtiment de la SNCF et ses pneus crissèrent sur le pavé. Elle s'introduisit dans le flux épars de la circulation, slaloma entre plusieurs cyclistes et disparut derrière un omnibus.

Thomas constata l'attitude rétive de Paco et lui posa la main sur l'épaule, convaincu que l'Espagnol lui en voulait pour son mutisme. Il lui demanda de ne pas se froisser. Il n'y avait pas la moindre charge d'indignation dans son silence. Les temps n'étaient plus aux subtilités et à la bienséance. Il aurait le loisir d'évaluer ce qui convenait le mieux à son enfant, la latitude nécessaire pour lui en faire part un peu plus tard. Thomas se tiendrait alors à sa disposition. La guerre et leur activité exigeaient une certaine souplesse, de la tolérance en somme. Paco se tourna vers lui et secoua la tête, d'un air ahuri, surpris de ne pas voir Álvaro à son côté, étonné d'être resté immobile et démuni, n'éprouvant pas le moindre besoin de vengeance, imaginant seulement la lunette arrière de la Delahaye couleur crème s'éloigner le long du canal du Midi.

Ils attendirent, perdus sur le quai, plongés au milieu d'une populace affairée et patiente, affublée d'un masque de douce antipathie. Le prêtre observait leurs visages traversés de préoccupations minutieuses. L'ecclésiastique accompagné de son frère imposteur, auquel les femmes témoignaient un respect contrit, écoutait le quotidien de ses fidèles énumérer une foultitude de tâches rébarbatives et sottes en un constant et imperceptible murmure. Ses souliers noirs, aux semelles épaisses et sales, enlisées dans le macadam ramolli par le soleil, son âme bercée d'un ressentiment sourd et inhabituel, il songeait aux baptêmes improbables qu'il allait distribuer, à tous les laissez-passer que le proxénète voudrait bien lui fournir. Ne pas perdre la foi.

Il avait vu les habitants de Saint-Bertrand accueillir les inspecteurs allemands et leurs sbires avec une hospitalité dévote qui ne l'avait pas indigné, mais ne l'avait pas non plus consterné. Le dimanche suivant, ils étaient venus s'agenouiller, présenter leurs nuques fraîches et leurs fronts dociles à la communion. Ils étaient venus se nourrir de l'eucharistie comme on s'acquitte d'une formalité, puis ils étaient sortis de la cathédrale, leurs vêtements sobres et démodés imprégnés des dernières paroles du prêche, leur conscience lavée des scrupules qu'ils s'étaient depuis longtemps pardonnés. Il les avait accompagnés quelques instants sur le parvis, puis, sur la place, s'était senti perdu au milieu des conversations amicales et prévenantes, des saluts amènes et satisfaits qui le félicitaient pour son bavardage en chaire. Ils étaient venus lui confier à quel point ils avaient été séduits, à quel point ils avaient trouvé l'occupant affable

– courtoisie germanique, éducation prussienne et bonnes manières. Ils étaient venus lui témoigner leur confiance en l'Église et en Pétain, satisfaits que le temps se soit enrayé, reléguant leurs craintes de récoltes tardives ou gâtées. Le Maréchal remettrait de l'ordre dans le pays. Le Maréchal expédierait les étrangers au diable. Il les avait entendus confondre la rédemption, à laquelle il avait toujours cru, avec le dolorisme d'un gouvernement séculier et illégitime dirigé par l'usurpateur paternaliste et chenu qu'il avait tout de suite identifié comme un impie grimé en icône. Il avait décliné toutes les invitations à déjeuner, puis il était rentré seul chez lui. Il les avait imaginés se disperser sur la place, emportant leurs fragments de conversation, leurs opinions enjolivées par le mal, façonnées par la colère, la défiance et la couardise. Bêtise de l'agneau ruminée entre les rues tortueuses du village. Il avait mangé seul, dissimulant son désarroi, servi par sa bonne, une femme aux lèvres pincées. Vieillesse carbonisée, muette, courbée et servile, vieillesse soucieuse de sa seule absolution.

Le train entra en gare et la foule les laissa monter les premiers. Ils escaladèrent les hauts marchepieds comme deux victimes sacrificielles livrées à la vindicte silencieuse des voyageurs. Ils s'installèrent près de la fenêtre, l'un en face de l'autre. Paco, alias Charles Menon, adressa un sourire résigné au prêtre. Un gros homme en costume-cravate, assis derrière eux, dont le fort accent méridional dominait le fracas des roues choquées contre les rails, fustigea le gouvernement anglais, les rosbifs fauteurs de guerre et les juifs assassins, les juifs appariés aux bolcheviks, responsables de ce conflit et du précédent. Les Anglais avaient détruit la flotte française à Mers el-Kébir, instruits par les renseignements que les youpins d'Oran leur avaient fournis. Un homme âgé, lecteur de *L'Action française*, lui demanda de parler moins fort. La France avait certes démérité, mais la décence exigeait un silence recueilli en signe de repentir. L'agitateur sembla se ranger à l'avis du vieux, et finit par se taire.

Le train s'arrêta dans une petite gare et deux policiers montèrent dans le wagon. Ils bloquèrent les portes afin que personne ne sorte du compartiment. Le prêtre regarda par la fenêtre : une haie de cyprès immobiles, alignés devant un mur de briques sur lequel était peinte une réclame, Byrrh apéritif, en lettres noires sur fond blanc. Un nourrisson commença à geindre et il trouva cette plainte inutile, presque inconvenante. La mère chuchota quelques mots apaisants et l'enfant se tut comme s'était tu le gros homme en costume. Le train redémarra et les policiers ordonnèrent aux voyageurs de présenter leurs papiers d'identité. Ils se frayèrent un passage entre les valises, les paniers et les caisses, se rattrapant aux porte-bagages pour ne pas chavirer, s'affaissant parfois sur les genoux des passagers agacés mais conciliants. Les flics suspendaient leur jugement le temps d'une lecture appliquée, goûtant l'épisode d'incertitude qui passait dans les yeux du citoyen soumis au contrôle.

Ils demandèrent leurs documents aux deux prêtres sur

un ton débonnaire. Paco tendit ses papiers. Un des policiers lut rapidement sa carte et lui demanda pourquoi elle était neuve. « J'ai perdu l'ancienne », prononça-t-il distinctement et sans la moindre pointe d'accent. Thomas hésita à présenter sa carte falsifiée, puis choisit de leur donner sa véritable identité. Thomas Lavant et non Bertrand Lelieux, comme le spécifiait le document mensonger que le proxénète lui avait donné un mois plus tôt. Les policiers poursuivirent leur investigation. Une femme leur demanda s'ils cherchaient quelqu'un et l'un d'eux, visage gras et fine moustache, lui répondit que cela ne la concernait pas. « Sans doute un de ces agitateurs espingouins qui se sont mis en tête de colporter leur révolution chez nous », reprit le gros homme en costume. Les flics accomplirent leur besogne et passèrent dans le wagon suivant.

Le prêtre ferma les yeux et distingua le filament de l'ampoule électrique irradier sa lumière pisseuse dans la sacristie. Il reconstitua le visage du proxénète coiffé de son feutre gris perle. Le nourrisson recommença à geindre. Il avait versé tant de gobelets d'eau froide sur le front de tant d'enfants maintenus au-dessus des fonts baptismaux par un père satisfait et maladroit, une mère radieuse et craintive. Il avait confirmé tant d'existences, tant de noms d'un simple geste. Il ouvrit les yeux. Une odeur de transpiration et d'alcool se déplaçait dans le wagon au gré des courants d'air. Il lui faudrait composer avec de nouvelles autorités, une poignée d'hommes neufs aux vertus différentes de celles qu'on lui avait enseignées au séminaire. Il lui faudrait s'en remettre à la morale séculière d'une somme d'aventuriers et d'exclus, s'allier à tous ceux qui pourraient passer un jour par le chas d'une aiguille, tandis que les tenants officiels du culte, du dogme et de l'orthodoxie, désaltérés à la coupe d'iniquité, continueraient de croire qu'ils sont les gardiens de la bonne nouvelle. Il faudrait à des milliers d'hommes, traqués par d'autres hommes, se défier de leur baptême afin d'échapper à la mort. Il faudrait à des milliers d'hommes, de femmes et d'enfants abjurer leurs origines afin de survivre dans des conditions indignes des rats, des cloportes et des cafards, puisqu'on n'imposait même pas à la vermine de vivre et de mourir où elle ne le souhaitait pas. Il tisserait la couverture du devoir moral en dépit de la mauvaise laine dont il disposait. Il fabriquerait les alibis nécessaires. Il s'adjoindrait l'aide de tous les proxénètes en feutre gris, bien moins blasphémateurs que la clique vaticane des Baudrillart. Il fallait au bien assumer une certaine dose de corruption afin d'affermir sa résistance au mal et ne pas s'enorgueillir de sa pureté. « Juste une question de moyens », prononça-t-il à voix basse.

Ils arrivèrent à Saint-Bertrand dans la soirée. Paco avait ôté sa soutane afin de ne pas être repéré par les villageois. Le soleil déclinait lentement, laissant des poches d'obscurité au pied des monts du Comminges, embrasant les arbres qui recouvraient leurs flancs. Ils marchèrent le long de la route en terre défoncée qui menait au village. Des flaques d'eau reflétaient la rousseur des bois et la gravité du crépuscule. Ils suivirent les murailles de Saint-Bertrand, leurs voix, l'écho de leurs pas radoucis à la surface de la pierre humide et poreuse des remparts aux créneaux obsolètes. Ils s'arrêtèrent face à l'une des portes de la citadelle et aperçurent une silhouette familière, perdue au milieu d'un pré, s'affairant autour de quelques grumes qu'il fallait débiter avant les gelées. Une silhouette isolée dans l'air froid descendu des collines pour en saisir le monologue d'amertume, dont la pulsation leur parvenait distinctement.

Paco serra la main du prêtre et lui rendit la soutane qu'il gardait pliée sous son bras. Thomas passa seul entre les gonds rouillés de la porte et s'éloigna, emportant avec lui le désir d'une improbable absolution. La Résistance le délivrerait de ses maux quand le christ en croix de Saltacaballo ne pouvait plus rien. Ils étaient de ces boiteux, incongrus, impénitents, hirsutes, putassiers, évadés et dissimulés jetés dans la révolte, défenseurs d'une cause bien plus juste que leur vie, défenseurs d'une idée marginale, à ce point minoritaire qu'elle recrutait parmi les anciens bagnards et les prêtres bancals.

Paco s'écarta de la muraille pour descendre un sentier qui dévalait jusqu'au lavoir, ressassant la fatigue de sa vie, ses deux évasions, la mort de son père dont il rejetait la faute sur la mémoire honnie du notaire. Le notaire ou Buisard : même race, bâtisseurs de camps, ordonnateurs d'enfers dont il arpentait la punition concentrique depuis des lustres. Il songea à Louise, à la solennité lubrique avec laquelle elle s'était donnée à lui. Il songea à l'enfant que portait cette femme qu'il n'aimerait sans doute jamais, à ce ventre et à sa parole qui viendrait comme un vagissement, qui surgirait des entrailles de sa propre errance et lui renverrait ses incohérences à grand renfort de pleurs et de langes lestés de merde. Il tourna la tête vers Saint-Bertrand, aperçut, dans la pénombre croissante du jour finissant, les ergots de pierre des murs médiévaux, noirs comme du basalte. Álvaro travaillait toujours à débiter ses grumes. Il aspira à la plénitude glacée des bois et des montagnes qu'il traversait parfois, suivi comme le pasteur et sa houlette par quelques pilotes anglais malheureux, quelques Français déterminés à se joindre au général félon dont la voix grave tranchait avec l'aboulie d'un grand nombre de ses compatriotes. Il comprit à quel point il détestait Álvaro, sale, déguenillé, perclus des douleurs qu'il avait endurées.

V

Décembre 1942

Álvaro intègre le réseau Alexandre – Dans la montagne – Faire passer la frontière aux enfants – Les gendarmes – Thomas aurait-il agi comme nous ?

On l'appelait Jean depuis qu'il s'était rallié au réseau Alexandre et avait reçu ses nouveaux papiers. On l'avait toujours appelé Álvares sans se soucier de son prénom, puis il avait demandé aux paysans chez qui il travaillait depuis plus d'un an de l'appeler comme l'apôtre. Il avait refusé de recevoir ses papiers des mains du prêtre. Il avait fallu lui organiser un rendez-vous à Toulouse avec Franck. Le souteneur avait sympathisé avec lui. Álvaro bénéficiait de tous les tickets de rationnement qu'il désirait. Il en avait distribué à des inconnus : des femmes et des enfants si maigres que leurs genoux ressemblaient à des tumeurs épanouies sous l'ourlet de leurs culottes courtes. Franck lui avait proposé l'une de ses filles au rabais, afin de célébrer son entrée dans le réseau Alexandre. Il l'avait baisée cinq fois de suite, insatiable après une trop longue période d'abstinence. Il était venu trop rapidement la première fois et la fille s'en était amusée. Il se souvenait d'avoir ri avec elle. Il se souvenait de l'avoir retenue dans la chambre sordide d'un hôtel délabré, situé près de la gare, dont l'électricité et l'eau courante ne fonctionnaient pas. Il l'avait obligée à se déshabiller entièrement, déposant à l'avance la somme convenue sur un tabouret placé près du lit, sentant poindre une avidité joyeuse qu'il n'avait pas éprouvée depuis longtemps, un désir attisé par la fermeté du corps de la fille. Son cul lui rappelait celui de Graciela la traîtresse et ses hanches se détachaient sur le fond d'une tapisserie aux lés crasseux.

Franck, en plus du rabais déjà concédé, lui avait offert la dernière passe, le soir même, dans un piano-bar où ils avaient dîné : « C'est cadeau, mon vieux. » Plusieurs filles travaillaient pour lui dans l'établissement. Deux d'entre elles avaient partagé leur repas. Vers minuit, alors qu'on leur servait du champagne, un type avait chanté *Douce France* et la salle avait repris en chœur quelques couplets sur un ton dissonant, avec une conviction qui lui avait paru déplacée : « dans la joie et la douleur ». Franck lui avait appris que l'auteur de cette chanson se produisait à Paris, devant un parterre d'officiers allemands, de gestapistes et de collabos. Álvaro avait haussé les épaules, objectant que la mièvrerie de certaines chansons françaises l'avait parfois dérouté. Il avait plaisanté avec les prostituées, étrangement détendu dans son nouveau costume taillé sur mesure, dont la coupe impeccable avait été confiée aux soins du vieux juif qui fabriquait toujours les faux papiers. Álvaro, devenu Jean Álvares, rasé, les cheveux propres et plaqués en arrière, s'était lassé de son chagrin sans parvenir à s'en défaire, imitant sans doute en cela Isaac Álvares, devenu Díaz sous la tutelle du vieux couple qui l'avait recueilli.

Au mois d'août 1942, toute la famille du tailleur restée à Paris, sa sœur, ses deux parents, avait été déportée après la rafle du Vel'd'hiv. Raflée dans la joie et la douleur, pensa Álvaro en observant les derniers flocons descendre et fondre sur les braises du feu qu'il entretenait au minimum, afin de ne pas être remarqué. Il n'avait pas dormi de la nuit et avait marché sans cesse afin d'atteindre la frontière espagnole sans se faire repérer par la gendarmerie ou la soldatesque allemande qui rôdait dans les parages, maintenant que la zone libre avait été enfoncée à coups de talon et de crosse de Mauser 98K, en représailles au débarquement allié sur les côtes d'Afrique du Nord. Les Américains étaient entrés en guerre un an auparavant. Le 8 décembre 1941. Il se souvenait parfaitement de la date : l'attaque de Pearl Harbor. L'intervention de ce pays l'avait réconforté au-delà de ce qu'il se croyait capable d'éprouver en face d'un événement historique et politique. Il avait ressenti une sorte de gratitude, un soulagement abstrus. Les troupes nord-américaines à Tanger, pensa-t-il, incapable de recouvrer les souvenirs de cette ville répertoriés dans le carnet, que sa mort éventuelle, volée de plombs au détour d'un chemin escarpé, le poussait à garder sur lui à chaque expédition. Les Américains à Tanger, l'espérance à plus d'un millier de kilomètres.

Paco avait porté sur ses épaules un gosse de dix ans dont les ampoules aux pieds entravaient la marche. Ils avaient accompagné huit enfants et une femme à la frontière espagnole, avaient attendu trois heures, tapis dans un bois de mélèzes, protégés de la neige urticante par des branches de sapin cassées, souhaitant que les partisans espagnols qui les relayaient arrivent enfin. Ils avaient trépigné en silence, effrayés à l'idée que l'armée franquiste ait débusqué, peut-être abattu leurs camarades au coin d'un sentier, tourmentés à la pensée de devoir se replier, les enfants et la femme apatrides exposés aux rafles et à la déportation. Álvaro connaissait cette routine depuis quelque temps, passer des hommes de l'autre côté des montagnes, les conduire au pays condamné, dont la frontière, qu'il ne franchissait jamais, se déployait en rocailles, forêts profondes, ravines et parois glacées. Il vaquait au cœur de ce no man's land, guidait une file de voyageurs sans retour, dont la gratitude le quittait à l'aurore.

Ils aidaient de plus en plus d enfants à passer la frontière. Le réseau s'était spécialisé sous l'impulsion de Mgr Saliège, archevêque de Toulouse, rédacteur d'une lettre appelant à la solidarité entre chrétiens et juifs. La lettre avait été lue, les derniers jours du mois d'août, dans tout son diocèse, et le père Thomas l'avait même récitée plusieurs dimanches d'affilée, devant un parterre d'ouailles provisoirement contrites.

Les sapins émergeaient de la pénombre. Une couche

de neige fraîche scintillait comme un granit clair sous la charpie de longs nuages vert-de-gris. Il se leva, enveloppé dans une couverture jetée sur son épaisse canadienne marron au col de fourrure relevé et maintenu par une lourde écharpe nouée autour de son cou. Accompagner des enfants, expédier les Samuel, David, Simon, Isaac, devenus Fernand, Jean-François, Jacques, Roger, en Amérique ou en Angleterre, l'avait aidé à survivre après des mois de léthargie et de travail acharné. Il n'était pas délivré de la voix de Victor dont les reproches s'adressaient encore à lui chaque jour, mais un apaisement diffus était venu avec l'engagement. Il avait connu l'épouvante de l'éveil, submergé de regrets, plus mort que vif, vivant sa mort tandis que son cœur s'obstinait. Il ne se levait plus à l'aube, au seuil d'un abîme dont l'absence de lumière le happait lentement jusqu'au soir. Il se souvenait du jour où Zdenek l'avait retrouvé, une côte fêlée, vautré face contre terre dans la prairie située derrière la maison de Louise. Il se rappelait que Zdenek l'avait traîné par les pieds, sous la pluie. Paco était sorti et ils l'avaient transporté au sous-sol, l'avaient étendu délirant, sur l'un des lits de camp. Il n'avait fait que parler. Monologue interminable. Après-midi de fièvre. Il avait tout raconté : le père Thomas aperçu dans la montagne, les Anglais qu'il convoyait vers l'Espagne, l'image de son père effondré dans la prairie, Isaac dont le visage s'était soudain confondu avec les traits de Victor.

Paco et Zdenek étaient allés trouver le prêtre pour intégrer le réseau. Quelques jours plus tard, Zdenek lui avait proposé de se joindre à eux, évoquant le sort des juifs en zone occupée. Il avait refusé. De longues journées de travail, seul ou aidé par un paysan, afin de monter une grange, assembler des poutres en chêne mortaisées, pointer des voliges sur un toit, remplacer des clôtures, repeindre des murs, maçonner de vieilles bâtisses en ruine. Álvares travaillait pour tous. On lui offrait sa nourriture. Il existait parmi les villageois, dur à la besogne, simple présence, solitaire et obscure.

Paco dormait encore.

« Réveille-toi, Charles », dit Álvaro en français.

Il appuya sa semelle contre le dos de Paco qui émit un grognement et se retourna, ses yeux fendus sous la broussaille de ses sourcils givrés, scrutant l'ombre dressée comme une admonestation au-dessus de lui. Álvaro enfonça sa casquette sur son front et ses oreilles puis cracha dans le feu. Il s'éloigna un peu, retira ses gants, ramassa et pressa une poignée de neige qu'il déposa dans sa bouche, afin de chasser le goût de la chicorée qu'il avait bue dans la nuit. Il déversa le reste du liquide terreux contenu dans l'une des deux gourdes qu'il transportait et le remplaça par un peu de neige fondue afin d'ôter l'amertume qui en culottait le fond.

Paco se leva et regarda sa montre. Il avait dormi une heure près de ce foyer étouffé. Ils avaient perdu une heure par sa faute alors qu'ils étaient censés regagner discrètement le village.

« Désolé pour hier, je ne tenais plus debout à cause

du gosse », dit-il à Álvaro qui se baissa pour ramasser un sac à dos posé au pied d'un arbre.

Álvaro se remit en marche, passa près de Paco et lui appliqua une tape amicale dans le dos.

« La prochaine fois c'est le tour de Zdenek et du curé, tu vas pouvoir te reposer, rentrer à Toulouse et te taper les filles de Franck. »

Ils traversèrent une forêt de conifères géants, fardés de neige comme des spectres de carnaval. Ils levèrent une harde de biches. Les animaux s'égaillèrent devant eux, sabots fendus et noirs enfoncés dans la neige, robe de bauxite rouge glissant dans la pâleur. Une odeur de musc et d'ambre les accompagna longtemps, puis un vent sec venu de l'est caressa la neige crispée autour de leurs empreintes. Un bruit de branches cassées leur parvint et ils s'arrêtèrent sur l'épaulement d'un virage escarpé. Álvaro sortit son Browning et fit un pas de côté sur la droite afin d'observer, en contrebas, les lacets réguliers de la route qui menait vers la vallée. Pas d'autre piste, impossible de se cacher ou de fuir. Une voix monta vers eux et ils entendirent un rire. Paco n'était pas armé. Il se retourna sur leurs traces encore visibles dans la neige fraîche, puis fit signe à son compagnon d'ôter son sac à dos. Álvaro rangea son arme dans la poche de sa canadienne, fit glisser les courroies du sac sur ses épaules, le déposa à ses pieds, s'agenouilla, défit la boucle qui le maintenait fermé, sortit une petite pochette de feutrine verte et attendit. Paco s'approcha au bord du chemin et surveilla. Il distinguait un segment de route entre les sapins rabougris, les souches assaillies de poudreuse et il pensa aux eucalyptus, à la futaie odorante où il avait failli mourir fusillé. La conversation des hommes lapidait une rampe de pierre qui courait sur leur gauche. Álvaro et Paco entendirent distinctement quelques mots. Les types énuméraient des résultats sportifs. Six gendarmes en patrouille défilèrent rapidement dans la saignée qui séparait un maquis de végétation givrée. Paco se retourna vers Álvaro et lui indiqua de sortir le contenu de la pochette en feutrine. Álvaro s'exécuta, précautionneux et leste. Il dégagea un unique bâton de dynamite enveloppé dans du papier journal et le donna à Paco. Leurs regards se croisèrent, dénués de peur mais contaminés par une haine aussi froide et poreuse que le vide où se perdait la conversation des hommes. Paco murmura à Álvaro de ne pas le suivre. Il s'éloigna, descendit le chemin, tâchant de ne pas déraper dans la neige. Il marcha parallèlement aux gendarmes dont les voix continuaient à monter vers lui, puis il les dépassa. Il ne percevait plus rien, simplement concentré sur sa marche et sa colère, sa mémoire empoisonnée par une odeur de feuilles d'eucalyptus pourries. Il s'arrêta un peu en amont de l'endroit où le chemin bifurquait en épingle, enleva ses deux paires de gants en laine enfilées l'une par-dessus l'autre. Les gendarmes entendirent le frottement de l'allumette, le chuintement de la mèche enflammée. Ils aperçurent le bâton de dynamite vriller puis tomber et se planter près d'eux comme une chandelle dans la neige. Paco se jeta à terre, mains sur la tête. La neige avait un parfum d'humus, une odeur médicinale de varech et de tisane. La déflagration souleva le sol, pulvérisa une gerbe de boue enluminée de chair et de cailloux avant de retomber en pluie de terre, de neige fondue, de sang et d'aiguilles de pin. Son souffle chassa la poudreuse accumulée sur les arbres, délogea quelques corbeaux affolés et se répercuta en échos dans la vallée. Paco déglutit. La saveur de térébenthine et d'herbe coupée qu'il avait gardée en bouche se dissipa et il se leva, étonné de ne pas avoir été disloqué par l'explosion.

Quand ils s'approchèrent du cratère pour voir si tous les gendarmes étaient morts, Álvaro et Paco se tinrent un instant immobiles à la périphérie du cercle de neige noircie et de la terre humide, comme deux hommes humblement recueillis devant un sanctuaire. L'odeur d'eucalyptus n'était plus qu'une odeur de bois mort et de chair carbonisée. Des fragments de corps épars étaient retombés entre les sapins, ponctuant de touches écarlates la blancheur d'une congère. Deux gendarmes gisaient, rejetés un peu plus bas sur le chemin par le souffle, uniformes arrachés, jambes tordues et braisées. L'un d'entre eux était retombé assis, nu, figé contre un bloc de granit qui bornait la limite extérieure du chemin. Jambes étirées dans la neige, mains croisées sur ses tripes, il semblait attendre le secours d'un chirurgien de campagne. Son sexe rouge de sang pendait entre ses cuisses souillées de merde. La vallée ouverte et profonde auréolait son visage calciné d'un arrière-plan de sapins.

Álvaro avança en tenant son 7,65 d'une main tremblante. Le second gendarme était couché et respirait encore. Un sifflement régulier et faible sortait d'entre ses lèvres retroussées sur ses dents blanches. Toute sa vie se manifestait dans ce râle d'air timide qui passait la barrière de son rictus avec délicatesse. Paco fit quelques pas et s'arrêta à la hauteur d'Álvaro.

« Je t'ai jamais demandé d'où tu sortais cette arme.

– C'est le flingue de Buisard. Un prisonnier me l'a vendu au camp. »

Le survivant, coudes fléchis et doigts recroquevillés sur une prise invisible, se contractait, infiniment fossilisé sur son tapis de neige fraîche.

« Si Davers t'avait attrapé avec ça…

– Je l'ai acheté juste avant qu'on s'évade.

– C'était moins risqué.

– Oui. »

Des copeaux de chair formaient un masque autour des yeux clos et enfoncés du gendarme.

« Le jour où je l'ai vu à la gare de Toulouse, Buisard avait l'air en forme.

– Il paraît.

– C'est à cause de ça que t'as décidé de venir avec nous et d'entrer dans le réseau ?

– Un peu à cause de ça et aussi de choses plus anciennes.

– Si j'avais pas rencontré Buisard à la gare, tu serais jamais venu avec nous ?

– C'est pas sûr. »

Une éclaircie exhaussa la blancheur alentour et le gisant parut plus noir et plus ratatiné sur son linceul.

« Si tu peux pas le faire, laisse tomber, dit Paco.

– Et toi ?

– Pour aujourd'hui je peux pas en faire plus. »

Le râle persistait et Paco leva les yeux, observant les décombres de vies qui persillaient le chemin. Il regarda le gendarme mort, adossé à la roche, son visage impassible, saisi en premier plan du paysage comme le portrait d'un saint écorché et impudique.

« Faut pas qu'on reste ici trop longtemps.

– Faut pas quoi ?

– On n'est pas obligés de faire quoi que ce soit pour soulager ce fils de pute.

– On n'est pas obligés mais ce serait peut-être mieux.

– On n'est pas forcés. Ils avaient qu'à rester chez eux, dans leur foutue caserne, à lire les résultats sportifs, ces pauvres cons. »

Quelques stalactites de glace s'étaient brisées en se détachant d'un abri de schiste qui s'élevait sur leur droite. Paco sélectionna les plus minces, ouvrit sa gourde et les laissa tomber dedans. Il revissa le bouchon de sa gourde et la secoua afin qu'elles se brisent et fondent plus rapidement.

« Bon, faut vraiment qu'on se tire maintenant, dit-il.

– Je sais. »

Álvaro rangea son pistolet dans la poche de sa canadienne, retira ses gants puis saisit les chevilles du gendarme qui respirait encore. Sa prise était tiède. Il le traîna au bord du chemin. Des lambeaux de chair grillée se détachaient et glissaient entre ses doigts comme de la peau de poulet. Il dut s'y reprendre à trois fois avant de pouvoir le tenir fermement et le faire glisser sur la neige. L'homme émit un gémissement plaintif. Álvaro le positionna au bord du vide et laissa lourdement retomber ses pieds sur le sol. Il recula d'un pas et appuya son talon contre le flanc du gendarme, reproduisant le geste qu'il avait eu à l'aube pour réveiller Paco. L'homme accomplit un demi-tour sur lui-même, bascula puis glissa sans rouler dans la poudreuse, avant de rencontrer un tronc d'arbre. Álvaro s'éloigna des traces laissées sur le chemin puis plongea ses mains dans un monticule de neige vierge. Il les frotta longtemps l'une contre l'autre, incapable de discerner le sang de l'homme qu'il venait de balancer dans la pente de la teinte cramoisie de ses phalanges mordues par le froid. Quand il se releva, les doigts blancs et gourds, coincés et repliés sous ses aisselles afin de les réchauffer, il s'aperçut que Paco avait fait la même chose avec l'autre corps. Il retourna près de la ravine et vit l'homme nu, démantibulé, ses tripes répandues dans la descente. L'odeur était insoutenable et il maîtrisa une envie de vomir. Ses oreilles sifflaient encore à cause de l'explosion. Elles sifflèrent pendant plusieurs jours.

Quelques minutes plus tard, la neige tombait de nouveau. Ils choisirent de se dérouter et traversèrent une parcelle de terrain légèrement inclinée, plantée de douglas vertigineux. Ils rejoindraient un vieux sentier de muletier presque effacé. Il était passé au même endroit, la semaine précédente, avec Zdenek. Ils avaient erré au cœur de ces grands bois à la tombée du jour, escortant un gamin et sa sœur aînée, âgée de douze ans. Álvaro se souvenait d'avoir entendu le petit murmurer le Shema, prière qu'il avait sans doute apprise à force de l'entendre scandée matin et soir par son père. Zdenek lui avait demandé de se taire. Le gosse s'était tourné vers sa sœur et sa sœur lui avait fait signe d'obéir. Il se souvenait d'avoir parlé au petit avant d'entamer leur marche vers la frontière espagnole, lui disant qu'il ne s'appelait plus Shlomo, mais Paul, lui expliquant que ce prénom l'accompagnerait en lieu sûr et qu'il s'en débarrasserait pour toujours, uniquement quand sa sœur le lui permettrait. Le petit avait rétorqué avec morgue qu'on lui répétait cette consigne depuis Lille, où son père et sa mère vivaient cachés. Il lui sembla que la ramure épaisse retenait encore la récitation discrète de l'enfant.

Une tempête de neige se leva et ils décidèrent de s'arrêter afin de se reposer dans un abri de montagne. Les immenses sapins jetaient une ombre agressive sur la sente et la température chuta brusquement.

« Peut-être qu'ils ne nous auraient rien fait, dit Álvaro.

– C'est pas mon avis. De toute façon, je peux plus me permettre de crever. Je suis père. Tout ce que j'ai fait avant ne compte pas, tout ce que je veux encore faire, je le fais parce que j'ai ce gosse avec Louise.

– Tu crois que le curé aurait agi pareil ?

– Le curé a pas grand-chose à perdre.

– Mais tu crois qu'il aurait fait comme nous ?

– Je pense qu'il serait mort. Mais va savoir avec ce type.

– Moi je crois qu'il aurait voulu qu'on lui mette une balle dans la tronche à cette merde de gendarme, juste par charité chrétienne. »

Paco imita la respiration sifflante du gendarme.

« Tu connais quoi à la charité chrétienne ? »

Álvaro éclata de rire.

« Merde, dit-il, je crois que ton curé, tout curé qu'il est, nous donnerait sous la torture.

– On rentrera demain. Pour aujourd'hui, pas moyen de continuer. On va dormir ici.

– Je sais.

– Je pense qu'on devrait descendre Buisard. Je me dis qu'on a gardé cette balle et ce flingue pour lui. Je me dis depuis tout à l'heure que t'as pas acheté son flingue pour rien.

– J'y ai souvent pensé depuis que tu m'as raconte l'avoir aperçu à la gare. »

Paco s'enroula dans sa couverture et dormit sans interruption jusqu'au lendemain. Álvaro prépara un feu avec des restes de branchages et de journaux secs, entassés par des contrebandiers au fond de l'abri. Paco émettait un petit sifflement nasal à chaque expiration. Álvaro s'assoupit par intermittence, soucieux d'entretenir le feu pour ne pas mourir de froid. Il sortit plusieurs fois de l'abri, réalisant qu'il n'avait nulle part où aller, comprenant que la neige qui tombait et fondait dans ses cheveux ne le laverait jamais de ce qu'il avait fait ou s'apprêtait à faire. Ce n'était pas la manne, mais la cendre et le deuil qui hantaient ses rêves de Gurs toujours recommencés. Ce n'était pas la sortie du cimetière comme on s'émancipe du joug d'un quelconque pharaon, mais la prolongation des enfers, le labyrinthe au tréfonds duquel il s'était annihilé pour ne retrouver le passé qu'entre les pages du carnet de sa sœur. Des kilomètres de tranchées, les lèvres entrouvertes de la terre, la boue excavée à coups de pelle et de pioche. Il pouvait se corrompre, lui qui n'avait plus rien de corruptible. Il pourrait faire le bien, comme les damnés déjà souillés qu'on envoie se confronter au mal sans risque de le répandre. La Résistance n'était pas autre chose que la capacité d'endurer sa propre chute. Combien étaient-ils en France à le savoir ? se demanda-t-il.

Au matin, ils levèrent le camp et entamèrent leur marche sous un ciel rose qui annonçait une journée ensoleillée.

« Cette nuit j'ai rêvé du notaire, dit Paco.

– Oui, et tu sifflais comme le gendarme trop cuit. »

Paco expulsa un petit rire.

« Tant que j'avais pas la bite à l'air...

– Tu crois qu'il a crevé longtemps après qu'on est partis ?

– Non, pas longtemps à mon avis.

– Tu crois ? »

Ils marchèrent encore entre les sapins dont l'écorce noire leur rappelait le corps brûlé des deux militaires projetés par l'explosion. Álvaro se demanda combien d'hommes son père avait tués avant de se retrouver affalé contre le mur des arènes à Santa María. La neige était si profonde qu'elle entravait leur marche. Ils s'enfonçaient jusqu'aux genoux dans la fadeur des sous-bois. La vapeur tiède de leur souffle formait des cristaux de glace qui tremblaient comme de ternes breloques cousues à la laine de leurs écharpes remontées jusque sous leurs yeux.

« J'ai demandé à Franck s'il connaissait un type nommé Buisard, dit Álvaro.

– Franck connaît tout le monde.

– Buisard a des habitudes avec une pute. Il passe une fois par semaine à Toulouse.

– Faudra faire ça sans le dire au curé. Comme on le fait pour les sabotages et le plastiquage des installations ferroviaires.

– Oui. »

17 avril 1944

Déportation

La Résistance aurait pu les attendre au coin d'un bois, près d'une rivière, tapie dans l'odeur de limon et de tourbe. Claquement bref des armes, craquement sec de l'écorce. Un désordre de feuilles déchirées, ajourées, percées de rayons lumineux, et d'hommes égaillés : fuyards arpentant le fourré dans la confusion. Álvaro se souvenait de la réplique anarchique des Allemands apeurés, visant leurs prisonniers par dépit, fracturant au hasard la membrure des bois. Il voyait les soldats effarouchés, uniformes épars comme des glaires sur le sol, entendait les officiers japper le glossaire de la déroute, aboyer des insultes gutturales, des contrordres inutiles. Il avait vécu la décimation des soldats aux casques perforés : acier poisseux, sang pur de la race, lisier aryen épandu sur les feuilles arrachées. Il avait vécu de telles missions sous son nom de Résistance : Álvares – officier des branches brisées, des échardes pulvérisées dans les faisceaux de lumière qui tombent comme des hampes depuis la cime des arbres jusqu'au sol.

Il aurait voulu que d'autres officiers fantômes, partisans des futaies, clandestins du remblai bricolé à la dynamite, furtifs du rail blanchi au givre ou chauffé à blanc, posent leurs charges et refluent sous les taillis de ronces, à l'abri du maquis, la crosse de leurs fusils collante d'odeurs : résine, nitroglycérine, métal graissé. Il se remémorait l'écran des fougères parcouru d'éclats brefs, éblouissant la frange d'une haie de bouleaux déchiquetée en retour par la riposte panique de l'armée allemande.

Au-delà de la route jonchée d'uniformes, aveuglée de carcasses en flammes, la tenaille en surplomb de camarades invisibles engageait le combat à revers. Ils étaient la surprise et la rescousse avant le décrochage final. Puis il fallait tirer sa révérence afin de ne pas souffrir la réaction teutonne, toujours prompte à appeler une seconde patrouille motorisée. Le feu croisé cessait à l'heure du retrait.

Personne n'interviendrait. Il regretta de n'avoir pas sauvé plus d'enfants. Il ferma les yeux. La prière avait déserté le cadavre du vieux appuyé contre lui. Il essaya d'écouter la respiration des êtres qui l'entouraient, masquée par la lourde cadence de la locomotive dont l'allure augmentait.

VI

De février à septembre 1942

Les Allemands découvrent les restes des gendarmes – Thomas bannit Álvaro, Zdenek et Paco de Saint-Bertrand – Álvaro rejoint Franck à Toulouse pour quelques mois– Faut-il éliminer Buisard ? – Le chagrin de Buisard – Un carnage

Un peu de neige amoncelée au sommet du crâne d'un des gendarmes s'était dégagée à cause du blizzard, et sa face apoplectique avait peu à peu émergé au soleil. Une patrouille de soldats allemands avait découvert les restes des six hommes. Derniers jours de février 1942 : des photos parues dans un journal local montraient quelques lambeaux de chair. L'un des gendarmes souriait, congelé à la une du *Matin*, adressant son rictus par-delà les montagnes et par-delà la mort aux Français de bonne volonté qu'on ne scandalisait plus aussi facilement qu'au début de la guerre, depuis que les tickets de rationnement et la faim régnaient dans les villes.

Le père Thomas s'était insurgé : « Nous ne faisons pas ça ! Nous n'agissons pas comme eux ! » Le père Thomas les avait menacés : Paco, Álvaro et Zdenek furent convoqués chez lui en pleine nuit, après avoir reçu un message du secrétaire de Saliège lui apprenant ce que les Allemands avaient découvert, sommairement dissimulé dans un fossé. La presse collaborationniste et la police française allaient leur tomber dessus, répétait-il. Il y aurait des flics un peu partout dans les environs et la Gestapo chercherait à débusquer leur réseau. Des otages seraient fusillés. Le père Thomas avait marché autour de la table de sa salle à manger, agité, évaluant son degré de compromission, répétant qu'il n'avait jamais voulu ça: la symétrie du meurtre contre le crime. L'organisation n'existait pas pour perpétrer de tels massacres, éliminer des pères de famille, six jeunes hommes sans histoire, arpentant la montagne en uniforme. Il avait fini par s'asseoir, le visage tremblant, luisant de sueur dans la lumière chétive d'une bougie dissimulée derrière un paravent afin que personne ne puisse distinguer l'aura de la flamme. Il restait tellement d'enfants à sauver. Comment une bande de criminels, un syndicat de meurtriers pouvait avoir la caution de Dieu pour accomplir une telle mission ? L'accablement semblait avoir brusquement ranimé sa foi, ravivé la crainte et l'idée d'un ordre supérieur maintes fois déconcerté par le pécheur, maintenant saccagé en sa présence, ravagé par sa faute. Ses mains blêmes et longues posées sur la table, convulsées comme deux poissons asphyxiés, témoignaient de la confiance insuffisante qui l'avait amené à déchoir. Paco s'était assis en face de lui et l'avait contemplé comme on scrute son double dans un miroir défectueux, observant un reflet de sa vie révolue renaître entre les lèvres pincées du prêtre. Le père Thomas avait relevé le front et leur avait demandé de partir, quitter au plus vite Saint-Bertrand, se cacher à Toulouse et ne pas chercher à reprendre contact avec lui pendant un moment.

Franck avait un peu grossi. Il fumait un cigare en souriant, assis derrière la vitrine couperosée de reflets d'un des grands cafés alignés devant le Capitole. Le vent d'autan avait chassé les nuages et des soldats allemands défilaient devant la croix gammée déployée sur la façade de la mairie. Il parlait à voix basse, sur un ton monocorde et désinvolte. Il y avait selon lui un idéal de l'urgence, une forme de protestation que l'on ne connaissait pas si on se tenait un peu trop loin du désespoir. Il y avait un idéal auquel les communistes et les gaullistes, relayés par la voix nasillarde de Radio Londres, s'étaient ralliés. Se battre pour le bien, il fallait laisser ça aux nazis, mais on devait connaître la justesse de sa cause. La vie en ce monde : une pellicule de moisissure accrochée à la roche.

« Nos actes ne valent rien mais je ne veux pas qu'on me dicte ce que je dois faire, qui je dois suivre et qui je dois aduler. Je baise ces fils de putes indignes de leurs mères, fit-il en regardant les militaires claquer du talon sur les pavés de la place. Et ton curé n'a pas l'air de comprendre, il se préoccupe trop de son âme, si tu veux mon avis. Mais l'âme c'est pas plus que la vulve de l'une de mes employées. Ton curé est un orgueilleux qui ne se doute pas que nous sommes une bande de types dépareillés à laquelle se joignent depuis peu une poignée d'idéologues un peu plus structurés, un peu plus efficaces. Pas le choix devrait être notre seul credo, peu importe ce qui nous conduit. Dès le début de cette guerre nous n'avions pas le choix, mais nous avons préféré choisir. Tant que ces pauvres cons de Français seront préoccupés par la circonférence de leurs étrons et la taille du bol alimentaire qui en est la cause, tant que mes compatriotes, qui sont aussi les tiens maintenant, se donneront le choix, les nazis nous piétineront comme de la vermine. Pas le choix, mon cher Jean. Ce monde ne nous laisse pas le choix. Les Américains, Dieu les bénisse, sont entrés en guerre parce qu'ils n'avaient pas le choix, les Russes aussi, mais laissons ça de côté. Heureusement que l'autre malade à moustache se prend pour Napoléon. Les Anglais ne se donnent pas le droit de choisir et qu'on vienne pas m'emmerder avec cette histoire d'île qui leur facilite la tâche, Londres est exsangue et leurs pilotes meurent par paquets de mille, malgré ce que prétend la propagande alliée. Nous avions des colonies, nous avions nous aussi une île. Que ces six gendarmes aillent se faire foutre, prononça-t-il sur un ton d'extrême courtoisie. Pourquoi ce sont toujours les avatars, les résidus comme nous, les tordus, apatrides, juifs étrangers, espagnols, royalistes abonnés à *L'Action française* et autres maquereaux de mon espèce, débiles de tous ordres qui ont engagé la lutte et la poursuivent ? Mais tu le sais. Qu'ils nous placardent tous sur une affiche rouge et qu'ils aillent se faire mettre puisqu'ils ont choisi leur vieillard pour les gouverner. »

Un officier allemand passa devant le café et salua Franck. Franck leva son cigare et lui adressa une révérence goguenarde. L'officier fit demi-tour et entra dans le café en souriant, retira un de ses gants en cuir et s'approcha pour serrer la main de Franck. Ses bottes lustrées grinçaient sur le carrelage. Il tendit une poignée ferme à Álvaro, déplaçant un parfum de lotion capillaire, d'après-rasage, de cuir et de tabac. Álvaro lui sourit à son tour, surpris de rencontrer la mâchoire glabre et empâtée de l'Allemand, le visage avenant de cet homme penché au-dessus de lui avec un air complice, presque amusé :

« Si vous cherchez les plus belles femmes de Toulouse, vous pouvez compter sur Francky. »

Chaque après-midi pendant plus de deux mois, Álvaro se réveilla dans des chambres d'hôtel confortables, aux côtés des plus belles femmes de Toulouse. Il se levait, se rasait, faisait sa toilette, enfilait un nouveau costume taillé sur mesure, un pardessus bleu marine en laine de chameau, et descendait au café pour déjeuner. Il achetait *Je suis partout* ainsi que d'autres journaux collabos, les posait sur la table ostensiblement et sans les lire, commandait à manger ce que le cafetier pouvait lui proposer et pensait aux équipées de son père dans les villes d'Andalousie, seul, alors que Lisa attendait, concevant qu'il cherchait à assoupir sa douleur au fil de ses escapades.

Álvaro, suivant les consignes de Franck, changeait à chaque fois de lieu et de fille. Il passait ses soirées à traîner dans les cabarets, buvait un peu trop et observait le mouvement des hommes qui repartaient aussi avinés que lui au bras d'une pute ou deux. Il était Monsieur Jean, négociant en vins de Bordeaux ruiné avant la guerre, collaborateur dilettante, reconverti dans le commerce des femmes. Les Allemands le prenaient pour un associé de Franck.

Franck s'était enrichi. Il possédait maintenant deux bordels de luxe sur les berges de la Garonne où logeaient parfois Paco et Zdenek – Paco et Zdenek en transit, dormant par intermittence chez le tailleur juif ou rue du Taur, dans l'appartement désormais vide du conducteur de la Panhard et Levassor, devenue encombrante depuis sa mort dans un accident de la route, fin décembre.

Álvaro traînait dans ses vêtements luxueux, vêtu de pardessus et coiffé de feutres gris perle et anthracite qui absorbaient le regard défiant des Français appauvris et amers, dont la haine le jaugeait à l'entrée des restaurants où il se rendait pour manger avec Franck. Plus d'une fois il avait souhaité retourner chez lui, retrouver son fils Santiago et cesser toute mascarade. Mais il était Jean Álvares, passeur d'enfants et fabricant d'identités. Jean le Baptiste, celui qui change les noms et sauve des vies en manière de rédemption. Il repartirait le plus vite possible dans les montagnes. L'entre-deux de la frontière lui convenait. Il revivait l'errance de son père comme on fait une balade, dégagé de la moindre acrimonie, rassasié de sexe, barbotant dans une clandestinité qui n'avait rien de neuf. Entre l'Espagne et la France, entre Díaz et Álvares, entre Álvaro et Jean le rebaptisé, entre le mensonge qu'il offrait aux Allemands et la probité de son action qu'il reconnaissait maintenant avec fierté. Il lui arrivait, quand il ne s'abrutissait pas d'alcool, d'être insomniaque. Il attendait le petit matin pour observer les variations de la lumière sur les toits et les corniches de la ville. Fragments de clarté que la tuile buvait ou restituait en reflets tièdes après la pluie. Les façades ocre et la brique tannée offraient un répit à sa mémoire.

Les femmes le sollicitaient de plus en plus. Il était athlétique, endurant à cause du travail à la campagne, d'une ivresse bienveillante, conciliante et teintée d'une mélancolie distante qui leur plaisait. Certaines lui demandaient pourquoi il était circoncis. Il rétorquait que cela ne les regardait pas. Elles se contentaient de sa réponse en lui offrant un sourire malhabile qui l'amusait. Son père avait sans doute vécu ainsi avant son second mariage, à l'époque où ses affaires avaient recommencé à fructifier. Son père porté par les heures sans jamais être malmené par une vision précise et désagréable de l'avenir. Mais son père avait sans doute traversé cette période dépourvue de cause, privé de cette dose de plaisir sexuel qu'il s'octroyait chaque jour en dépit de la guerre et de la souffrance qu'il remarquait chez les citadins. Ces quelques mois furent les plus paisibles de son existence. Il les parcourut comme un touriste, toujours un peu ivre et dépaysé.

Franck n'avait aucune nouvelle de Buisard depuis longtemps. Ce n'est qu'au mois de mars qu'il apprit, grâce à la favorite du chef du camp, une rousse très mince au visage long, outrageusement maquillée, qu'il travaillait désormais à Vichy. Il supervisait l'entretien de l'infrastructure concentrationnaire française, devenue l'antichambre des camps allemands construits à l'est de l'Europe. Buisard était amoureux de cette fille aux petits seins et au fessier imposant. Il lui lâchait des informations concernant le nombre d'internés et leur déportation prévue, sans préciser ce qui les attendait en Pologne ou en Autriche. Franck les transmettait à un autre réseau, dont le sabotage des voies ferrées était la spécialité. Les résultats anecdotiques de ces opérations agaçaient néanmoins l'administration et sa volonté de précéder l'efficacité allemande d'un surcroît de minutie, d'une débauche d'agitation bureaucratique, baptisée révolution nationale.

Álvaro, Paco et Zdenek se réunirent plusieurs fois dans l'un des bordels appartenant à Franck, discutant de la nécessité de leur projet d'assassinat. Buisard était devenu, selon Franck, plus utile vivant que troué de balles.

Le 10 mars, la rouquine fut découverte suicidée dans la chambre d'un hôtel exclusivement fréquenté par des soldats allemands. Une balle de Luger logée dans la tête, l'arme placée dans la main gauche. Sa chevelure fauve poissée de sang. Étendue raide par terre, sur le ventre, nue, ses chaussures à semelles de bois aux pieds, la couture de ses faux bas peinte sur des mollets couverts de taches de rousseur. La police française égara, sur ordre de la Gestapo, la douille retrouvée sous le lit par une femme de ménage de l'hôtel et s'arrangea pour clore rapidement l'enquête. Deux jours avant sa mort, un officier allemand avait prévenu Franck qu'on emmènerait plusieurs de ses filles dans un bordel itinérant où des juives besognaient sur le front de l'Est, car des fruits pourris peuvent contaminer d'autres fruits sains, avait-il dit, mais ne peuvent pas abîmer ce qui était déjà corrompu.

Éliminer Buisard s'avérait maintenant dangereux. Le réseau Alexandre risquait de tomber. Franck rechignait par prudence, avec cette intelligence instinctive qui l'avait mené de rébellions lucratives en émancipations crapuleuses depuis l'enfance. La rousse était-elle morte à cause de ses bavardages ? Avait-elle été dénoncée par l'ancien administrateur de Gurs, exécutée pour faits de Résistance ? L'officier allemand rencontré dans un des cafés situés sur la place du Capitole conseilla un soir à Franck, alors qu'il sortait d'une boîte de nuit, imbibé de schnaps, de recruter ses salopes avec plus de sérieux ou de leur trancher la langue si elles ne savaient pas fermer leur gueule.

Buisard se rendit une dernière fois à Toulouse. Il ignorait la mort de la fille. Il fut reçu au bordel par la tenancière, petite femme maigre, taille étroite et ventre proéminent. Elle lui demanda de la suivre dans la cuisine où elle le fit patienter un instant. Les filles dormaient. Zdenek avait passé la nuit à l'étage et prenait son petit déjeuner en attendant Álvaro et Paco, à qui il voulait lire une lettre du père Thomas les suppliant de revenir à Saint-Bertrand.

Il fallait lui pardonner. Le bien devait parfois s'altérer avant d'aboutir au salut. On avait besoin d'eux et le harcèlement policier avait cessé au village.

Zdenek reconnut immédiatement le directeur de Gurs. L'homme à grosse tête, introduit par la maquerelle claudicante, le salua sans l'identifier. La tenancière revint avec un bracelet appartenant à la pute défunte, puis fit signe à Zdenek de se lever et de les laisser seuls. Zdenek but le fond de son succédané de café, obtempéra en grimaçant, boutonna la veste de son costume dans laquelle était glissée la lettre du prêtre et passa dans le salon. Il traversa un long couloir. Un sanglot éclata dans la cuisine et le rattrapa avant de mourir dans la pénombre. Par les volets entrouverts il voyait la Delahaye crème mentionnée par Paco. La carrosserie luisait dans le soleil matinal. Il regarda le parapet devant la Garonne, et céda à ce calme résigné qui lui venait en lieu et place de la panique que le commun éprouvait quand quelque chose de grave était sur le point de se produire. Il entendit Buisard se lever et marcher vers le téléphone en bakélite noire accroché au mur, dans le hall d'entrée. L'homme demanda un numéro à la standardiste, son index enroulé autour d'un des fils du combiné. Il adressa de courtes phrases, sur un ton plaintif, à un correspondant anonyme avant de raccrocher. Il pleura sans retenue. La tenancière le rejoignit et lui proposa de boire un verre d'alcool. Il remua son volumineux menton en signe d'approbation. Elle l'entraîna vers la cuisine.

Álvaro, arrivé au bordel à l'heure du rendez-vous fixé par Zdenek, monta les quatre marches du perron rapidement et sonna. Paco suivait à quelques mètres. Zdenek ouvrit et regarda Álvaro avec insistance.

« Buisard est là.

– Qui ?

– Buisard pleurniche dans la cuisine.

– T'es sûr ?

– C'est le médecin ? hurla la tenancière sur un ton autoritaire, sans doute agacée de devoir éponger les manifestations spasmodiques du chagrin de Buisard.

– Non, c'est moi, Jean », dit Álvaro en s'introduisant rapidement dans le bordel.

Il suivit le couloir tapissé de satyres en érection qui gambadaient sur fond bucolique derrière quelques nymphes, et entra dans la cuisine. Il déposa ses journaux sur la toile cirée de la table. Buisard le salua en séchant ses larmes. Un peu de morve coulait sous son nez. La tenancière sortit un mouchoir en soie de son soutien-gorge et le lui tendit.

« Merci, Odette », dit Buisard en reniflant.

Zdenek et Paco firent irruption dans la pièce et saluèrent à leur tour.

« Voyez, monsieur Buisard, vous n'êtes déjà plus seul, dit la tenancière.

– J'ai faim, Odette, vous n'avez pas quelque chose à manger ? demanda Álvaro.

– J'ai rien, monsieur Jean, que de l'alcool fort.

– Va pour un verre.

– Qui en veut ? demanda Odette. Vous pouvez vous asseoir, c'est gratuit.

– Moi je veux bien, dit Buisard, mais vous n'avez vraiment rien à manger ? »

Odette se retourna et ouvrit un placard sous l'évier où était rangée une bouteille d'eau-de-vie. Álvaro plongea la main dans la poche intérieure de son pardessus. Il n'était pas capable de commettre le crime qu'il s'apprêtait à solder. Il sentit la crosse du pistolet contre sa paume sèche. Il dégaina et braqua le Browning devant le visage de Buisard. Ce dernier loucha légèrement face à la petite bouche du canon arrondie qui semblait prête à cracher une insulte ou un noyau d'olive. Il en reconnut la facture. Elle avait appartenu à son père avant de lui trouer la tempe d'une seule syllabe. Elle allait l'expédier à son tour. Au royaume ! disait la petite bouche en cul-de-poule, au royaume !

Les cris de la tenancière arrivèrent plus tard, se mêlant à une odeur de poudre, un bruit de chaise renversée sur le carrelage. Une étincelle mordit la pupille d'Álvaro. Une fraction de temps implosa en lui. Il sentit le recul de l'arme dans sa main comme un renvoi, une déglutition. Le soubresaut de son avant-bras se prolongea d'un silence interminable. Buisard, touché à l'épaule, gisait à terre en gueulant. Álvaro contourna la table et tira une seconde fois sans viser, la balle ricocha sur le carrelage avant de frapper Odette au genou. Il leva la tête, la femme s'effondra, son visage d'abord lisse, sans surprise, presque ordinaire, se creusa d'ombres et se voila d'une laideur inquisitrice. Buisard à présent muet, les yeux écarquillés, poussait sur ses pieds comme s'il voulait échapper à la flaque de sang qui se propageait rapidement sous ses omoplates. Il réussit à glisser un peu, laissant une traînée visqueuse sur le sol, et appuya sa grosse tête au bas d'un des placards en gémissant.

Paco, frappé par la vision de l'homme effondré, tourna le dos, écœuré, puis fouilla frénétiquement plusieurs tiroirs pour finir par en sortir un grand couteau de cuisine dont le manche en bois ne tenait plus que par une vis. Álvaro le vit courbé au-dessus du corps de Buisard, laborieux et puissant, son coude montant et descendant régulièrement sans autre bruit que les borborygmes de la chair lardée. Il vidangea Buisard de son sang et de ses tripes, découpa ses propres souvenirs au fil de la lame qui prolongeait et signait le meurtre du notaire. L'hémorragie couvrit les pleurs et les faibles supplications de la tenancière blessée, puis étouffa la clarté qui entrait dans la pièce par une fenêtre donnant sur une cour inondée de soleil

VII

Procès-verbal informel

Davers remonta la rue Romiguières en boitant. Il avait failli se faire écraser en sortant du siège de la Gestapo. Une berline noire, équipée d'un gazogène, l'avait frôlé et il était tombé sur le trottoir. Il s'arrêta devant la porte de l'hôtel du Grand Balcon, où il séjournait depuis cinq jours aux frais de l'État, et regarda la jambe droite de son pantalon de flanelle grise déchirée au genou. Il n'avait pas eu le temps de noter l'immatriculation de la voiture et les deux fonctionnaires qui l'avaient aidé à se relever n'avaient pas eu la sagacité de le faire à sa place. À peine les avait-il remerciés, irrité par leur sollicitude inutile. Il palpa doucement son genou enflé et se redressa, rencontrant son reflet dans l'une des baies vitrées du grand hall : un homme ordinaire, au visage fermé, vêtu d'un banal imperméable beige.

Dans sa chambre, il ôta son pantalon et le jeta dans une corbeille. Il nettoya le pourtour de sa blessure à l'aide d'un gant de toilette humide et tamponna délicatement la plaie avec un peu d'eau de Cologne. Puis il composa le numéro du service de chambre pour demander qu'on lui monte une gaze en coton stérile. Et attendit, en slip et en chaussures, vêtu de son blazer bleu marine, assis sur son lit double, face à la porte et au mur tapissé d'un papier à fond blanc, chargé d'ornements. Un feston de clarté provenant d'une fenêtre située derrière lui éclairait le haut de la pièce et se reflétait dans un cadre où un pilote en bonnet de cuir posait à côté de son appareil. Quand l'employé se présenta, Davers lui ordonna d'entrer, de laisser le bandage et de dégager.

Il pansa son articulation et se remémora le visage difforme du prêtre qu'il avait vu dans les caves de la rue Maignan. Ces deux heures dans les bureaux de la Gestapo l'avaient déprimé. Il sortit un velours marron de sa valise, l'enfila, se dirigea vers la salle de bains et se regarda dans la glace. Il sembla hésiter un instant, préoccupé par une pensée diffuse, presque mélancolique. Il baissa les yeux, défit la ceinture du pantalon et se masturba en pensant à la blonde secrétaire de l'officier qui l'avait interrogé. Il se rinça les mains sous l'eau froide et décida de descendre dans le hall, afin de lire les journaux.

Il s'isola au fond d'un petit salon, s'installa dans un large fauteuil. Il alluma une cigarette et commanda un cognac. Les clients le regardaient avec condescendance quand ils le croisaient dans le hall. Même le liftier. Il n'y avait que le concierge qui s'adressait à lui sur un ton obséquieux. Le concierge avait connu Buisard. Il ouvrit le *Paris-Soir* de la veille, mais ne parvint pas à le lire. Le barman lui servit son cognac. Il se débrouillerait sans Buisard. La mort de son supérieur avait précipité la chute du réseau Alexandre. Il s'était trouvé au bon endroit, au bon moment. Il était arrivé juste à temps pour descendre l'un des assassins de Buisard, porteur de la lettre du prêtre amoché. Il avait été concis avec la police allemande, suffisamment lèche-cul, peut-être agaçant, mais toujours à dessein.

Il les avait vus sortir du bordel en courant, avait-il précisé en guise de préambule, orientant son visage vers le secrétaire chauve, vêtu de noir, assis devant sa machine à écrire. Il avait détaillé la débandade des trois assassins.

Il avait immédiatement reconnu le grand type et les deux autres, maculés de sang comme des équarrisseurs échappés d'un abattoir. Ils s'étaient précipités en désordre, cavalant et trébuchant, et il avait dégainé son arme de service. Il n'avait pas tiré plus de trois fois avant d'en atteindre un. Le type blessé, un juif hongrois, Zdenek Mazaryk, s'était effondré dans le caniveau. Il avait eu le temps d'identifier les deux autres avec certitude. Il s'agissait d'anciens internés de Gurs. Il les avait connus au début de la guerre. Mais le prêtre, celui qu'on lui avait montré au sous-sol, le curé salement abîmé, lui, il ne l'avait jamais rencontré avant aujourd'hui.

Il posa sa cigarette dans un cendrier et observa une jeune femme haussée sur des semelles de bois, traversant le grand hall en tenant la main d'une fillette blonde. Il remua un peu sa jambe douloureuse. Une imperceptible odeur de lavande émanait du velours rêche de son pantalon. Il bascula la tête en arrière contre le dossier du fauteuil et soupira.

Il leur avait raconté l'évasion du camp de Gurs en 1940. Il avait souvent dit à Buisard, paix à son âme, que de sacrées ordures étaient détenues au camp. Mais Buisard avait chaque fois haussé les épaules, Buisard avait chaque fois objecté que ce n'étaient guère plus qu'une bande de fainéants exotiques, un cénacle de rouges en haillons dont seule la quantité constituait un danger.

Il s'était raclé la gorge, avait affiché un air de mélancolie feinte. Les claquements de la machine avaient persisté quelques secondes, frappant avec vélocité la page jaune, doublée d'une feuille de papier carbone. L'officier assis face à lui avait posé une autre question. Il se souvenait seulement de sa réponse.

Il but une petite gorgée de cognac et remua un peu son verre en se demandant comment Buisard avait pu s'enticher d'une pute et mourir aussi stupidement. Toute cette bouffonnerie lui rapporterait peut-être une médaille. La jeune femme et la gamine réapparurent, accompagnées d'un homme vêtu d'une gabardine grise. La petite famille traversa le hall en direction de la sortie. Il les observa derrière les rideaux du salon, les regarda monter dans une Hispano garée devant l'hôtel. Comment un homme marié, promis à une si belle carrière, avait-il pu se conduire d'une façon aussi puérile ? Il posa son verre sur un guéridon et songea au gâchis engendré par le gros Buisard, émotif et engoncé dans ses costumes de merde.

Buisard et lui travaillaient ensemble. Une relation de confiance s'était instaurée, peut-être un peu plus, leur avait-il dit rue Maignan. Buisard avait quitté Gurs en 1941 pour s'installer à Vichy. Une promotion obtenue grâce à Louis Darquier de Pellepoix, une nomination au Commissariat général aux questions juives. Buisard lui avait demandé de le suivre, et il avait accepté. C'est lui qui avait suggéré à Darquier le port obligatoire de l'étoile jaune pour les juifs de la zone libre.

Ils n'étaient revenus que pour deux jours à Toulouse. Une réunion importante à laquelle devait assister René Bousquet, un préfet d'une efficacité et d'une élégance rares. Mais la Gestapo savait tout ça...

Il avait marqué une seconde pause. Il avait regardé l'officier, un brun aux petits yeux verts enfoncés sous des sourcils proéminents. Un homme au visage désagréable qui se donnait des airs supérieurs parce qu'il portait un uniforme noir, avait-il pensé avant de reprendre son récit, satisfait qu'on l'écoute enfin, persuadé que la mort de Buisard lui permettrait de progresser, de travailler directement avec l'occupant. L'administration française lui devait bien ça. Les Allemands l'appuieraient certainement.

« Le matin de notre deuxième jour à Toulouse, Buisard a quitté notre hôtel très tôt pour se rendre au bordel. Buisard fréquentait une prostituée depuis au moins un an. Il descendait régulièrement au Grand Balcon, y passait quelques jours pour la voir ou lui payait un billet de train afin qu'elle le rejoigne à Vichy, mais ça aussi vous le savez », avait-il dit en modulant sa voix afin de la rendre plus caressante, presque complice. Buisard l'avait appelé en pleurs, une heure seulement après son départ ; un coup de fil passé depuis le boxon où il avait ses habitudes. Il venait d'apprendre le suicide de la fille. Éperdu, inconsolable, il lui avait demandé de venir le chercher. Il ne voulait pas rentrer seul et disait qu'il n'aurait pas la force d'assister à la longue séance de travail qui les attendait.

Mais il était arrivé trop tard, juste après le massacre, le carnage, avait-il insisté auprès de l'homme qui menait l'interrogatoire. Ils l'avaient arrangé comme ils savent le faire, avec toute la haine, l'acharnement dont ils étaient capables. Il avait tendu une main au-dessus du bureau et l'avait conservée suspendue à la verticale d'un paquet de cigarettes allemandes. « Je peux ? » Agacé, l'officier l'avait autorisé à se servir. L'homme avait fait glisser un lourd briquet de salon, serti d'onyx, sur le sous-main en cuir du bureau. Il avait remarqué ses ongles manucurés, se souvint-il en posant une main sur son genou pour sentir la chaleur qui émanait de la blessure. Il avait allumé sa cigarette, puis s'était renversé contre le dossier. Une situation nouvelle pour lui. Il n'avait jamais subi ce genre d'interrogatoire, mais s'était senti serein.

Oui, il les avait immédiatement reconnus, surtout Díaz, l'israélite espagnol à qui il avait accordé sa confiance, enfin une confiance de dupe qui consistait à le tenir en respect, le maîtriser d'une main ferme. Il avait harcelé Buisard après leur évasion pour qu'on le laisse diligenter une enquête, mais Buisard avait refusé. Des choses plus importantes à faire au camp. Il aurait mené des recherches à sa façon et rien de toute cette malheureuse histoire ne se serait produit. Des types comme Díaz ou Mazaryk auraient porté l'étoile jaune au revers de leur veste. Sous sa responsabilité, des types comme Álvaro Díaz, Francisco Méndez Cruz et Zdenek Mazaryk ne se seraient jamais évadés.

Le fracas de la machine avait rattrapé ses dernières paroles. L'officier l'avait incité à ne pas s'égarer. Il avait baissé les paupières en signe de soumission et tiré une longue bouffée sur sa cigarette. Une lumière grise filtrait à travers les grandes fenêtres voilées de rideaux en velours vert. Il avait regardé le portait d'Hitler cloué aux lambris de la pièce. Tout lui avait paru enviable. Enviable, mais à sa portée. Enviables les moulures du plafond sur lequel la tache jaune de l'abat-jour de la lampe posée sur le bureau projetait un cercle parfait, les piles de dossiers accumulés sur les étagères, les fauteuils à l'assise confortable. Il avait haussé les épaules, surveillé la réaction de son interlocuteur, comprenant que plus il l'agaçait, moins sa loyauté semblait feinte. Pas de faute commise envers son supérieur en goguette, écorché par une bande de rigolos dont il s'occuperait bientôt, s'il savait manœuvrer. Pas le moindre soupçon de complicité avec la Résistance. Une loyauté sans faille au régime.

Il leur avait couru après dans les rues de Toulouse jusqu'à ce qu'un cycliste le percute à l'angle de la rue des Gestes et de la rue Gambetta. Il était resté sonné un long moment, assez longtemps pour que les deux autres s'échappent. Il avait entendu les sifflets d'une patrouille. « Un peu trop tard, sans offense... » Il était revenu sur ses pas afin de fouiller Mazaryk étendu sur le trottoir. Il avait trouvé la lettre du prêtre, était retourné au bordel. Il y avait eu cette odeur métallique, cette tiédeur, une décoction de sang âcre, douce à faire dégueuler un soldat endurci. La tenancière s'était traînée jusque dans l'entrée, avait appelé la police, rameuté son médecin, abandonnant Buisard moribond, dont les yeux ouverts roulaient autour d'un axe éperdu, dont le souffle avait exhalé encore un peu de vie entre quelques cloques de sang.

« Nous vivons un temps de fables. » Il s'était penché sur le bureau, avait écrasé sa cigarette dans un cendrier au fond duquel figuraient les armoiries de Toulouse. « Mon ami, mon collègue », avait-il ajouté d'une voix brisée.

Le scribe avait cessé de taper, le temps de remplacer sa page pleine par une feuille vierge, puis il avait frappé ses derniers mots à toute vitesse : *Mon ami, mon collègue*. Un silence avait suivi la dernière salve de la machine et il avait reprisé son discours en débutant par une excuse. Qu'on le disculpe de son désir de vengeance, lui qui servait un gouvernement ami de l'Allemagne, lui qui devait garder son sang-froid, se cantonner aux limites de son serment de fonctionnaire. Mais il ne supportait plus leurs méthodes, cette terreur qu'ils répandaient au nom de la gueuse dont le Maréchal avait eu raison de briser l'échine. Il ne supportait pas qu'un fonctionnaire dévoué, probe et surtout pacifique, depuis toujours opposé à la guerre, se soit retrouvé la boutonnière ouverte, peinturluré de son propre sang et décoré de ses propres tripes. « Ils ne connaissent que ça, avait-il dit, la croix de Lorraine et le couteau émoussé du bolchevisme, l'étoile à six branches et l'œil du grand architecte qui vous fixe au sommet d'une pyramide de dollars... Ils ne connaissent que ça, la dynamite et le sabotage entre camarades, que ce soit dans la finance ou dans le maquis. »

Il s'était interrompu, s'était appuyé contre le dossier de son fauteuil. Le col de son blazer avait plissé entre ses épaules et un bourrelet de tissu s'était formé derrière sa nuque. Il avait approché sa main aux phalanges velues, aux articulations bleues et noueuses, de sa cravate en laine bordeaux, l'avait lissée sur sa chemise blanche et fraîchement repassée. Le secrétaire avait cessé de transcrire sa déclaration. L'officier avait repoussé une tasse de café vide, posée sur les premières pages d'un dossier confidentiel, découvrant une trace brune et circulaire sur le papier blanc.

« C'est du vrai café ? » avait-il demandé.

L'officier lui en avait proposé.

« Avec plaisir, merci. Je ne peux pas boire autre chose que du vrai café, cette cochonnerie de chicorée me fait mal aux dents... »

L'officier avait décroché son téléphone, donné un ordre en allemand avant de lui tendre quatre feuilles tirées du dossier. Il s'était soulevé de son siège, courbé au-dessus du bureau afin de s'en emparer. Il avait remercié en se calant de nouveau dans son fauteuil et avait ajusté les papiers d'une manière appliquée, cérémonielle, savourant sans doute le geste de confiance de l'officier, différant l'amorce de sa lecture comme un homme sur le point d'entamer un discours. Le fracas étouffé des sabots d'un cheval avait résonné dans la rue. Une petite femme blonde, vêtue d'un uniforme ajusté, avait frappé à la porte avant d'entrer. L'officier avait émis un son bref, agacé. La femme, visage morose, lèvres closes, épaisses et asymétriques, avait posé la tasse de café avant de sortir.

Les feuillets comprenaient les comptes rendus de justice extraits des minutes de trois procès : y figuraient la condamnation à mort du prêtre et celles d'Álvaro et de Paco par contumace. Une lettre rédigée de la main du prêtre dénonçait le réseau Alexandre et son fonctionnement. La calligraphie de cette confession, irrégulière, parfois biffée, hachurée, courait sur la page entière.

18 avril 1944

Déportation

Ils avaient sans doute quitté la France à présent. Le jour s'était levé sans jamais les renseigner sur la région qu'ils traversaient. Les gisants et les autres, assiégés, leurs os broyés, confondus dans l'espace exigu du wagon. Les vivants transis dans leurs vêtements souillés. Les morts disséminés au hasard. Le train s'arrêta une fois de plus et ils sentirent l'angoisse, la soif, la faim.

« Où nous emmènent-ils ? » demanda une femme.

Nous allons là où ton nom et ton visage n'ont plus d'importance, au-delà de la tombe et du témoignage. Il avait pourtant été possible de s'échapper, pensa Álvaro. *Mais toi, vers ce tourment pourquoi donc retourner ?* se dit-il en observant les visages angoissés de quelques déportés. La chair figée de leur expression émergeait de la pénombre, révélée par de longs traits de lumière, de pâles éclats de soleil filtrés entre les planches. Álvaro se souvint de l'une de ces occasions manquées. C'était un après-midi au cours duquel un jeune garçon prénommé

Jacob était mort. Jacob avait été tué par un caillou projeté au passage d'un camion roulant à toute allure sur la route de Montauban. Sa mère avait été emmenée et exécutée loin du groupe.

Les soldats les avaient rassemblés derrière une grange pour passer la nuit. Il s'était réveillé quelques heures avant l'aube, puis s'était glissé à l'écart de ses compagnons pour aller pisser dans la luzerne. Il s'était un peu éloigné dans les herbes trempées de rosée, sentant l'humidité traverser la toile usée de son pantalon, la végétation coupante effleurer le dos de ses mains, trébuchant sur des mottes de terre, brisant parfois une branche morte sous sa semelle, vacillant, imprégné des fatigues de la marche, mais se sentant soudain libre et solitaire sous le ciel clair et sa profusion d'étoiles. Il avait déboutonné son pantalon, observé le jet dru et bref de son urine disparaître entre les racines. Comment avait-il pu se lever sans alerter l'œil sadique des Teutons rivé sur la chiourme menée dans la discipline, par-delà les chemins de France, toujours plus à l'est, aux confins d'un brouillard barbelé de fer ? Il avait rentré sa chemise, fermé sa braguette, bouclé sa ceinture et s'était retourné vers la troupe. Le mur de la grange s'élevait contre la nuit. L'angle obtus de la toiture entamait un pan de constellation. Il avait assez dérivé dans les herbes pour s'enfuir sans être repéré. Il aurait suffi de faire demi-tour et courir droit devant, en direction d'un rideau de peupliers qui bordait la lisière du champ de luzerne.

Il s'était orienté vers la barrière des grands arbres

dont le feuillage tamisait un croissant de lune montante. Progressant un instant à découvert, sous le harcèlement des étoiles, il avait atteint les peupliers. Le chant d'un engoulevent avait ravivé une douleur : la disparition de son fils, le deuil impossible de Victor. Tant de morts l'avaient accompagné ou ralenti durant sa marche. Je suis un véritable mausolée, avait-il pensé en écoutant le couplet monotone et dur de l'oiseau occuper la pénombre puis s'éteindre. Un souffle d'air tiède berçait la cime des arbres, leur silhouette faiblement projetée sur l'écran pâle des herbes délavées par la lune dessinait un jeu d'ombres furtives. Il avait hésité à franchir l'ourlet de peupliers, à traverser une jachère qui montait vers un village dont le campanile dominait un ensemble de maisons trapues. Il s'était finalement allongé, attendant les premières lueurs de l'aube.

Les étoiles s'étaient éteintes peu à peu. Il s'était levé, décidé à retourner auprès des déportés. Il ne fuirait plus, n'abandonnerait plus personne. Il avait regagné le groupe, maintenant réveillé et sur le point de partir. Un des soldats, un sergent muni d'une schlague, l'avait aperçu et était resté stupéfait, ne parvenant pas à s'expliquer pourquoi cet imbécile n'avait pas profité d'une telle occasion pour sauver sa vie.

« Cette race m'étonnera toujours ! Il y a vraiment quelque chose de contre nature dans leur loyauté à la con ! » prononça-t-il dans un français guttural.

Le vieux l'avait observé, interloqué lui aussi, manifestant d'un simple regard une gratitude mêlée de reproche. Álvaro avait haussé les épaules. Il était parmi eux, au cœur du décompte frénétique et quotidien qui démembrait leur intimité. Un agrégat de corps rassemblés à l'appel. Arithmétique de la chair ajoutée à la chair.

VIII

1943

Destins qui ne se croiseront plus – Derniers instants du prêtre – Álvaro pense à la mort de Paco – Départ de Franck en Angleterre – Derniers instants du prêtre encore – Álvaro décide de rejoindre le réseau Pat O'Leary

Il avait versé tant de gobelets d'eau froide sur le front de tant d'enfants maintenus au-dessus des fonts baptismaux par un père satisfait et maladroit, une mère radieuse et craintive. Les avait-il introduits en vain dans les faveurs du Seigneur ? Les avait-il emportés dans sa chute ? Les avait-il floués eux aussi, les enjoignant à croire aveuglément au pouvoir de son sacerdoce ? Il n'avait jamais été digne d'être l'instrument du Seigneur. Un instrument aux notes dissonantes, capable de dénaturer la partition du Très-Haut, avec l'imprimatur de l'innocence. Venez à moi, se disait-il, venez à moi qui suis prostré dans ma cellule en attendant l'autre baptême, celui de l'aube et des fusils prêts à cracher sur ma vie perdue. Avait-il vécu sous l'égide de la candeur au point de se conduire comme le bénéficiaire d'une grâce inconditionnelle ? S'était-il à ce point gaussé de la faiblesse du profane pour se sentir réceptacle du Verbe, interprète habilité du sens et de la texture des mots rassemblés en codex quatre fois sanctifié ? La pièce était humide, sans lumière et trop étroite, comme doivent l'être tous les cachots. La pièce si petite et pourtant trop vaste, pour contenir sa honte et son remords. Il se maintenait dans un recoin sans boire ni manger, le corps rompu, les gencives enflées, édentées à force de coups de poing. La chaleur nauséeuse des gifles et des heurts avait accouché de ses secrets de résistant, ses cachotteries de terroriste. Il goûtait la saveur du sang dans sa bouche, sa banale consistance, sa tonalité froide. Ce n'était pas l'heure des bilans et la proximité du Jugement n'avait aucune vraisemblance. Ce n'était pas l'heure du rachat que la mort vient oblitérer. Il tomberait sous les balles, devant le mur où tant de partisans s'étaient effondrés avant lui. Son âme ne subsisterait ni dans la damnation, ni dans l'attente et la repentance. Il s'effacerait. La rédemption n'était pas au bout de la nuit, étincelante comme l'acquittement et la levée des dettes. La douleur ne rachetait personne. Il ne pria pas une seule fois. On l'avait immergé dans une baignoire remplie d'eau. Il avait hurlé, et les bulles d'air chargées de ses cris avaient explosé contre ses tempes bleuies.

« Un SS vous administre le baptême, père Thomas ! »

Il pensa à Saliège. Il ne l'avait pas vendu sous la torture. Il osa lui dire adieu. Il en avait le droit. Il pensa à Álvaro et à Paco. Il pleura. Il pensa à Zdenek et lui en voulut de s'être fait descendre avec sa foutue lettre. Il pensa à

Franck et souhaita qu'il ne s'en sorte pas vivant. Il pensa à la dénonciation qu'on l'avait obligé à rédiger au crayon. Quelle dose de corruption faut-il au bien pour vaincre le mal ? Les hommes sont des outils faillibles et incontrôlables entre les mains du Seigneur. Amen !

Álvaro observa les bois se voiler de crachin. Il se souvint de la journée passée avec Paco, dans la cave d'un immeuble du centre-ville de Toulouse, à veiller durant presque vingt-quatre heures. Le temps rythmé par la cadence étouffée des rats galopant sur la terre battue lui avait semblé n'être qu'une réminiscence de Gurs, un anachronisme injurieux déclenché par les coups de feu de Davers. Ils avaient convenu de se relayer pendant que l'autre se reposait, mais aucun des deux n'était parvenu à dormir. Paco, censé monter la garde durant les premières heures de leur planque, s'était tenu non loin de lui, tapi dans les ténèbres, imprégné d'une odeur de sang dont la souillure n'avait pas apaisé son désir de vengeance. Le carnage les avait perdus. Álvaro l'avait entendu pleurer la chute de Zdenek. Il s'était frotté le visage, les mains et les bras avec le sable noir qui recouvrait le sol de la cave, comme on le fait parfois en signe de deuil. Les effluves de sang s'étaient dissipés, remplacés par une odeur de terre moisie. Il avait trouvé un tas de vieux vêtements dans une valise en carton et avait revêtu un bleu de travail incrusté d'une couche de graisse et de crasse.

À l'aube, ils étaient sortis de l'immeuble, puis s'étaient

mis en route sur deux bicyclettes aux pneus pleins dont ils avaient brisé les cadenas rouillés à coups de talon. Ils avaient roulé sans encombre jusqu'aux limites de Toulouse, s'étaient séparés sur les chemins de campagne, convenant, s'ils se tiraient indemnes de cette nouvelle évasion, d'un point de rendez-vous, une cabane cachée dans les collines au sud de Saint-Bertrand. Álvaro avait croisé plusieurs patrouilles indifférentes et s'était arrêté devant les barrières d'un point de contrôle. Les soldats avaient ri en le voyant arriver en débardeur et pantalon de ville, courbé et suant sur son antique vélo. Ils avaient vérifié ses papiers et lui avaient demandé où il allait. Sa femme avait accouché vers quatre heures du matin. Il avait attendu la levée du couvre-feu pour la rejoindre. La ferme de ses parents était située aux alentours de Saint-Gaudens. Les Allemands avaient gobé le baratin délivré sur le ton assuré de celui que l'urgence rend audacieux. Il s'était remis en selle sous les quolibets de la Wehrmacht, passant entre deux véhicules blindés. Il était arrivé épuisé, de nuit, une centaine de kilomètres plus tard, retrouvant Paco endormi dans la remise, couché sur un vieux sac de jute.

Paco était mort à présent. La Gestapo était venue chez lui. Il ne s'était plus caché depuis son retour, abusé par une confiance en sa capacité à échapper au danger, une arrogance nouvelle, déclinée en fureur et en convulsions. Un homme l'avait sorti du lit et Louise avait poussé un hurlement éraillé dont la note s'était flétrie sous les hauts plafonds de la chambre qui renfermait leurs souffles mêlés à celui de l'enfant endormi dans son berceau. Les gestapistes l'avaient pendu à l'entrée du village en guise d'exemple, affichant, le temps de la besogne, cette froideur fanatique qui n'était autre qu'une marque d'enthousiasme. Il fallait édifier le reste de la population, prévenir la discorde au royaume des soumis, au royaume de cette France qui perfusait l'Allemagne en difficulté sur le front russe et en Afrique du Nord. Paco s'était souillé avant et après avoir été pendu, tremblant et pâlissant sans excès, comme il se doit dans les récits héroïques, avant de se balancer au gibet pendant quatre jours. Paco ignorait l'existence de la lettre du prêtre, Álvaro l'ignorait également. Paco était mort, semblable à des milliers d'autres : victime de l'invraisemblable pandémie de cruauté que la mémoire conçoit comme une vraisemblance lorsqu'elle s'est enrayée depuis longtemps.

Plus prudent, Álvaro était resté dans les montagnes, déjouant sa capture et renouvelant son engagement auprès de maquisards qui survivaient difficilement au fond des bois, à deux kilomètres de la frontière espagnole. Le groupe comptait une dizaine de résistants, dont deux femmes qui ne restaient pas en permanence avec eux.

Il se tint un instant immobile, au seuil de sa cachette, et se demanda pourquoi il vivait encore. Comment pourrait-il vivre plus longtemps alors qu'il n'était plus Jean, celui qui pouvait changer le sort d'enfants condamnés en leur attribuant un nouveau nom ? Celui qui avait réparé son passé. Il sortit le carnet de sa sœur et le jeta devant lui, entre les pins hauts et sombres.

Le prêtre avait parlé, le prêtre les avait vendus. En échange de quoi ? se demanda-t-il. Pas même quelques deniers offerts pour abréger son martyre. Le prêtre n'avait pas été à la hauteur de sa vocation. Il l'avait toujours soupçonné de faiblesse. Il était un peu malade à cause du roulis et il vomit par-dessus bord pour la troisième fois depuis son départ en mer. L'aube l'avait transporté au comble de l'allégresse qui l'étreignait lorsqu'il était certain d'avoir pris une bonne décision. Il se releva, les yeux pleins de larmes, distinguant un horizon de houle aux reflets tranchants. Le soleil incendiait le large. Lumière fractionnée en milliers d'écailles bleues, cobalt ou blanches.

« Ça va, Franck ? demanda un des équipiers du petit chalutier à destination de l'Angleterre, dans lequel il avait embarqué clandestinement près de Biarritz.

– Le mal de mer », répondit-il.

Ils étaient loin maintenant, peut-être au large des côtes bretonnes. Il avait maigri depuis son récent départ. Il se souvenait d'avoir attendu en silence, au bord de la mer calme, en lisière d'une grève de sable fin et blanc, caché derrière un rempart de pins hauts et immobiles, dont l'odeur confondue aux effluves de sel et d'algues pourries l'avait rasséréné. Il ne possédait plus rien. Il était parti en urgence, abandonnant à quelques putes indignes de confiance les restes de sa fortune récoltée sur le dos des Allemands et des collabos. Il se souvint de la fraîcheur entre les arbres. La brise s'était levée tard dans l'obscurité.

Une nuit sans lune. Une barque était venue, un homme à son bord, passeur invisible ramant en silence. Un type près de lui, une vieille connaissance, avait ôté ses chaussures et roulé le bas de son pantalon au-dessus de ses genoux. Il l'avait imité. Ils étaient descendus au seuil des eaux lisses et noires, foulant les aiguilles de pin noires et collantes sous la plante de leurs pieds nus. Sur le rivage, personne n'avait prononcé un mot. Le passeur avait ramé de nouveau, longtemps, ses avirons plongeant sans bruit sous la surface. Le courant les avait confinés aux loin, accompagnés au flanc d'un bateau aperçu au moment d'aborder, quand la proue de l'embarcation avait heurté bâbord. Sur le pont du chalutier en panne, Franck avait cherché la côte. Pas la moindre lumière, même tamisée, en raison de la distance et du couvre-feu. Il avait tout abandonné sans regret. L'attaque imbécile menée par Charles et consorts, la sanglante équipée de ces hommes imprévoyants ne l'avait pas contrarié. Il n'en avait pas même été surpris.

L'écume frémissait à la crête des vagues et montait jusqu'à lui. Tout lui revenait. Un officier de la Kommandantur s'était confié sur l'oreiller surpeuplé de l'une de ses filles, mentionnant les tortures que subissait un prêtre résistant. Elle avait prévenu Franck des aveux du curé au cours d'une banale conversation, lui occasionnant un sursaut de fierté et d'orgueil martial quant à son réseau de putes, le moins fiable et le plus bavard, le plus renseigné des réseaux de toute la Résistance. Cette femme lui avait sauvé la vie. Mais il n'avait pas eu le temps de préparer son départ. On l'avait interrogé à propos de l'assassinat de Buisard dans l'un de ses établissements, et il avait mis de côté, dans le placard verrouillé de la chambre d'une de ses employées, un sac en cuir bourré d'argent et de tickets de ravitaillement, afin d'arroser Français et Allemands susceptibles de le confondre. Il avait lu plusieurs articles dans les journaux collabos réclamant une vengeance exemplaire, dénonçant le lâche assassinat d'un homme dévolu au service de l'État.

Le prêtre avait été trop vite confondu. Le prêtre trop vite confessé : quelques paires de claques et une toilette matinale dans la cuve baptismale de la Kommandantur. Il avait fallu contacter les types du réseau Pat O'Leary en urgence. Pat O'Leary : un groupe créé à la même époque que le réseau Alexandre, un cercle d'hommes courageux en liaison avec les Français qui avaient migré en Angleterre. Il avait fallu partir pour Biarritz sous une fausse identité.

Le chalutier affronta une série de lames damassées de résille blanche Il s'agrippa à la rembarde, montant et descendant comme un piston sous le ciel immobile et bleu. Il se retourna. Le tailleur juif était à l'abri, dans la cabine du commandant. L'homme lui fit un signe de la main, derrière le hublot épais et riveté de boulons en cuivre, encastré au milieu d'une lourde porte en acier. Franck répondit d'un geste bref. Il n'aurait pas laissé un si bon ouvrier voyager en train vers l'est. Une vague souleva le bateau et il sentit son estomac descendre, appuyer contre ses viscères sous l'effet de la gravité accrue. Il s'accota au bastingage et vit les flots monter vers lui, lécher la coque en bois rouge et verte. Un paquet de mer déborda par tribord. L'eau froide envahit le pont et lui enserra les chevilles au moment où le chalutier entrait au creux d'une dépression. Il n'aurait pas laissé cet homme se faire embarquer par la police française pour être livré aux Allemands. Il savait qu'on ne revenait jamais des camps bâtis en Allemagne. Ses filles l'avaient renseigné, colportant ce dont certains gradés allemands parlaient parfois entre eux en plaisantant – les juifs diminuaient à l'Est, bientôt leur menace ne serait plus qu'un souvenir confus, aussi négligeable qu'une maladie vaincue par un puissant vaccin. Le responsable du réseau Pat O'Leary lui avait confirmé la probabilité d'un crime de masse. L'évêque Saliège, rencontré un soir à Toulouse lors d'un repas confidentiel, y avait également fait allusion, son visage souriant, gracieux et rond, s'était fait grave.

Au-dessus de lui, à des distances infinies, des galaxies entraient en collision, provoquant des cataclysmes de matière. Des étoiles implosaient, s'effondraient sur elles-mêmes, absorbant tout ce qui se trouvait à leur portée et le digérant comme le néant digérerait bientôt son existence. Rien du fracas et des catastrophes stellaires ne lui parvenait. Il s'était intéressé aux étoiles et à leur course durant ses études au séminaire de Toulouse. Une attitude excentrique, lui avait reproché l'un de ses professeurs de théologie. Il s'était détourné de cette connaissance superflue, capable de vous mener tout droit vers l'hérésie.

Il existe une infinité de mondes, se dit-il. Il répéta cette phrase pour lui seul, claustré dans sa cellule, le visage tuméfié, le front haut, comme s'il cherchait à regarder au-delà des murs. Celui-ci n'est pas le bon ou le plus abouti. Son sang s'était congestionné autour de ses pommettes ouvertes. Sa mâchoire engourdie lui pesait comme un lest de fonte, ses dents brisées et ses ongles arrachés le lançaient en permanence : même blessure, sempiternellement infligée. Il souffrait corps et âme.

Des nébuleuses se ramassaient, suçaient la substance des mondes avec une avidité colossale et il n'entendait rien d'autre que sa défaite. Sa défaite de prêtre, inaudible dans l'univers et pour les hommes qui gravitaient autour de son cachot. Il était incapable de se représenter une douleur étrangère, une douleur qui ne fût pas la sienne. Il n'aurait jamais pu les incarner toutes, comme Il les avait toutes endurées, crucifié devant Jérusalem afin de racheter la vilenie de Ses semblables. Il pensait juste à ces tremblements froids qui bouleversaient les abysses, les confins de l'univers, se disant que son mal n'était rien, que sa trahison provoquerait d'autres douleurs, souffrances exclusives elles aussi, destructions singulières et isolées dont aucune échelle ne peut mesurer l'intensité. S'il n'y a pas d'échelle, pensa-t-il, s'il n'y a pas d'échelle, tout est incommensurable.

Il se ramassa contre le mur humide et sentit dans son dos le relief d'un filon de salpêtre durci qu'il avait distingué en entrant dans la cellule. Son dernier repas gisait intact sur le sol. La soupe de topinambours et le luxe ironique des deux sardines à l'huile accompagnées d'une tranche de pain noir qu'il n'avait pas rompu à cause de ses ongles arrachés. Il gisait lui aussi, comme la soupe froide et le pain noir, au fond d'un tabernacle hermétique et obscur, fréquenté par quelques rongeurs qui rencontraient parfois la plante de ses pieds nus. Pas de communion ni d'eucharistie possibles. La déroute de son sacerdoce pour unique présence.

Un filet de lumière se dessina sous la porte de sa prison. Il entendit un gardien soulever une bâcle en métal récemment ajoutée par les Allemands. Un homme maigre, petit et chauve s'introduisit dans l'embrasure de lumière blanche et déposa sur le sol une paire de chaussures aux semelles frangées de boue. La manche de son uniforme gris remontait sur son poignet fin et velu.

« Il faut vous préparer, on va venir vous chercher. »

Le visage du prêtre, difforme et violacé, apparut dans le clair-obscur, masque aux boursouflures lisses ou croûtées de sang. On était venu Le chercher Lui aussi, après le pilori et la lourde croix en bois d'olivier, afin de Le conduire au Golgotha. Mais Il n'avait pas trahi d'enfants, n'avait pas abandonné et livré des centaines d'enfants aux mains du démon dont les claquements de talons avaient anéanti l'Europe. Il les aurait tous fait passer, sains et saufs, de l'autre côté de la frontière. Il se leva difficilement et gémit. La porte resta entrouverte.

Personne ne lui administrerait les derniers sacrements. Pas d'ultime confession. On allait l'expédier sans rituel et sans fard, dans le petit matin nécrosé de sciure noire et de plomb. Il n'en exigeait pas plus. Son orgueil même était le signe de sa perte. Il ne croyait plus en l'infinie mansuétude du Fils. Il jugeait et condamnait à la place du Juge.

Il posa un genou à terre et délaça ses chaussures. Son visage s'affaissait. Lambeaux de chair accrochés aux os broyés de sa face. Il enfila les souliers avec précaution. Une épreuve. Il se leva lentement, sans nouer ses lacets. La douleur provoquée par ses orteils sans ongles, comprimés dans le cuir, l'obligea à se déchausser.

Ils étaient venus le chercher dans une traction avant noire et s'étaient garés juste devant le presbytère. Ils avaient frappé à la porte et sa bonne avait ouvert. Ils l'avaient écartée poliment mais fermement et s'étaient introduits dans la maison, vêtus, comme il se doit, de longs manteaux de cuir noir. La bonne n'avait pas protesté. Un pincement des lèvres, un geste maîtrisé de la main, son poing serré, agacé, enfoncé au fond d'une des poches de sa blouse. Elle leur avait indiqué la chambre au premier étage. Thomas, comprenant la gravité de l'instant et entendant leurs pas gravir les marches, avait éteint la TSF avant de pousser la porte et de rencontrer leurs visages. Il les avait devancés dans l'escalier. La vieille femme avait baissé les yeux, offrant une expression de soumission religieuse en guise de viatique à son jeune prêtre sur le départ. Elle avait laissé la porte ouverte un instant, observant les trois hommes en noir gagner tranquillement la voiture stationnée devant le presbytère. Un chauffeur attendait, moteur en marche. L'un des types de la police allemande avait laissé le prêtre s'asseoir en premier.

Elle s'en doutait depuis longtemps. Ces choses-là n'avaient rien de surprenant. Les activités suspectes du prêtre, cet air déprimé qui ne seyait pas à un homme d'Église, cet air inapproprié à la joie chrétienne avaient toujours laissé présager sa perte. Assis entre les deux hommes sur la banquette arrière, Thomas avait légèrement incliné le front afin de la saluer. Un adieu. Un prêtre si jeune, inexpérimenté et téméraire. La Citroën avait quitté la place occupée par quelques fidèles, plus curieux que désemparés. Le prêtre avait identifié, sur les visages entrevus avant que le véhicule accélère, la prescience du malheur d'autrui, que le peuple entretient de confidences en bruits de voisinage, de rumeurs en ragots. Ce savoir s'était épanoui au cours de la guerre. Il avait certainement constitué l'un de ses objets d'étude favoris. Il s'était interrogé sur la vanité de ses sermons et l'utilité de la lettre de Saliège. Ils étaient passés sous l'une des portes fortifiées de Saint-Bertrand et il avait aperçu le corps de Paco pendu à un lampadaire, près des remparts. Une des jambes de son pantalon était souillée de merde. Son visage et son cou déformés par la corde.

Couleur de fruit blet. Il avait détourné le regard, surpris d'avoir pu identifier cet homme, malgré la moitié de sa tête ramassée, plissée contre le nœud coulissant. L'un des Allemands qui l'encadrait lui avait jeté une lettre froissée sur les genoux. Il avait reconnu son écriture, identifié le mot adressé à Zdenek. Il était la cause et le commencement d'une série de désastres à venir.

Il traversa, aidé de son geôlier, un long couloir éclairé d'ampoules nues. Il demanda si on lui banderait les yeux avant de l'exécuter. C'était comme il voulait. Ils gravirent une volée de marches en ciment. L'homme sortit son trousseau de clefs, ouvrit une porte en tôle grise, percée d'un judas rectangulaire et grillagé. Le ciel n'était ni nécrosé ni plombé, mais bleu clair. Une journée calme et tempérée. Thomas aperçut le peloton.

Álvaro retourna à sa cabane, prit son vieux fusil Lebel, ramassa une poignée de balles qu'il jeta dans une poche de sa canadienne. Décidé à rallier le réseau Pat O'Leary, fatigué de tirer en embuscade sur ces saloperies de militaires allemands, de prélever au point du jour quelques vies en uniforme, d'éclater quelques crânes dépassant de véhicules blindés comme on abat des pipes dans un stand de fête foraine, las d'attendre le parachutage aléatoire de matériel souvent défectueux. Il recommencerait à sauver des enfants, à changer le nom de gosses pour leur permettre d'échapper à la mort. Franck lui avait parlé du réseau Pat O'Leary. Il le rejoindrait. Il traversa le campement. Tentes en drap beige, camouflées sous des branches de sapin. Terriers défendus par des palissades de rondins taillés à la hache. Quelques types assemblés autour des vestiges d'un feu le saluèrent. Il leur dit qu'il allait chercher le courrier au village.

« Tu veux pas que l'un d'entre nous t'accompagne ? Ne fais pas l'imbécile, c'est vachement risqué. Tu n'es qu'une putain de tête de mule, Álvares ! »

Il avait entamé une descente abrupte, se laissant déraper sur la terre jonchée d'aiguilles de pin. L'odeur de la tourbe acide des forêts de conifères embaumait le vieil encens et la pierre d'église. Qui était-il maintenant ? Le père de son fils mort, le père de son fils abandonné ? Le fils d'Isaac, menteur sanctifié par une guerre qui n'était pas la sienne ? Le frère d'Esther, gardien du souvenir erroné de sa sœur et de sa généalogie labyrinthique ? Une lumière usée se diffusait en rais obliques entre les pins, colorant par endroits l'écorce squameuse et fauve. Il était celui qui marche au-devant de l'ange, celui qui retourne vers l'ange et l'affronte comme il avait affronté le garde civil devant sa maison en flammes. Il n'était ni Paul, ni Pierre, ni Jacques, ni Jean le Baptiste, se dit-il. Il aperçut le carnet de sa sœur. Le journal avait atterri au milieu d'un entrelacs de broussailles. Sa place légitime n'avait-elle pas toujours été là, au milieu de fougères mortes en pied ? Le carnet avec son insane généalogie ne lui avait-il pas écorché les mains à chaque lecture ?

Il ne s'arrêta pas pour ramasser le journal. Il rejoignit un chemin veiné de racines qui affleuraient sur le sol comme un lacis de veines. Le dos des arbres trempait dans la pénombre bleutée de l'aurore. Il marcha vite malgré le poids de son Lebel maintenu en bandoulière, à l'aide d'une ficelle dédoublée sur son épaule. Il gagnerait Toulouse. Une impatience inhabituelle s'était levée en lui avec le jour. Il connaissait un des contacts de Franck. Il se demanda si Franck était mort.

Il longea une vallée couverte de grands sapins, derviches vert billard tournant lentement leurs ombres vers l'est. Deux jours de marche. Il rencontrerait bientôt un rocher qui ressemblait à une omoplate. D'ici deux heures, il traverserait un chemin qui louvoyait à l'ombre de châtaigniers torves et fluets. Il apercevrait ensuite les restes d'anciennes forteresses cathares, disséminées sur les hauteurs : maçonnerie ébréchée, donjons érodés, dressés dans le ciel sec tels d'inoffensifs pigeonniers. Il avait une carte de la région dans sa canadienne. Il ne fallait pas autre chose qu'une carte et une mémoire incertaine pour s'orienter et réparer ses fautes.

IX

180 matins

Une geôle et la fin – Quel jour et quelle année ? – Une vieille connaissance – Déportation – Jacob frappé d'une pierre

Les grincements du sommier ne réveillaient plus Álvaro chaque nuit, quand il se retournait dans son sommeil. La voûte en briques roses de sa cellule était encore sombre, mais la nuit qui filtrait par le soupirail semblait lentement flétrir. Ils l'avaient laissé pourrir au fond d'une geôle, en manière d'expiation. Il connaissait le responsable de cette détention inutile et sadique. Il se leva, égratigna d'un trait la terre cuite d'une des briques à l'aide d'un petit silex. Il procédait chaque matin de la même manière. 180 matins depuis la nuit où une patrouille d'Allemands l'avait interpellé sur les voies de la gare Matabiau, alors qu'il tentait de monter dans un train de marchandises pour gagner Biarritz. Il avait essayé de contacter une connaissance de Franck, un garagiste travaillant pour le réseau Pat O'Leary. Il était allé quérir l'homme sur les berges du fleuve, dans un garage gardé par des militaires, où l'on réparait les véhicules de l'armée d'occupation. Il n'avait pas eu de problème en présentant sa fausse carte d'identité et en demandant à parler au mécano Bernard Mérante. L'homme, grand, brun et barbu, isolé au fond du hangar, penché sur le moteur d'une Mercedes appartenant à un officier allemand, avait d'abord refusé de lui répondre, lui signifiant qu'il faisait erreur et qu'il allait le balancer aux gardes s'il continuait à le faire chier. Álvaro avait insisté, expliquant à voix basse qu'il était en cavale et cherchait un moyen de rejoindre l'Angleterre. L'homme l'avait regardé en silence, de ses yeux marron aux pupilles fixes : un mélange de méfiance et de dédain. Álvaro s'était adressé à lui en espagnol :

« *Ayúdame por favor*. Je suis un réfugié, si je ne quitte pas le territoire au plus vite, je serai arrêté. »

L'homme lui avait indiqué la sortie d'un simple regard. Álvaro, résigné, avait fait demi-tour.

« Vous devriez vous rendre à Saint-Jean-de-Luz, Café de l'Océan, sur le port. Le patron vend une Citroën B14, pile-poil ce que vous cherchez », avait subitement lâché le type.

Un conseil laconique, délivré sur un ton de molle indifférence. Álvaro s'était retourné et l'avait remercié d'un hochement de tête.

Les soldats avaient sifflé. Il s'était enfui, gagnant les voies, se faufilant sous les tampons, glissant comme une ombre sur les remblais. Des coups de feu avaient retenti. Plusieurs balles s'étaient fichées dans les panneaux en bois des wagons de marchandises en passant à quelques centimètres de son visage. Le faisceau des torches l'avait touché, mais il s'était dégagé en disparaissant sous les trains. Il s'en serait peut-être tiré, malgré les deux autres patrouilles alertées par les coups de sifflet, malgré les chiens lancés à ses trousses sur les aiguillages. Malgré les crocs des molosses qui l'auraient sans doute saisi avant qu'il n'atteigne le mur gris et étouffé de lierre, une dizaine de mètres en amont de sa course. Les chiens l'auraient sans doute rattrapé avant qu'il ne passe par-dessus le mur et plonge dans le canal. Une dérive au fond des eaux lentes, d'écluse en écluse, hors de la ville, sous le ciel sans étoiles, à travers les campagnes efflanquées du Sud. Les Allemands l'auraient probablement arrêté, même s'il n'avait pas ralenti sa course, même s'il n'avait pas longé ce train de marchandises garé dans l'obscurité.

Le chuintement aigre des balles de Luger s'était tu un instant. Il avait entendu la plainte de femmes et d'enfants. Il avait vu leurs visages hagards, fixés sur sa cavalcade improbable. Il avait vu leurs visages agglutinés contre les petites trappes grillagées, leurs visages blêmes comme des gouttes de cire écrasées au pied d'un cierge. Il avait glissé sur un boulon de traverse. Son front avait percuté un rail. Il s'était réveillé dans cette pièce, enfermé au sous-sol de la prison Saint-Michel. Il avait relevé son pantalon crasseux, sentant une douleur lancinante au mollet. Il avait découvert et défait un bandage rudimentaire. Du sang maculait la bande de cotonnade malpropre. Une morsure de chien. Les canines avaient lacéré le muscle sans le mutiler. Quelques petits trous purulents morcelaient sa chair en pointillé. La plaie ne s'était pas infectée.

Il attendit assis sur le lit, constatant qu'un peu de clarté pénétrait la pénombre sans la dissoudre. La clef de voûte en ogive de sa cellule aux murs orange et couverts de moisissures se révélait lentement. Il faisait froid. Il observa les cicatrices incisées dans la terre cuite à l'aide de son caillou. Ce calendrier rudimentaire ressemblait à un décompte archaïque dont la progression s'arrêterait sans doute avant les premiers jours de 1944. Chaque entaille témoignait d'un engourdissement du temps. Venaient la lenteur, l'hibernation, l'agonie du mouvement. Il n'avait plus de nouvelles de la guerre. Il savait juste que les nazis avaient liquidé le ghetto de Varsovie en avril 1943 et que l'Afrique du Nord avait été libérée grâce à Patton et à Montgomery en mai de la même année. Les Américains et les Russes gagneraient cette guerre.

Davers était venu le voir après trois jours de détention. Davers flegmatique, affichant le triomphe paisible du désarroi qu'il avait le pouvoir d'infliger sur un seul ordre. Davers et la cohorte de ses révélations qui l'escortaient comme un peuple d'ombres inquiètes. Il était entré dans la cellule, se courbant inutilement pour passer dans l'encadrement de la porte, plus haut et plus large que lui. Il s'était présenté en costume croisé, sombre, dont le revers de pantalon trop court remontait sur des chaussettes bordeaux. L'insigne de la Légion d'honneur luisait sur sa veste. Il s'était posté devant Álvaro, souriant, presque amical, occupant le centre de la pièce enténébrée, méditation intrusive et chagrine. Il avait beaucoup parlé, l'appelant parfois Díaz, parfois Álvares, lui avouant qu'il avait renseigné les Allemands sur sa religion, reconnaissant qu'il était heureux de l'avoir enfin capturé, même s'il ne lui en voulait pas personnellement. Les Allemands ne l'interrogeraient pas.

« Ils ont prévu de t'envoyer dans un camp de travail de l'Est. Rien ne sert de te faire parler, nous savons tout sur le réseau Alexandre. »

Álvaro s'était contenté d'écouter, éprouvant avec calme l'intimité factice suggérée par la répétition de son nom. Davers était le seul à savoir, le seul à connaître le contenu du carnet d'Esther, à présent perdu sous les ronces. Une omniscience de pacotille qui ne cernait rien, car il ne restait rien de lui chez Díaz. Rien ne subsistait de lui chez Álvares. L'essentiel de son être s'était dispersé au-delà des frontières, accompagnant les enfants qu'il avait aidés à passer les montagnes. Il n'était plus le frère d'un journal racorni. Il n'était plus l'époux d'une femme influençable, le fils d'un père fantôme. Subsisterait-il en Santiago ? Une présence, la plus ténue possible, de celles qui n'incisent jamais l'absence jusqu'à l'os.

Davers lui raconta l'agonie du prêtre. Lexécution lui rappela la chemise tachée de son père, le plastron maculé de mouches, le visage figé du héros fuyant son propre mensonge. Le prêtre avait enduré la torture afin de l'épargner, avait dit Davers. Théologie de l'Agneau sacrifié, laissant flotter un relent de culpabilité pour la torture non partagée. Álvaro n'aurait pas à souffrir la question, puisque le prêtre avait avoué, endossant la faiblesse coupable du sauveur déchu, sa soutane épongeant la faute que la plupart des humains ne peuvent affronter en face.

« Pourtant, on lui a bandé les yeux à sa demande. » Davers avait mis les mains dans ses poches et baissé le front, singeant un dépit sincère. « Il a demandé au gardien qu'on lui bande les yeux. Il y a donc une limite à la sagesse de celui qui renonce », avait-il ajouté avant de sortir un paquet de cigarettes Sulima de la poche intérieure de sa veste aux épaules trop larges.

Il en avait proposé une à Álvaro. Ils avaient fumé le tabac des soldats allemands, sous la voûte en terre cuite, comme de vieilles connaissances dont l'antagonisme s'était amoindri avec la défaite de l'un d'entre eux. Davers s'était mis à parler de sagesse, évoquant le jugement opportuniste et pragmatique de Laval, l'opposant au désordre et à l'apprentissage aléatoire des Sémites et autres monothéistes affiliés à la terreur sans remède d'une morale qu'ils étaient assez malins pour ne pas appliquer. Laval le mal-aimé, renvoyé puis rappelé par Pétain. Laval victime de son intelligence, de son pedigree, de ses solides origines paysannes. Laval aurait pu assainir le pays.

Álvaro avait posé les yeux sur Davers, observant son visage et ses cheveux gominés, son cou raide, immobile sous le nuage de fumée qui s'était accumulé au plafond. Álvaro avait étudié pour la première fois cette figure aux joues bistre et pleines, se confrontant à ses yeux noirs, retranchés au tréfonds d'une folie étrangère à la sienne. Un abysse que Davers avait sans cesse cherché à combler, justifiant le vide et la peur qui l'habitaient, justifiant sa haine avec l'argument du bon sens.

« Je me branle de la sagesse de Laval, avait dit Álvaro d'une voix paisible. Je me branle de vos considérations sur la sagesse et ma détention n'a rien d'un renoncement monacal. »

Davers avait souri, jeté et écrasé sa cigarette sous sa semelle.

« Je vois… Libre à vous… Sachez tout de même que c'est moi qui décide du jour de votre transfert. Les Allemands m'ont donné carte blanche en ce qui vous concerne. Donc c'est à vous de savoir si vous voulez vivre plus longtemps, à vous de savoir si vous souhaitez vous conduire en homme raisonnable… »

Quand il était sorti, un peu de fumée s'était étirée en un long filament derrière sa nuque. Il n'y eut plus de conversation entre eux. Il était revenu plusieurs fois, mais s'était contenté de regarder dans la cellule par le judas aménagé dans la porte. Álvaro avait aperçu son regard fureter dans la pénombre. Une surveillance de prétendant éconduit, dont le dépit avait quelque chose d'insolite et de grotesque. Une lacune dans son processus d'annihilation. Une lacune qu'il ne parvenait pas à cerner. Il ne verrait pas mourir l'homme qui avait nargué sa compétence et sa poigne en s'évadant de Gurs, aux côtés de deux autres boiteux, gisant au fond d'une fosse où leurs os, cendre et poudre, s'étaient confondus aux fémurs de leurs voisins. Il ne verrait pas Álvaro sortir d'un wagon plombé, se diriger au milieu de ses semblables dépenaillés et malodorants, piétinant les planches d'un quai en bois sous la neige, marchant en direction d'un grand portail noir, au rythme de la schlague et du knout rédempteurs. Ce portail se refermerait pour l'éternité sur leurs mélopées et leurs jérémiades superstitieuses. Il les avait entendus ressasser cet espoir incurable dans leurs baraquements, matin, midi et soir.

Vers six heures, on déposa un petit déjeuner dans la cellule d'Álvaro. Une tranche de pain et un liquide trop clair pour ressembler à du thé, versé dans un gobelet en fer-blanc. Il mangea la tartine et vida sa timbale, puis retourna s'allonger sur son matelas. À sept heures on vint le réveiller en sursaut. Le gardien lui demanda de le suivre. Davers s'était décidé à l'envoyer mourir dans un camp. Un quart d'heure plus tard, il était dans la rue, parmi des hommes, des femmes, des enfants rassemblés sous la surveillance agressive d'une dizaine de soldats allemands. Devant lui, un vieux religieux s'agenouilla pour essayer de fermer l'un des verrous d'une petite valise.

Ils se mirent en marche dans la lumière vive du matin, longeant les murs aux couleurs chaudes de la ville, descendant vers la Garonne. Un groupe d'hommes et de femmes raflés dans un autre quartier vint se joindre à eux, juste avant qu'ils ne traversent le fleuve gris aux berges lentes et courbes, dissimulées sous un reste de brume. Ils prirent la direction de Montauban. Un convoi les attendait non loin de la ville. Le réseau ferroviaire avait été saboté au nord de Toulouse par un groupe de résistants du groupe Ponzán. La chaussée se déroulait sans fin, bordée de maisons éparses aux volets clos, au crépi rose pâle : bâtisses lourdes et rectangulaires dont les tuiles jouxtaient le ciel limpide. Ils défilaient, disciplinés et inquiets, paupières baissées, regards rivés sur la route dont le revêtement usé les renvoyait au désespoir qui muselait leurs pensées. Au bout d'un kilomètre environ, dans un français hésitant, un Allemand demanda au vieux religieux ce qu'il transportait dans sa valise. « Des livres. » Le soldat ricana et lui ordonna de la jeter sur le côté. Il entravait la marche avec ses grimoires de bonne femme. Le vieil homme secoua la tête négativement, mais un adolescent qui le précédait dans la file lui conseilla d'obtempérer s'il voulait que tout le monde s'en sorte vivant. Le religieux secoua de nouveau la tête. Le soldat colla son visage contre celui du religieux en sueur et grimaça. Le vieil homme accéléra le pas et promit qu'il ne ralentirait personne si on lui laissait ses livres. L'Allemand tira la langue et fit semblant de lui lécher la barbe. Un autre soldat, marchant de l'autre côté de la file, éclata de rire. Celui qui avait donné l'ordre au vieux cessa de grimacer et balança un coup de pied dans la valise. Le bagage s'ouvrit et les livres se répandirent sur l'asphalte. Le religieux essaya de se retourner pour récupérer ses livres, mais le soldat l'attrapa par la manche et le força à continuer. Le vieux trébucha contre un battant de sa valise béante. Le soldat hurla un ordre en allemand. Le vieux rentra la tête entre les épaules et poursuivit plus rapidement sa marche, voûté et tremblant, le loquet de son bagage traînant avec un bruit métallique sur le sol. Álvaro leva les pieds, évitant de piétiner les livres ouverts. Il aperçut des ouvrages écrits en hébreu, identifia le Zohar. Un arbre doré à l'or fin figurait sur la couverture. Il évita de fouler une version bilingue du Talmud de Babylone. Il entendit le vieux pleurer: sanglots étranglés, discrets. Il regarda l'horizon vide et morne, une ligne nue, tendue sous la clarté froide du jour qui inaugurait la certitude de leur massacre. Chaque pas les éloignait de l'autodafé impromptu, des couvertures de cuir cornées et enfoncées, abandonnées sur le chemin comme des corps démantelés. Ils atteindraient une gare. Ils monteraient dans un train de marchandises sous le regard ironique, satisfait ou indifférent des cerbères bottés. Le train roulerait vers l'est, une ville perdue de Pologne pour terminus.

Il ne s'agissait pas d'un exil. Les confins désolés de la route approchaient et s'éloignaient, rythmés de rares cyprès et de peupliers. Il ne s'agissait pas d'un exode. Des milliers de kilomètres s'ouvraient devant eux: sursis d'angoisse inutile. Aucun espoir de retour, rien de commun avec cette illusion qui allège les départs. Un ruban de clarté pourpre s'arasait dans le lointain à mesure que le soleil s'élevait, encore voilé dans le ciel immense et transi. Les lettres hébraïques contenues dans les livres tombés sur la route s'effaceraient avec leur souvenir, se consumeraient comme les os, l'ivoire des dents, la chair et les ongles.

Ils étaient seuls et marchaient sans relâche à la commissure du jour. La lumière inaugurait la levée d'un secret criminel dont l'ampleur lui échappait encore, pensa-t-il. Leur déambulation devait ressembler à une longue phrase ponctuée par l'acier des casques vert pituite.

Les soldats hurlèrent des ordres et distribuèrent quelques coups de crosse. Une colonne de camions militaires, Kübelwagen, blindés, side-cars, dépassa rapidement les déportés sur leur gauche, les obligeant à se ranger sur le bas-côté. Un caillou projeté par le pneu d'un camion frappa un enfant à l'arcade sourcilière et l'assomma. Une poussière crayeuse, soulevée par les véhicules, resta longtemps suspendue au-dessus des déportés. Les Allemands distribuèrent une série de gifles à la mère de l'enfant qui pleurait et suppliait qu'on le soigne. Un homme marchant à côté d'elle arracha un pan de sa chemise afin de l'utiliser comme compresse. Il l'appliqua sur la tempe de l'enfant puis le souleva et le porta pendant quelques kilomètres. L'enfant expira au seuil d'un hameau qu'ils s'apprêtaient à traverser sans s'arrêter. Des maisons en briques aux toits endommagés par les orages, un chêne carbonisé frappé par la foudre. Les Allemands se consultèrent puis décrétèrent qu'il fallait laisser la dépouille aux habitants. Leurs services viendraient ensuite la chercher pour s'en occuper. La mère se mit à hurler et les traita de menteurs, d'assassins, de monstres froids. Un des soldats la maintenait. Ils tambourinèrent à la porte d'une maison isolée, aux voilages de dentelle grise. Une femme âgée ouvrit et ils la repoussèrent aussitôt à l'intérieur. Ils appelèrent l'homme qui soutenait l'enfant. L'homme approcha, l'enfant posé sur ses avant-bras, visage strié de sang, sa compresse de fortune collée contre sa tempe. La mère vit disparaître son fils dans l'embrasure de la porte. Les Allemands dirent à l'homme de le déposer sur une table, dans la cuisine. La vieille femme se mit à pleurer, les bras et les mains ouverts, secouant la tête de gauche à droite, geste d'impuissance et de refus destiné aux soldats et à l'enfant couché sur sa table. Elle les supplia de ne pas le laisser allongé, raide mort dans sa cuisine. Ils abandonnèrent la vieille et l'enfant. La mère s'effondra, des déportés protestèrent. Les Allemands balancèrent des coups de crosse à l'aveuglette. Deux des soldats saisirent la mère sous les aisselles. « Tu vas rester ici avec ton fils ! » Ils contournèrent la maison, la femme dont les pieds traînaient dans la terre rouge hurla le prénom de son fils. La vieille enfermée dans la maison, comprenant que la mère s'adressait à elle, se précipita à l'une de ses fenêtres. « Jacob ! Jacob ! » Le prénom scandé pénétra dans la pièce où gisait l'enfant. « Son nom de famille, madame ! cria la vieille. Son nom de famille pour qu'on puisse l'enterrer ! » Long gémissement de la mère. Les Allemands l'entraînèrent au loin.

La file des prisonniers se remit en marche. Ils croisèrent le regard de quelques voisins hagards, observant derrière les carreaux poussiéreux de leurs fenêtres, et poursuivirent.

La fatigue, son étreinte déposée comme un givre sur les muscles d'Álvaro. Le religieux devant lui récita le Kaddish. Jacob ou Victor ? Álvaro écouta chaque parole de la prière, les laissa tomber en lui, une chute sans fin, voyage de sons et de lettres traversant les ténèbres. Les deux soldats revinrent avant la nuit.

Ils marchèrent jusqu'au crépuscule. La clarté rouge du soleil couchant pénétra lentement le jour à son déclin.

20 avril 1944

Déportation

Il avait aimé faire l'amour à Graciela dans la petite chambre qu'il louait sur les hauteurs du port. Il avait aimé la voir nue, blanche et ferme, ses hanches larges entre ses mains. Ils s'étaient rencontrés au journal, un samedi matin de juin. Elle était venue, accompagnée de sa sœur cadette, déposer une annonce pour son père. Hernández cherchait à vendre une parcelle de terrain que sa femme possédait sur les hauteurs de la ville. Le rédacteur et sa secrétaire étant absents, une assistante lui avait conseillé de la remettre à l'un des quatre journalistes. Elle avait croisé Álvaro dans le couloir qui menait à la minuscule salle de rédaction tapissée d'articles jaunis, de photos des villes alentour et d'une affiche de la dernière corrida de Manuel Granero. Álvaro les avait invitées, elle et sa jeune sœur, à l'y précéder. Elle était passée devant lui, sortant du couloir étroit et sombre pour l'attendre sur le seuil de la pièce. Elle lui avait tendu le papier sous enveloppe en lui spécifiant qu'il s'agissait d'un billet du maire destiné au rédacteur du journal. Puis elle avait regardé en direction de la baie vitrée, opaque à hauteur d'homme, dont la surface couvrait le pan de mur qui donnait sur la rue. Álvaro lui avait souri en disant que d'ici on voyait seulement un angle de l'*ayuntamiento*, mais que c'était suffisant pour exercer son esprit critique sur les agissements du maire. Elle lui avait souri en retour, annonçant que son père avait fait en sorte, depuis qu'il avait été élu, que chaque citoyen puisse visiter la mairie, s'il le désirait.

Il l'avait revue au marché aux poissons, cette fois escortée de sa mère, puis il l'avait croisée, un lundi, à l'aube, en sortant de chez lui, tandis qu'elle revenait de l'église. Elle s'y était rendue afin de prier pour sa grande sœur malade qui vivait à Santander. Elle avait accepté qu'il la raccompagne chez elle et ils étaient passés par la place étriquée et bancale, aux arcades désertes, près de la fontaine où quelques vieilles ensommeillées, venues puiser de l'eau pour la journée, les avaient regardés se diriger vers le bas de la ville. Ils avaient marché au centre de la rue pavée, de part et d'autre d'une rigole asséchée dont le sillon noirci gardait les traces d'un orage nocturne. Sur le rond-point, après la mairie, il lui avait semblé que la conversation des vieilles les avait rejoints, faible chuintement des feuilles de platane à peine agitées par le vent du large, pour se perdre sous le claquement sec d'un cheval au trot, tirant une carriole. Le son mat des sabots s'était estompé avec le vent, laissant la prophétie des arbres aphone, les odeurs de bois brûlé, d'herbe fauchée et d'eucalyptus venues de la montagne s'épanouir un peu plus sur la place. En remontant la rue où Graciela vivait, Álvaro lui avait demandé si elle accepterait de le revoir. Elle avait acquiescé, mais n'avait pas souhaité qu'il la raccompagne devant sa porte.

Elle le rejoignait furtivement. Elle cessa lorsque sa sœur aînée mourut. Il était resté sans nouvelles pendant un mois, puis elle était revenue le voir pour lui annoncer qu'elle était enceinte. L'issue avait été conventionnelle, mais difficile à assumer pour la famille. Ils s'étaient installés dans la maison du Cabo. Il avait pensé fuir quelques jours avant son mariage, mais la distance pressentie entre lui et les Hernández l'avait apaisé. Il avait toujours su, sans imaginer quelle forme prendrait la rupture, que l'ambition et la haine du beau-père garantiraient un jour la nullité de son engagement devant le curé.

Il avait aimé Graciela, peut-être plus longtemps qu'elle n'avait cru l'aimer elle-même.

Ils s'arrêtèrent à la frontière polonaise afin de changer de locomotive. Puis ils roulèrent lentement, pendant des heures, croisant dans le dernier crépuscule le regard vide de paysans esseulés. Ils s'arrêtèrent définitivement à l'aube. Des aboiements couvraient les notes dissonantes d'un orchestre. Certains déportés, suspendus aux trappes du wagon, aperçurent des hommes en pyjama rayé, alignés devant les portes du train, des SS et des chiens figés sur un quai de gare aux bordures fleuries. L'orchestre jouait un air enlevé qu'Álvaro ne connaissait pas. Quelques SS s'avancèrent afin d'ouvrir les portes. Une lumière grise pénétra dans le wagon. Des hurlements et des ordres fusèrent. Les vivants piétinèrent les morts. Álvaro sauta sur le quai et courut avec les autres vers une grande cheminée crachant une fumée anthracite. Le souvenir de Graciela s'effaça sous les premiers coups de schlague.

RÉALISATION : PAO ÉDITIONS DU SEUIL
IMPRESSION : CPI FIRMIN DIDOT AU MESNIL-SUR-L'ESTRÉE
DÉPÔT LÉGAL : AOÛT 2009. N° 99963 (95619)
IMPRIMÉ EN FRANCE